Les Fantômes de Brooklyn

Tyriek
White

Les Fantômes de Brooklyn

Traduit de l'anglais (États-Unis)
par Romain Guillou

CALMANN LEVY

CALMANN LÉVY

Titre original :
WE ARE A HAUNTING

Première publication : Astra House,
une division d'Astra Publishing House, New York,
NY (U.S.A.)

Maquette : 'Olo
Adaptation : Caroline Gioux
Tableau : Delita Martin, *Among Shadows*, 2020

ISBN : 978-2-7021-8975-7

À ma grand-mère

Pour quelle raison invoquer le fantôme de l'esclavage,
si ce n'est pour susciter l'espoir de transformer le présent ?

Saidiya Hartman

Prologue

Un jour, je suis tombé à la renverse dans ce monde, une chute soudaine et interminable à travers une cicatrice. Un portail m'a aspiré tout entier, m'a fait traverser une pulsation qui aurait pu me couper en deux. J'ai dégringolé de l'autre côté, un terrible gémissement comme un essaim de guêpes à mes oreilles.

J'avais pédalé sur une portion de rue mal entretenue de Flatlands, fonçant à toute allure, filant le long des vitrines et des entrepôts difformes. L'odeur du métal chaud emplissait l'air, se logeait au fond de ma gorge et me brûlait tandis que j'essayais de reprendre mon souffle. J'avais atteint la Belt Parkway et la crique s'élargissait, se déployant sur la baie et l'Atlantique, bassin sombre obscurci par les déchets et la faune tandis qu'au loin scintillaient des bateaux. L'eau se déversait dans un réservoir où elle était drainée puis traitée. Il y avait des centrales de chauffage et des usines de recyclage, des cheminées qui expulsaient une fumée épaisse et des braises éparses dans le ciel au-dessus de la terre. Un pont enjambait le port et maintenait Far Rockaway à distance, tandis que les lumières des ferries et des petits bateaux trouaient l'obscurité. Au loin, j'ai vu la cité Boulevard à travers le brouillard, des appartements empilés les uns sur les autres, notre ville dans les nuages, une communauté de temps, de dimensions et d'histoires qui s'entrechoquent, les maudits, les perdus, ceux qui voient tout. Nos tours ressemblaient aux HLM Ingersoll, à la cité Marcus Garvey ou aux appartements Tilden ; à Chelsea, aux HLM Pink ou à Brevoort ; à Farragut, aux HLM Walt Whitman ou à Baisley Park. Elles ressemblaient à la cité Saint Nicholas, à Queensbridge ou à Mott Haven.

Tu es morte sans me dire ce que ça faisait d'être écartelée entre deux endroits, sans nom, sans chez-soi, indépendamment des efforts que l'on fait pour s'ancrer quelque part.

Quand je tends la main vers toi, je bascule dans un glissement du temps. Je sens mon corps s'ouvrir, ma main enveloppée dans une autre. C'est Nanou, le sang afflue à ses doigts, ses mains couleur sel rose. Nous sommes dans l'encadrement de la porte d'un logement provisoire. Je vois un groupe de personnes près du centre d'un campement plus loin, le long de l'eau grise. Je me rapproche, guidé par le son. Un chemin de terre s'étire vers la mer comme une plaie. Je me faufile entre les quenouilles et les céphalanthes, sous les bouleaux noirs et les aiguilles des cyprès chauves. L'odeur reste avec moi, sur mes mains et dans mes cheveux. La fumée au-dessus des cabanes sur la plage charrie des senteurs de viandes épicées et de légumes verts. À travers les ronces, depuis le ruban de clèthres à feuilles d'aulne, je vois le rivage s'ouvrir, l'océan plat. Nuageux. La femme devant moi ne ressemble à personne dont je me souvienne, mais j'ai l'impression que c'est toi. Un peu plus loin sur la plage, j'entends un groupe. Le roulement des flots, à marée haute, me fait penser à une cavalcade. Je m'enfonce légèrement dans le limon, pâte humide de sable et de terre. Je suis pieds nus dans les lentilles d'eau. Tu me vois avec la même expression que dans mes rêves, un sourire triste sur le visage.

— Oh, mon bébé, quand as-tu eu si mal ? me demandes-tu.

Pas pourquoi j'ai mal, ni où j'ai mal, mais quand ? J'ai l'impression que c'est tout le temps, avant ma venue au monde, une douleur précoloniale, une étendue paléolithique de chagrin. Tu es Cybèle sculptée dans la pierre d'Anatolie.

— Tu es partie un matin, comme ça, dis-je. Et je sais qu'on pourrait croire que je t'en veux, mais c'est pas vrai.

— Si, tu m'en veux.

— C'est pas juste.

— L'amour et le sacrifice ne sont-ils pas d'étranges synonymes ?

Je me détourne, fais quelques pas sur la plage. Quand tout me semblait perdu, être vu à travers ton chagrin, vraiment *vu*, était tout ce qui comptait. Et si je ne t'avais jamais rencontrée et n'avais jamais dû être confronté à ton départ, j'aurais vécu comme si tu n'avais jamais été là. Dans mon esprit, ça correspondait à être privé de quelque chose à la naissance (comme la vue ou un membre) plutôt qu'avoir eu cette chose, la perdre, puis devoir passer le reste de sa vie sans elle. Inévitablement, elle se dessèche et se désagrège, et on est forcé de fuir dans les rêves l'incessant tambour de la perte, de se reconstruire entièrement. Quand tu es morte, Pa m'a dit que pour moi l'existence se diviserait en deux phases distinctes : la vie avec toi et la vie sans toi. Il m'a dit qu'après le décès de sa mère les gens ne voyaient plus en lui qu'un corps inachevé, ce qu'on lui avait retranché, supprimé. Jamais ce qu'il avait créé de nouveau, comment il avait redéfini les parties restantes. Ses histoires terminées, j'essayais de m'endormir sans penser à l'ancien lui, la chair et les muscles sciés, les os découpés, le sang sombre qui recouvrait les murs des urgences. Je tentais de visualiser autre chose que la palette de jaunes et de bruns qui s'échappaient de son corps, le pus, la coagulation des liquides, une écriture cursive sur sa peau, sur les blouses, s'enfonçant dans les draps. Si je ne t'avais jamais connue, je serais peut-être encore celui que j'étais avant ta mort. Je n'aurais jamais fait l'effort de regarder au-delà de mon nombril et découvert que d'autres souffrent en même temps que moi, que le monde et la condition humaine se construisent autour des actions locales, de l'attention qu'on se porte les uns aux autres. Je sens mes tripes s'agiter lorsque je me retourne vers toi : le remords. Je veux te faire part des nouvelles façons d'aimer que j'ai découvertes, apprises pour le meilleur et pour le pire.

— Ici, indiques-tu en me faisant entrer dans le courant.

Un vent frais venu de l'océan a projeté du sable dans mes cheveux. Ça me pique les yeux, me fait frissonner jusqu'aux orteils. Il y a un trou dans le ciel nocturne, là où tout finit par s'en aller, un géant que nous avons pris pour le soleil ou la lumière. Je ressens cet étrange sentiment d'aboutissement, ce qu'on pourrait faire de toutes ces histoires, un processus infini – une ville perchée sur sept rivières.

— Je vais tout te raconter.

Première partie

Après ton départ

2008

Il y a surtout des femmes au tribunal du logement. Ce n'est pas que les hommes ne se font pas mettre à la porte – elle avait mis Virgil dehors des années plus tôt, au beau milieu de la nuit, et c'était son mari. Simplement, ce sont elles qui restent. Quand un foyer implose, les hommes prennent ce qu'ils peuvent et les femmes restent pour le reconstruire. Elles étaient jeunes ou vieilles, épuisées, on les baladait souvent d'un immeuble à l'autre, d'une esplanade à l'autre, on leur demandait de se rendre à l'autre bout de la ville. Vous devez aller là pour obtenir votre APL. L'Office du logement est en droit de vérifier votre justificatif de domicile. Ce formulaire doit être authentifié. Des femmes qui travaillaient à toute heure du jour et de la nuit pour garder un toit sur la tête d'un être cher. *Des femmes comme maman*, pensait Audrey, *qui aurait passé sa vie dans des salles d'attente, devant des bureaux ou des guichets, à remplir des papiers – tout pour tenir le coup.*

L'air climatisé lui mordait les parties tendres des bras, la peau plissée au niveau du coude. Le juge écoutait les déclarations du propriétaire. À soixante-trois ans, Audrey en avait marre de tout ça : le cycle des alarmes, la charge émotionnelle, le coût des formulaires, le prix du métro. À l'accueil, une jeune femme qu'Audrey voyait souvent était en train de poser des questions. Elle travaillait comme infirmière à l'hôpital méthodiste ; Audrey le savait car elle était encore en blouse. La femme expliquait qu'elle était venue à pied depuis les HLM Ingersoll, en suivant Myrtle jusqu'à Jay Street. À présent, il fallait qu'elle marche jusqu'à Atlantic, de l'autre côté du parc, pour se rendre à son travail. Audrey lui demanda ce qu'elle était venue faire ici.

— Mon frère a fait une bêtise, et maintenant ils peuvent nous expulser, mon enfant et moi, parce que c'est mon nom sur le bail.

Audrey ne pouvait pas se payer de représentant légal, mais le fils de sa cousine Gloria venait d'être reçu au barreau et travaillait comme avocat public au sein d'une association. Demetrius était un garçon nerveux, dont les mains comme des battoirs semblaient trop grandes pour son corps filiforme. Il n'arrêtait pas de tirer sur ses manchettes quand il s'adressait au juge.

— La sécurité sociale n'a pas augmenté ses prestations depuis des années et, entre les médicaments, le coût de la vie...

— Il n'empêche que ce n'est pas à votre cliente de prendre ce genre d'initiative, déclara le juge, ce qu'Audrey trouva curieux.

Elle n'avait pas payé son dû le mois dernier, pas plus que le mois précédent. Ni celui d'avant d'ailleurs. Elle continuait de remplir ses chèques pour son appartement à loyer modéré, en inscrivant le montant tel qu'il était avant la dernière augmentation. Le propriétaire ne voulait même pas envoyer quelqu'un pour le plafond, ou les saletés qui remontaient de temps en temps des canalisations, mais il ne se privait pas pour demander des dollars supplémentaires chaque mois. À cet égard, oui, elle était coupable.

Alors qu'ils sortaient de la salle d'audience, Demetrius se tourna vers elle pour s'excuser.

— C'est pas grave, mon grand, souffla Audrey en haussant les épaules. On n'y peut rien.

— Si j'arrivais à les convaincre de nous accorder un jour de plus... dit-il en lui ouvrant la porte.

Le soleil, à peine arrivé de l'autre côté de l'East River, butait contre les toits des immeubles et réapparaissait furtivement dans les rues. Elle congédia le jeune homme et prit le métro direction Sud pour rentrer à Canarsie, feuilletant le *New York Post* pendant le trajet.

Audrey descendit à son arrêt et se dirigea vers son immeuble. Des femmes de son âge étaient rassemblées au coin de la rue, en souliers vernis et chapeau d'église, des numéros de *La Tour de garde* à la main. Les dames qui géraient l'association des locataires étaient assises dehors sur le trottoir, bavardant sur des chaises de camping. Leurs maris jouaient aux dominos devant les épiceries ou faisaient la révision de leur voiture dans leur allée. Ils allaient rester dehors jusqu'à la tombée de la nuit, à boire des bières fraîches en face du parc.

Quand Audrey ferma enfin la porte derrière elle, elle posa ses sacs et retira ses vêtements. Alluma la bouilloire. Laissa le silence la submerger, tout en regardant par la fenêtre tandis que la lumière filtrait à travers les stores. Des ombres se déplaçaient sur les murs de l'appartement. Elle les observa virevolter, parcourut son étagère du regard : les figurines de verre, les plaques décoratives du centre communautaire pour les anciens, des bibelots en bois sculpté, des photos de ses petits-enfants, Satoia et Colly, faisant la moue, les fleurs en porcelaine et les plantes grasses dans des petits pots en terre.

Audrey avait eu envie d'appeler sa fille la veille au soir. Ça faisait bientôt un an que Key les avaient quittées. Audrey la contemplait à présent sur le portrait de famille réalisé à la boutique du centre commercial d'Albee Square, entourée de ses bébés adorés en habits du dimanche. Derrière eux se trouvait Dante, le mari, les yeux cernés.

— Où est-ce que tu vas aller ? demanda-t-elle à Virgil.

Il était assis dans un fauteuil à l'autre bout de la pièce, grognant sur quelque chose qu'il était seul à voir.

— Tu vas rester ici ?

Toujours pas de réponse. De son vivant non plus, il n'avait jamais été très loquace.

*

La chaleur de juin accueillit le jour nouveau dans son giron, et pour le prouver elle enserra la ville dans ses bras. Audrey tira une mauvaise herbe de la terre molle de son petit jardin et se demanda si le jour avait besoin d'espace pour se développer. Elle leva les yeux au ciel, envieuse de sa simplicité, et songea : Est-ce qu'il lui arrive d'être jaloux de moi ?

Alors que le soleil effleurait la cime des arbres, les moustiques firent leur apparition, le cantique du sang.

D'habitude Audrey travaillait le matin, avant que la chaleur s'installe, plantant oignons verts et concombres. Mais ce jour-là, elle s'y mit un peu avant midi. La terre était riche et noire entre ses doigts. La parcelle carrée qu'elle cultivait se trouvait derrière son immeuble. Quand elle l'avait découverte des années auparavant, abandonnée et jonchée de fioles de drogue, de canettes de soda et d'autres déchets, elle l'avait nettoyée puis avait épandu une couche de terreau. Elle avait alors commencé à travailler son petit lopin, malgré ses genoux et ses reins qui la faisaient souffrir si elle restait trop longtemps courbée.

Audrey fit sa récolte. Des myrtilles sucrées, des tomates en face des moutardes, des poireaux et quelques pêches provenant d'un arbre rachitique. Être si proche du sol rafraîchissait sa peau exposée au soleil de midi. Ça l'empêchait de penser au fait qu'elle allait bientôt perdre son logement. Son appartement ne lui appartiendrait plus… et en même temps ça n'avait jamais été le sien.

Jeune fille, Audrey passait chaque été à la ferme de son grand-père. Elle détestait ça. C'était les années 50 et se rendre aux bals des débutantes, boire le thé avec d'élégantes femmes du Sud qui ouvraient leur maison pour faire visiter leur plantation l'intéressaient davantage que trimer aux champs. Elle observait une graine de carotte pousser et s'affairait dans tous les sens, abattait tout un tas de travaux de jardinage alors qu'elle aurait préféré s'occuper des tâches ménagères. Tu me remercieras plus tard, lui disait son père. Il lui montrait comment planter le long de sillons qu'ils avaient tracés, en mesurant la profondeur du trou et la distance entre chaque graine. Les grandes mains de son père guidant les siennes dans la terre fraîche et humide. Audrey était plus attirée par le cinéma à dix cents la place, le restaurant tellement bondé à minuit que les clients investissaient sa terrasse, les garçons grands comme les arbres qui bordaient la propriété de son grand-père.

À cette époque, tous les jeunes hommes de Caroline du Nord possédaient une voiture et pouvaient rentrer aussi tard qu'ils le souhaitaient. Ils s'exprimaient lentement, à un rythme qui correspondait davantage à la cadence du corps d'Audrey (pas comme les petits gars de Géorgie ou du Mississippi, qui parlaient à toute allure, la bouche pleine de cailloux ou de pépites d'or). Comme eux, Virgil s'adressait à elle d'une voix traînante et douce comme de la mélasse liquide. Grand, la peau tannée, il cachait le ciel lorsqu'elle levait les yeux vers lui. Ce n'était encore qu'un jeune homme à ce moment-là, sincère, même si son regard cachait quelque chose d'insatiable. Il conduisait sa voiture trop vite et rentrait chez lui quand l'aube pointait son nez au-dessus des collines. Audrey espérait arriver avant que la rosée ne s'installe au-dessus de la terre comme un esprit, avant que son grand-père (vieux comme Mathusalem) ne saute de son lit pour faire le tour de la ferme.

Alors que la matinée avançait, son grand-père se rendait en ville sur la plate-forme de son chariot, cahotant au milieu des sacs de toile remplis des pommes de terre qu'il avait récoltées. Plus jeune, il avait été métayer sur la plantation où il était auparavant esclave. Il racontait toujours la même histoire, la façon dont il avait obtenu la ferme, comment un affranchi avait fini par posséder quelques hectares à cultiver et une mule. Le père d'Audrey les obligeait à s'asseoir pour écouter, affalés sur le tapis du salon de papy, les mains bien au chaud autour d'une tasse d'eau bouillante parfumée de jus de citron et de miel. À la fin d'un de ces étés, alors que le soleil se levait de plus en plus tard, la carotte était complètement en fleur. Audrey regardait avec étonnement cette souche orange dont les racines s'enfonçaient dans le sol. C'était la chose la plus lumineuse qu'elle ait jamais vue.

En sueur, dans un nuage de drosophiles, Audrey leva la tête. De l'autre côté de la rue, les façades biscornues des immeubles trop serrés s'entassaient le long du trottoir comme des dents en bataille. L'interprétation live de « Take My Hand, Precious Lord » par Nina Simone passait sur sa chaîne stéréo, une simple enceinte connectée enfoncée dans le sol, nichée quelque part entre les légumes verts et les pêches. Key la lui avait offerte à l'occasion d'un Noël, fatiguée d'entendre sa mère se plaindre de la mauvaise qualité de ses écouteurs. Au-dessus d'Audrey, un panneau d'affichage annonçait une ancienne promotion au magasin discount, vieille de quelques années. Les klaxons des voitures retentissaient par-dessus le bourdonnement lointain des travaux de construction et l'effervescence des chariots ambulants qui vendaient de la nourriture halal. Les articulations de ses genoux pleins d'eau élançaient Audrey.

*

— À loyer modéré ? s'exclama Joyce, derrière la fumée de sa cigarette.

Son sang chaud marbrait sa peau caramel, même en hiver. Malgré quelques rides autour des yeux, elle avait toujours l'air d'une petite fille aux tresses ramassées en queue-de-cheval, et à qui il manquait deux dents.

— J'aurais donné cher pour t'entendre dire ça quand on était dans le comté de Warren.

Elles étaient assises à la table de cuisine de l'appartement de Joyce au 10e, hurlant par-dessus l'eau du robinet et les sirènes en contrebas. Les fenêtres étaient grandes ouvertes car Joyce cuisinait pas moins de deux kilos d'épaule de porc pour une baby shower. Elle proposait un service de traiteur ; accompagnée de son fils, elle apportait une dizaine de barquettes en aluminium, des chauffe-plats rudimentaires en acier et des capsules de gel combustible. Elle préparait même des coquitos en hiver et les vendait dans le quartier.

— À quelle pauvre Latina as-tu extorqué la recette ? la taquinait Audrey.

Joyce se leva pour se poster devant la cuisinière. Pleine d'assurance depuis son plus jeune âge, elle déambulait en ce monde avec une aisance qui n'était peut-être que pure chance. Même si Audrey l'avait gardée quand elles étaient enfants, elle avait toujours senti qu'au fond Joyce n'avait besoin de personne. Audrey avait toujours été jalouse de cette force, étant elle-même une petite chose maladroite et tâtonnante, se cognant sans arrêt dans la vie comme lorsqu'on cherche son chemin dans une pièce sombre. Elle avait l'impression que pour les autres la lumière était allumée.

— Où est-ce qu'on peut aller après quarante ans passés au même endroit ? lança Audrey dans le vide.

Sa sœur remit le couvercle sur les choux.

— On devrait peut-être te mettre en maison de retraite ?

— Oh, arrête un peu !

— Tu sais que je vais t'héberger, précisa Joyce en souriant. Ça sera comme quand on dormait au sous-sol pendant les alertes aux ouragans.

— Et que Maman nous laissait manger tous les bonbons qu'on pouvait descendre avec nous.

Elles rirent, Audrey se penchant en arrière avant de se frotter les genoux. Joyce vérifia encore une fois le four.

— On ne te doit rien, dit Joyce, et t'es redevable de personne. Tu peux prendre tes cliques et tes claques sans que ça gêne quiconque.

C'était simple comme bonjour, elle pouvait s'en aller. C'était tellement simple, ça lui semblait idiot de ne pas le faire. Mais les gens confondent pauvreté et désinvolture. De toute façon, Audrey savait qu'elle ne pouvait pas se permettre de rester. Même si elle était en mesure de réunir la somme nécessaire. Elle pourrait se rendre à l'église ; le pasteur était toujours heureux de lancer une collecte impromptue au bénéfice d'une paroissienne dans le besoin. *Ils pourraient vendre du poisson frit et organiser une tombola,* pensa Audrey, *inviter tout le quartier.* Elle s'imagina Joyce, une montagne de merlan devant elle, les mains enduites de farine et d'assaisonnement, les gens attirés par l'odeur, la file d'attente se prolongeant sur des dizaines de mètres dans la rue. Quand Audrey se mit à y penser, de chaudes larmes lui piquèrent les yeux. Si elle récoltait de l'argent auprès d'autres pauvres, ce ne serait certainement pas pour le donner à un propriétaire. Elle avait travaillé toute sa vie à Brooklyn et ne méritait pas de se faire chasser de sa propre ville. Elle ne méritait pas qu'on la traite de la sorte à son âge. Les gens normaux n'avaient pas à quitter leur lieu de résidence. Peut-être que le problème était autre et qu'il y avait une raison à ce que des femmes comme elle se retrouvent au tribunal, dans des foyers ou à la rue, voire mortes. Pourquoi faudrait-il qu'elle abandonne quoi que ce soit ?

*

Audrey était tombée amoureuse de Virgil aux alentours de l'été 1969, quand elle l'avait aperçu un matin alors qu'elle partait travailler. C'était une ville nouvelle, qui n'était plus en proie aux flammes mais toujours fumante. Les émeutes avaient changé New York. Pas pour offrir une solution à la mort certaine que les Noirs redoutaient et à laquelle ils répondaient par le feu, mais en prenant une direction potentiellement pire encore. On allait débarrasser les rues des éclats de verre et des débris. Virgil avait déménagé dans le Nord quelques années auparavant – pour gagner sa vie, lui avait-il confié. C'est ce que les gens faisaient à l'époque. Virgil travaillait au chantier naval et sentait les fruits de mer et le métal brûlé. Il vivait avec sa femme et leur enfant dans un vieil immeuble sans ascenseur de Bushwick. Il retrouvait Audrey pratiquement tous les week-ends, moment qu'elle attendait toute la semaine. Elle avait grandi pour vivre dans cet endroit, elle semblait aussi new-yorkaise que les jetons de métro et les gobelets Anthora. Une grosse touffe de cheveux, des créoles en or et un long manteau tombant jusqu'aux genoux. Elle descendait en courant quand il se garait devant son immeuble, de la soca à plein volume sortant des vitres de sa Corona 68 blanche. Joyce, qui vivait momentanément avec elle, l'embrassait sur la joue, et lui faisait signe de la main depuis le perron alors que la voiture s'éloignait.

Audrey avait un appartement à Canarsie, situé au-dessus d'un restaurant de poissons. La vapeur qui s'échappait du commerce rendait son logement humide et étouffant. Parfois, elle invitait Virgil à monter. Il lui racontait ses rêves, comment il voulait tourner avec un groupe dans des dizaines de villes. Il avait des vues sur une basse Fender. L'instrument avait attiré son attention depuis une vitrine alors qu'il se rendait sur les docks.

— Et au chantier ? Tu ne m'avais pas dit que tu pourrais travailler sur le bâtiment principal ?

— C'est ce que je pensais aussi, concéda-t-il en regardant les mains noueuses d'Audrey. Nouveau chef d'équipe. J'aurais pu rester dans le Sud si c'était pour devenir le larbin d'un autre.

Les bouclettes de Virgil, noires comme la carapace d'un scarabée fourrageant au clair de lune, faisaient claquer les dents du peigne qu'Audrey lui passait dans les cheveux. Alors qu'il levait le visage, elle vit dans ses yeux ce qu'elle avait déjà ressenti : un désir douloureux d'être baigné dans une sorte d'infini. Elle coucha avec lui au beau milieu de son appartement, ne distinguant que les contours de sa peau sous une demi-lune argentée et les halogènes de l'éclairage public.

Virgil lui rappelait Warren, la charrette de son grand-père, le baume frais de l'aube avant que la lumière du soleil ne réchauffe les champs. Si Virgil avait croisé son chemin, c'est parce qu'il se chargeait de courses pour les commerçants de la ville. En fait, c'étaient ses yeux, pensait Audrey : d'étincelants abysses ouvrant sur cet insondable chemin qu'elle avait appris à connaître. « Ma mère répétait toujours que quand on tombe dans un puits, lui disait Virgil, c'est pas en regardant vers le bas qu'on trouve la sortie. » Ils passèrent l'été ensemble, traçant leur route à travers la ville et tout ce qu'elle avait à leur offrir. Les séances en matinée pour moins d'un dollar le mardi, les moments passés sous les cerisiers en fleur de Prospect Park, les sépales roses tombant sur leurs cheveux bouclés. Un soir, après moult journées s'étant prolongées jusque tard dans la nuit, elle décida qu'elle était amoureuse de lui. Peut-être sous la lueur d'un écran de cinéma, dans les entrailles baroques du Kings Theatre sur Flatbush Avenue, saisissant le rythme secret au plus profond d'eux. Peut-être parce qu'il commençait à faire partie de son appartement ; son odeur qui traînait dans les pièces la forçait à s'arrêter dans l'embrasure des portes, faisait resurgir le souvenir des nuits précédentes, et déclenchait des palpitations au creux de son ventre. Il posa des étagères aux murs et dans les recoins, répara les pieds des tables basses et installa un canapé moelleux aux accoudoirs enroulés, récupéré auprès d'une connaissance qui quittait la ville. Il construisit des bacs à fleurs en contreplaqué pour satisfaire la main verte d'Audrey jusqu'à ce que l'appartement déborde de monsteras et d'arbres ombrelles ; des plantes escargots et du lierre cascadaient depuis des pots placés en hauteur et ondulaient vers la lumière dès que le soleil s'engouffrait dans l'appartement. Quand il le pouvait, il faisait des courses, débarquant parfois avec des kilos de riz et plusieurs carrés de bœuf, en laissait un de côté pour qu'Audrey le prépare le soir, et rangeait le reste au congélateur. Un jour, alors qu'il essayait de clouer la base d'une lampe murale articulée au-dessus d'une étagère de livres, Virgil fit passer son marteau à travers le plâtre. Il laissa un trou de la taille d'un poing.

— Oh, merde ! s'exclama-t-il en descendant de l'escabeau pour admirer son œuvre.

— Mon propriétaire va garder ma caution, le réprimanda Audrey.

— On va réparer ça.

— Ça n'a pas l'air de t'inquiéter ?

— C'est rien qu'un mur, c'est facile. Si ç'avait été le plafond, je dis pas…

— Là, j'aurais été mal.

— *On* aurait été mal.

— Peut-être qu'un de ces quatre on pourrait se trouver une maison, pensa Audrey à voix haute en regardant la lampe laiteuse qui les surplombait. Un de ces nouveaux logements qu'ils construisent dans le Queens ou à Long Island. On pourrait même pousser plus loin et retourner dans le Sud.

— On a réussi à se tirer de Warren, dit calmement Virgil. Pourquoi y retourner ?

— C'est bon d'être chez soi, énonça-t-elle en regardant par la fenêtre. Et de vivre en paix.

Audrey se laissait volontiers entraîner au Village ou dans les quartiers nord, partout où les Noirs pouvaient danser et crier à loisir, dans un obscur cabaret ou autre club (certainement pas le Half Note, quelque chose de plus confidentiel), espérant être aussi belle et sensuelle qu'Eartha Kitt ou « la Beauté de la semaine » du magazine *Jet.* Virgil trimballait sa basse dans son étui en cuir, transpirant dans son polo en jersey, luisant sous les lumières du bar comme un bâton de cannelle dans du whisky. Il roulait ses cigarettes en deux mouvements rapides (on aurait dit qu'il faisait jaillir la lame d'un couteau puis léchait une enveloppe) et recommandait à boire avant que les verres ne soient vides. Il jetait des coups d'œil furtifs à Audrey entre deux taffes, se penchait vers elle et lui parlait dans le cou quand la musique redescendait, comme le sucre au fond d'un thé glacé après avoir été touillé. Et si le groupe jouait « Jimmy Mack », il dansait avec elle entre les tables, la laissait reprendre en chœur à son intention *When are you coming back ?* Elle caressait ses pommettes, grandes falaises en bordure de mer, jouait avec sa barbe de trois jours jusqu'à tomber sur un poil incarné, lui chuchotait qu'elle allait lui passer de l'huile de ricin pour le soulager. Et quand, aux alentours de minuit, le groupe appelait Virgil pour venir jouer avec eux, il restait cool, baissait pudiquement la tête en se dressant sur ses pieds. Mais Audrey savait à quel point il était tendu. Elle avait senti son cœur anxieux marteler, compté les cigarettes et vu toute la soirée son pied gauche tapoter contre le parquet collant. Dans la pénombre, Virgil trouvait son chemin grâce à l'oreille et au toucher. La basse donnait corps à la musique, elle pouvait atteindre les nuages et déclencher un orage. Aveuglé par les éclairages et transpirant abondamment, Virgil se réalisait sur scène.

La petite musique de l'univers

Colly, 2007

T'es dans la lune, disais-tu. Si tu continues à te perdre dans tes pensées, tu vas finir par t'attirer des ennuis.

L'été avait été chaud, sensible et dépourvu de ciel. Nous les gosses, on jouait sous une voûte blanche et aveuglante, heureux de passer ces journées sans école ni effusions de larmes. On dormait au son de la musique : des sirènes implorantes et nos parents qui se disputaient jusqu'à l'aube. Bientôt, la fumée et l'amiante ont disparu, l'Office a pompé une chaleur viciée dans nos appartements, et tout à coup le collège a repris. Ça faisait un moment que je ne m'étais pas retrouvé debout devant les immeubles, attendant la pluie, la neige ou quelqu'un.

Je voyais Zaire sur le chemin du collège et on décidait ensemble si on allait sécher ou pas. Sur Stanley, on s'arrêtait à l'épicerie, les rayons étaient remplis de piles de conserves et de boîtes de plats instantanés ; un vieux bonhomme comptait sa monnaie pour une canette de bière Modelo ; Mme Calloway achetait deux ou trois barres chocolatées Take5 à la fois. Le son d'un merengue remplissait l'échoppe poussiéreuse, le gérant au comptoir fredonnait sur la musique, une cigarette calée derrière l'oreille. Tous les matins, je prenais un sandwich dinde, sel, poivre, vinaigre, laitue jaunie et tomates, des chips et des bonbons colorés que je pouvais discrètement subtiliser. Ceux qui me plaisaient le plus, c'était les Cry Baby verts et bleus extra-acidulés qui duraient jusqu'au déjeuner si j'arrivais à bien les coincer contre ma joue.

On récupérait les bouchons en plastique des bouteilles de lait ou de soda pour les remplir de cire de bougie (la mère de Zaire en achetait plein au 99 Cents Only Store), en mélangeant parfois les couleurs. À nous deux, on possédait une armada de capsules, et on passait des heures, au collège comme dans la rue, à les frotter par terre pour qu'elles soient suffisamment lisses et glissent sur le béton comme des rondelles de hockey sur table.

Jusqu'à ce que les réverbères s'allument, les garçons jouaient au basket à Gersh Park et au suicide – une adaptation tordue du handball américain dans laquelle on était éliminé quand on se faisait toucher par la balle. On avait les mains rouges et calleuses à force de frapper des heures la balle en caoutchouc bleu.

Généralement, on arrivait à faire durer une balle plusieurs semaines. Elle finissait par se fendre en deux ou on la perdait par-dessus le mur d'une ruelle, ou dans les mauvaises herbes, ou dans un quelconque terrain vague. C'est mon pote José qui a gardé la sienne le plus longtemps, trois mois, jusqu'au moment où Ricky l'a envoyée valdinguer de l'autre côté du boulevard. Tant pis, elle a fait son temps celle-là, a-t-on décrété. Ils en vendaient à la supérette du coin au prix d'une barre Charleston Chew, et au magasin de cosmétiques plus loin dans la rue, ils en avaient de plusieurs couleurs, des rouges, des vertes et plein d'autres encore. On rentrait chez nous en courant, sales, couverts de plaies, écoutant à peine nos mères, tirant sur les peaux mortes et fendues de nos paumes ouvertes ; on aurait dit que les callosités allaient finir par recouvrir entièrement nos mains.

Avec Zaire, on se bagarrait tous les jours après le collège contre les autres gamins du quartier, des garçons filiformes à la démarche pressée, dont les noms figuraient encore sur les feuilles de présence mais qui n'allaient plus en classe, sans doute par désintérêt. Le système scolaire n'arrivait pas vraiment à renouer avec ces enfants. Je ne sais pas trop ce qu'il en était de Joshua, mais j'avais vu Tristan au bureau des bons alimentaires sur Pitkin, près de l'école publique 159. Je faisais la queue avec ma mère, j'ai essayé de lui faire un signe de tête, mais il était avec sa daronne et quatre autres gamins. Puis une fois, j'ai eu l'occasion de jeter un œil dans la baraque de Joshua et elle avait l'air complètement vide.

Un jour, Zaire a pris la casquette des Braves de Joshua et l'a cachée dans l'armoire des fournitures d'arts plastiques.

— Si vous interrompez mon cours encore une fois, est intervenue Mme Budhris, je vous fais sauter les dents une par une !

Elle n'était pas censée dire ce genre de chose, alors je l'ai crue sur parole. Merde alors, nos gueules édentées… je te raconte pas le tableau.

Après les cours, on se promenait sur le petit terrain de sport de la cité Boulevard, ou on allait au resto chinois de Lee, plus haut sur Linden. Là-bas, il n'y avait pas de sièges, à l'exception d'un banc calé contre un mur. Le carrelage décoratif qui s'étalait du sol au plafond était en marbre défraîchi, l'élément le plus homogène de la boutique. Une cascade au milieu d'un paysage kitsch. Un ventilateur en bois ronronnait au-dessus de nos têtes. La vendeuse nous parlait derrière une vitre, plaçait la nourriture sur un plateau tournant en échange d'argent liquide.

On achetait un tas de pâtés impériaux, parfois du riz cantonais au porc qu'on mangeait avec une épaisse sauce orange dont ils ne donnaient jamais assez de sachets. On prenait des grands gobelets de thé glacé, préparé avec une poudre achetée en supermarché, mais toujours délicieux. On déconnait en frappant sur les tables et sur les murs, et la dame au comptoir nous observait à travers le Plexiglas blindé pour s'assurer que notre tapage ne virait pas au sabotage.

*

Un jour, on est allés trop loin.

Zaire et moi, on avait escaladé le toit des toilettes du collège – étouffantes en été et empestant toujours l'urine fraîche, qu'elles aient été récemment nettoyées ou non. Elles se trouvaient sur l'aire de jeux de l'école primaire et du collège, entre la cage à écureuils et un grand portail qui menait aux terrains de sport. On a ramassé plein de faînes et on s'est mis à bombarder Josh, Tristan et les filles.

— Arrêtez vos conneries, a grogné Tristan.

Il était manifestement de mauvaise humeur, encore plus que d'habitude. Mais c'est pas un truc que tu laisses voir. C'est une preuve de faiblesse, comme une odeur qui incite les autres gamins à t'attaquer. Tes émotions, tes sentiments, tu les gardes pour toi. Tu ne les montres à personne.

Mais là, ça crevait les yeux, alors on a ri.

— Qu'est-ce t'as, t'es pas content ? l'a provoqué Zaire.

Ni une ni deux, Tristan s'est mis à chercher un chemin pour grimper jusqu'à nous. Assis les jambes croisées, je lui lançais des faînes depuis le toit. Quand il nous a rejoints, il a poussé Zaire et m'a chopé par le col de mon manteau. À partir de ce moment-là, tout s'est passé trop vite. Je ne me souviens pas de ce que j'ai dit, mais j'ai déversé un flot d'horreurs. Alors, il a prononcé ton nom. J'étais tellement en colère que je me suis mis à pleurer. Puis, les mains autour de son cou, je l'ai poussé vers le rebord. Il a essayé de m'attraper le visage comme pour le ramener vers lui lorsqu'on a basculé sur le côté ; alors, je me suis retrouvé à agiter les bras comme pour m'envoler, tel un oiseau dégingandé planant au-dessus des immeubles dans une doudoune en plumes d'oie. J'ai atterri brutalement, le souffle coupé par le choc. J'avais le flanc gauche éraflé et douloureux. Par une entaille, des plumes s'échappaient de la manche de mon anorak. Une lueur a attiré mon attention, quelque chose qui percutait le sol, mais tout le monde courait. On aurait dit un couteau à cran d'arrêt. J'ai regardé en direction de Tristan qui se relevait déjà d'un bond, m'envoyant par la même occasion une gerbe de gravier froid au visage. Je me suis décollé du sol pour m'extraire de là, en traînant plus ou moins la patte, et en semant des plumes qui venaient consteller l'aire de jeux.

J'ai pensé qu'on réglerait nos comptes plus tard. Mais je ne suis pas revenu au périscolaire, et Josh et Tristan ne se sont jamais présentés à l'entraînement. Le lendemain non plus, je ne suis pas retourné au collège. Je suis sorti de l'appartement familial avec mon sac à dos comme si de rien n'était, et je me suis promené autour du petit terrain de sport de la cité Boulevard jusqu'à ce que tout le monde ait quitté la maison. L'école a appelé deux fois et j'ai effacé les deux messages. Lorsque j'y suis retourné le lendemain, on m'a directement envoyé au bureau de la principale. Apparemment, un des professeurs avait été témoin de l'incident. Une enquête approfondie m'avait attribué toute la responsabilité de l'affaire.

— Tes camarades pensent que tu représentes un danger pour leur sécurité, m'a informé la principale.

C'était une femme blanche d'un certain âge, originaire du Vermont ou d'un coin comme ça, qui travaillait ici, en plein milieu des grands ensembles. Elle n'arrivait pas à comprendre pourquoi les parents prenaient le parti de leurs enfants. Un jour au gymnase, alors que toutes les classes et les enseignants étaient réunis, Bobby Ramirez a jeté une chaise sur la principale. Le projectile a seulement atteint le podium, mais elle a appelé la police pour maîtriser l'auteur des faits, estimant que le garçon lui en voulait personnellement. Le père de Bobby n'était pas très content. La principale portait tous les jours des cols amidonnés et des tailleurs plissés comme dans les années 70, et elle se coiffait comme Rosalynn Carter. Je ne me suis pas donné la peine de répondre.

— Tu n'as rien à dire pour ta défense ?

Je n'ai pas desserré les dents.

— D'où est-ce que tu tiens ce couteau ?

— Quel couteau ?

J'étais perdu, puis je me suis souvenu de la longue entaille sur mon manteau. La principale s'est arrêtée pour me sonder. J'ai regardé le ficus en plastique près de sa machine à café dans le prolongement de son oreille gauche.

— Tu ne veux pas au moins savoir qui t'a dénoncé ?

J'ai secoué la tête. Je m'en fichais. Blâmez qui vous voulez. Conduisez-moi au mur d'exécution comme Capone l'aurait fait. Tout, pourvu que je sorte de ce bureau gavé de ficus.

— En tout cas, c'est le genre de comportement qui peut être sanctionné d'un renvoi. Il va falloir que je prévienne ta mère.

En tant que fils, je redoute les moments qui donnent raison à ma mère. Tu m'avais toujours explicitement mis en garde : Colly, ne te laisse pas entraîner par des mauvais garçons. Tu ne sais pas ce qui peut arriver. S'il y en a un qui a quelque chose sur lui ou qui s'attire des ennuis, vous allez tous avoir des problèmes. Mais évidemment j'ai été le seul à en pâtir. J'ai détesté devoir annoncer à la principale que ma mère ne répondrait pas au téléphone. Tu étais partie avant la fin de l'hiver et il ne me restait plus que les saisons.

*

Ces derniers jours, je me cherche dans les livres. Je choisis mes amis avec beaucoup de précautions, et la nuit il n'y a rien à voir par la fenêtre de ma chambre. C'est plus facile de parler avec toi à l'aube, quand ma ligne temporelle est engourdie. Tu n'en es que plus belle. Les livres sont la seule chose qui me prouve que nous avons existé avant, que nous appartenons à la petite musique de l'univers. De temps à autre, je m'exprime dans une langue décousue, ce qui pousse ma sœur à me jeter ses pantoufles à la figure. Je lui dis que les mots ne sont pas importants. Elle me réplique que tous les grands poèmes sont créés avec des mots. Les grands poèmes, tout est relatif… les vrais poèmes eux, sont écrits avec des morceaux de vie, dans la pénombre nocturne. Ce sont des accusations silencieuses portées contre l'eau ; elles m'amènent vers le déluge. Tu étais une grande poétesse. Tu buvais ta bière brune, puis tu dansais autour de mon père comme si tu avais vécu depuis la nuit des temps.

Tu étais majestueuse, comme le sont les livres, ou la reliure qui unit leurs pages, je m'en souviens. Tu m'as posé sur ses genoux et, comme les grands poètes, tu m'as fait croire que l'amour était le seul moyen de survivre. Mais tu mentais, comme tous les grands poètes.

Pa t'a construit une étagère à partir d'une vieille tête de lit, celle que tu avais quand tu étais petite. Elle était encore dans l'appartement de Nanou, et elle n'a rien bougé ni jeté depuis les années 80. J'étais là quand, dans le hall de notre immeuble, Pa a coupé le morceau de chêne avec une scie circulaire qu'il avait piquée dans le garage de son frère. Il a lissé les aspérités au papier de verre et poli la surface à l'aide d'une cire épaisse. Il a ensuite cloué la plaque de bois sur un mur de la cuisine, au-dessus de tes plantes et de tes aromates.

Sur notre étagère se trouvait un éventail de livres qu'on t'avait donnés au cours de ton existence, dont certains remontaient à l'époque où tu étais enfant à Brooklyn. Deux hivers durant, tu les avais classés et reclassés, selon un ordre qui nous était inconnu. La Bible se trouvait à côté de ton livre de cuisine pendant une semaine, puis des *Mangeurs de sel* la suivante. *Lettres à un jeune romancier* emboîtait le pas à *Maman soleil* et *Sula* au *Manuel du médecin de campagne.*

Personne n'existe pour toujours, mais tu refusais de l'admettre. Les ancêtres s'expriment à travers nous, avais-tu dit. J'ai cru que la chimio te montait à la tête, mais tu as insisté. Je ne comprenais pas comment tout cela pouvait arriver ni comment toi, ma mère, plus que quiconque, n'avais pas de réponse.

— Si Dieu m'aime si fort, t'ai-je demandé un soir au chevet de ton lit d'hôpital, pourquoi il te rappelle à lui ?

— C'est pas comme ça que ça marche.

Tu as pleuré comme une Madeleine, de manière incontrôlée, en suffoquant. Tu m'as pris la main et tu l'as serrée fort.

— Je vivrai pour toujours, tant que tu y crois, as-tu ajouté.

Tu n'avais rien à faire ici vraiment, ni à cette époque ni dans cette putain de ville. Tu parlais trop franchement, tu riais trop sérieusement et tu ressentais trop intensément. Tu t'ouvrais au monde comme une grenade mûre, poissant les mains de celui qui la tient. Parfois, les mots te manquaient, comme s'ils ne pouvaient exprimer tout ce que tu voulais dire. Tu avais ta propre langue, que mes oreilles seules ne suffisaient pas à comprendre.

Ma sœur se met des fleurs dans les cheveux, jaunes et violettes, suffisamment colorées pour attirer les abeilles. De retour du parc, les paumes rougies et desséchées par le handball, je criais à Toya de me préparer quelque chose à manger. Je rentrais plus tard que permis, après l'allumage des réverbères. Alors tu t'es lancée à ma poursuite pour me corriger avec une des ceintures de papa. Je me suis éloigné en boitant, la douleur cuisante partout où tu avais fait mouche, et je me suis allongé au lit, sur le ventre, soufflant de la morve sur mon oreiller. Plus tard, tu es venue me border. Pour te faire pardonner, tu m'as apporté un chocolat chaud avec plus de marshmallows qu'à l'ordinaire et tu m'as lu *I Remember « 121 »* de Francine Haskins.

— Pas la peine de faire du boudin, as-tu lancé dans l'obscurité. Tu sais que tu l'as bien mérité.

J'ai tchipé et tu as ri en passant tes longs doigts dans mes cheveux. Ça mettait un point final à nos hostilités. Pas comme avec papa qui restait tout en menaces et en silences prolongés – sa fierté de Caribéen, tel un putain de rideau de fer, ne cédait pour personne.

Personne, à part toi. Vous vous querelliez, au milieu des assiettes cassées et des ultimatums, tu pleurais à chaudes larmes et mon imposant père, les yeux rouges, se faisait de plus en plus petit et finissait par capituler. Ces soirs-là me terrifiaient plus que tout. Vos voix labouraient les murs. Je me cachais sous mes draps, essayant de m'évaporer, souhaitant m'enfoncer à travers le plancher, disparaître complètement. Toya s'asseyait toujours au bord de son lit et regardait droit devant elle.

Mais quelles étaient les raisons de vos disputes, au juste ? À l'occasion de l'une d'entre elles, on nous a envoyés chez Nanou et je lui ai demandé son avis.

— Quand tu vis en couple pendant longtemps, ça peut finir par t'amputer d'une part de toi-même, m'a expliqué ma grand-mère.

Mon père détestait New York, l'avenir ici lui semblait bouché. Dans ses songes, c'est la terre riche et noire de la Barbade qu'il invoquait. L'air frais y porte l'odeur de la mer, d'une eau dans laquelle on voit ses pieds, si claire que le verre fait pâle figure à côté. Puis les hivers new-yorkais ont aggravé son anémie falciforme. Il passait des journées entières à se tordre de douleur à la maison et pour le soulager tu le frictionnais avec du beurre de karité. Je n'arrivais pas à savoir si tu détestais Pa, vu la façon dont tu t'emportais parfois. J'ai l'impression que tu l'aimais. Tu serais allée au bout du monde pour lui. Pourtant, il y avait quelque chose qui te tapait sur les nerfs, t'effrayait même, la façon dont il te touchait et te faisait détourner le regard quand il parlait. Je savais qu'il y avait un terrible secret que nous partagions tous mais dont personne n'osait parler.

Au début, tu as traité ta maladie comme s'il s'agissait d'un rhume. Tu rentrais à la maison où les fenêtres fermées rendaient la chaleur si épaisse que j'en avais les yeux lourds. Tu t'entourais de branches de romarin et de menthe, tu préparais une infusion en faisant bouillir des feuilles d'ortie et des pétales de camélia, tu écrasais des herbes séchées et de la cire d'abeille avec un mortier et un pilon. Tu avais l'habitude de nous soigner de cette façon.

— Maman, arrête avec tes trucs bizarres, chouinais-je, les pieds dans de l'eau chaude et du sel d'Epsom.

Je vais être honnête quand même. Tes remèdes ont repoussé les maux de tête chroniques et les rhumes à répétition de Toya. Les articulations de papa se calmaient sous tes pommades, baumes et onguents sans qu'il ait à souffrir de la brume métallique de son analgésique. Tu considérais ces recettes comme authentiques, transmises à une époque où la nature pouvait tout guérir. Laisse faire le soleil. Ce que tu donnes à la terre, elle te le rendra.

Bientôt, la nature n'a plus réussi à suivre, elle n'était plus en mesure d'apaiser l'excroissance, ne pouvait pas réparer ce qui coulait et saignait. Les infusions et les huiles sont devenues des compléments aux pilules, les baumes un soulagement pour la chimio, un traitement pour le traitement qui n'a jamais semblé fonctionner. Tu partais quelques jours à l'hôpital, tu t'éloignais de nous, du monde et tu rétrécissais comme une fleur éclosant à l'envers. Après notre discussion au sujet de Dieu, tu as décidé de rentrer à la maison.

— Comment vous dites déjà, les enfants ? Je ne peux pas m'en aller comme ça, as-tu plaisanté.

Vers la fin, tu avais tout le temps le souffle court. Je t'entends encore tousser, un tuyau d'orgue en acier. Crachant du sang. On en trouvait dans les endroits les plus incongrus. Des flaques de goudron noires et luisantes. On aurait dit des trous dans le plancher qui descendaient jusqu'au sous-sol. Quand tu croyais être la seule réveillée, tu griffonnais tes prières sur les coins de petits morceaux de papier en pleurant.

Tu es partie de bon matin, juste avant le lever du soleil. On était restés au lit pendant des jours, à attendre que rien ne se passe, à prier pour qu'il ne se soit rien passé. On n'était pas allés à l'école. Pa, qui somnolait dans un coin de votre chambre, s'était précipité dans la nôtre pour nous chercher avant de prendre la mesure des événements. Tes yeux étaient clos. Toya t'a touché les mains et a sursauté en sentant leur froideur. De mon côté, je me suis disloqué en un tas d'os.

En pleine bourrasque de neige au cimetière de Jamaica Avenue, près de Ridgewood, on se dressait dans la grisaille de ce midi de février, des fleurs jaunes, rouges et violettes à la main, alors que les mots du révérend se dispersaient parmi les flocons de neige. Ils t'ont fait descendre dans ta concession et inhumée dans une terre grasse. Ç'aurait aussi bien pu être du béton. Ma gorge s'est nouée. Pourrais-tu respirer, me suis-je inquiété, aurais-tu assez chaud ?

Après le repas, on a tous plus ou moins échoué dans notre coin de l'appartement. Personne n'a songé à manger avant quasiment minuit, quand ma sœur a réchauffé les plats du midi. Pa s'est assis et a laissé la télé l'engloutir. Le lendemain, il nous a emmenés chez mamie et il a disparu pendant environ une semaine. Un soir, alors que Toya aidait Nanou à laver la vaisselle, elle lui a demandé comment il pouvait partir comme ça.

— Les hommes ont le privilège de l'absence, a été la réponse laconique de Nanou.

*

Toya et moi, on a commencé à sécher les cours ensemble, ce qui dans notre deuil s'est avéré la meilleure façon de resserrer nos liens. Elle avait toujours été une élève studieuse ; c'était bon de la voir s'encanailler un peu. On avait tendance à broyer du noir tous les deux. Tu étais le parfait contre-pied à son cynisme, Toya étant une Madame-je-sais-tout et toi, du genre à répliquer « Qu'est-ce que t'en sais ? »

Notre deuxième jour d'école buissonnière s'est passé sans encombre. Il a simplement fallu qu'on soit présents pour l'appel du matin. Ensuite, les professeurs ne vérifiaient que rarement les listes de présence. Je me suis faufilé par la porte latérale et j'ai couru sur une centaine de mètres. Toya m'attendait sur Myrtle.

— T'as mangé aujourd'hui ? m'a-t-elle demandé, comme elle l'avait fait chaque jour de la semaine précédente.

— Ouais, ai-je menti.

— T'as pas l'air en grande forme, Colly.

— Toi non plus, Satoia, ai-je répliqué et elle m'a regardé de travers.

Elle détestait ce nom. Ses yeux étaient rouges et gonflés et je me suis demandé si elle arrivait un peu à dormir la nuit.

On a pris le métro pour Manhattan, où il était facile de disparaître, de tomber dans l'anonymat. Il fallait absolument éviter de se faire embarquer par la fourgonnette de la brigade anti-absentéisme, éviter de se retrouver en détention jusqu'à la fin de la journée d'école. Je me suis plongé dans la vacuité des affiches publicitaires, depuis lesquelles des grosses têtes et de larges sourires me fixaient. Personne dans le wagon ne ressemblait à ça, à part un type en costard qui étreignait le *Times* comme une brochure religieuse. J'ai regardé une Antillaise en face de moi manger des tamarins tout droit sortis d'un sac de congélation taché de sauce piquante, qu'elle avait tiré d'un cabas à roulettes. À côté d'elle, une Coréenne oscillait de droite à gauche, les yeux fermés, menaçant de s'endormir. Elle avait l'équilibre d'une mère : de ses bras, elle retenait des sacs en papier dégueulant de provisions, tout en gardant à l'épaule un sac à main assez grand pour ravitailler tout un village. J'ai surpris mon visage dans la vitre derrière elle, un agencement flétri de chair et d'os.

La chanson d'un orchestre de mariachis déferlait dans le wagon, même si les musiciens ne gagnaient pas grand-chose à cette heure creuse de la journée. À l'arrêt suivant, ils sont descendus dans un vacarme de cloches et de chaussures à semelles épaisses, en nous tendant leur chapeau au passage. Deux femmes montées à Marcy Avenue se sont directement assises en face de nous. Elles étaient toutes les deux grandes, longilignes. L'une avait la peau noire et une crinière de dreadlocks tandis que l'autre avait des boucles brunes, les joues rouges, une carpe koï bleue tatouée de l'épaule jusqu'au bras. Elles échangeaient des baisers entre chaque arrêt. Une de tes plus anciennes amies du quartier, Minnie, fréquentait une fille qu'elle ne pouvait pas présenter à sa famille. Mon père parlait tout le temps d'elle, affirmant qu'elle ne devrait pas embrasser les enfants. Furax, tu répliquais :

— Du coup, toi non plus, tu ne devrais pas les embrasser, avant de lui lâcher son plateau-repas sur les genoux.

Dans la cour de récréation, on déconnait pas mal entre garçons, s'imaginant avoir deux femmes, deux meufs à la fois, et à quel point ce serait sexy. Pourtant, de les voir de près, la fille tatouée, protectrice, nourricière, souriant dans les boucles drues de son amoureuse, jouant avec les bagues de son amie… ça m'a fait penser à toi et à Pa. Vous avez été heureux quand même ?

Toya observait les publicités, tout ce qui pouvait l'empêcher de regarder devant elle. Je me suis tourné vers elle et elle a levé les yeux au ciel.

— Je déteste voir des gens se bécoter, s'est-elle contentée de dire.

*

La seule production potable était un film indépendant interdit aux moins de dix-sept ans non accompagnés. Toya savait qu'on ne nous laisserait pas acheter de billet et m'a reproché de ne pas être assez grand. Je lui ai reproché d'avoir le corps d'une gamine de douze ans et elle m'a écrasé la tête contre la porte vitrée. Au bout du compte, on a réussi à convaincre une dame de nous laisser entrer avec elle pour éviter de susciter des questions.

— Je me demande ce qui est le pire, a-t-elle déclaré alors qu'on achetait du pop-corn. Vous aider à sécher ou pouvoir passer pour une mère de famille.

On a fini par s'asseoir côte à côte et elle était assez jeune pour rire quand on criait devant l'écran. Elle s'est sentie obligée de nous demander pourquoi on n'était pas en cours.

— Parce que l'école, c'est de la merde, ai-je dit.

— Vous ne le pensez pas vraiment, quand même ? m'a-t-elle demandé avant de nuancer. Il y a beaucoup de choses qui ne marchent pas dans les écoles de cette ville, mais ce n'est pas sécher les cours qui va y changer quoi que ce soit.

— Vous ne le pensez pas vraiment, quand même ? a singé Toya à voix basse mais tout de même assez fort pour qu'on l'entende.

La femme a affiché un sourire complice.

— Comment vous vous appelez ?

— Toya.

— Meech.

— Arrête, Colly…

J'ai tchipé.

— Je m'appelle Colly.

— Moi, c'est Amaal. Heureuse de faire votre connaissance, a-t-elle continué avant de nous serrer la main. Je ne veux pas vous faire la morale. Je trouve simplement dommage de voir des jeunes gens intelligents se faire léser.

— On ne fait pas ça tout le temps, l'a rassurée Toya.

— Qu'est-ce qui se passe alors ? Vous fuyez quelque chose ?

On a tous les deux haussé les épaules, sans lâcher l'écran des yeux. Toya a craché un grain de pop-corn sur le sol de la salle.

— J'en sais rien, a-t-elle dit. Notre mère vient de mourir.

Ses mots sont restés en suspens, nous laissant en état d'apesanteur. Curieusement, j'ai su que c'était la première fois qu'elle les prononçait à haute voix. De mon côté, je n'avais pas encore osé. J'ai eu l'impression qu'elle venait de me confirmer quelque chose… des fois que je me serais posé la question.

La femme s'est figée, fixant le profil de Toya d'un regard perdu, les lèvres entrouvertes. Toya a poursuivi :

— Et j'imagine que je devrais avoir envie de fuir tout ça, mais j'en ai pas envie. Ça ne me fait pas aussi mal que ça devrait, normalement.

— Tu dois trouver comment faire ton deuil, a expliqué Amaal. La vérité, c'est que le sentiment de perte ne s'en va jamais. Tu apprends à vivre avec. Et si tu finis par pleurer à chaudes larmes dans un mois ou dans un an, eh bien, c'est comme ça.

On est restés silencieux pendant les dernières scènes du film et je devinais que, durant tout ce temps, Amaal était en train de réfléchir à ce qu'elle pourrait nous dire de plus. Alors que les gens quittaient la salle, elle a demandé son téléphone à Toya et enregistré son numéro dans le gros Nokia.

— Arrêtez de sécher, a répété Amaal.

J'ai souri et on l'a regardée partir. Les lumières se sont baissées. On a attendu la prochaine séance.

*

Après le film, on s'est assis dans le parc sur la 4e Rue ouest pour manger d'énormes parts de pizza achetées dans une boutique à côté du cinéma IFC. On regardait en direction du centre, en mâchant la bouche ouverte pour éviter de nous brûler la langue. Derrière nous, les sons distordus provenant du match improvisé se mêlaient au ronron des klaxons des voitures et des carillons des magasins, au grincement des moteurs de bus et des roues de chariots ambulants. Les conversations se fondaient les unes dans les autres jusqu'à ce que tout soit recouvert d'un murmure chaud et violent. New York a son propre accent, la ville fait claquer et rouler sa langue.

De la graisse me coulait des doigts sur le poignet, que je léchais. De son côté, Toya épongeait sa tranche avec des serviettes.

— Tu veux ma photo ? a-t-elle demandé alors que je l'observais.

— Pourquoi tu fais ça ?

— Pour pas avoir à faire comme toi ! a-t-elle lancé, moqueuse, en montrant la coulée de graisse que j'essayais d'atteindre avec la langue.

J'ai tchipé. Au bout d'un moment, elle s'est mise à sourire dans son coin.

— Tu te souviens de la voiture dans laquelle papa nous trimballait ?

J'ai ri aussi sec.

— Cette Fleetwood à la con.

— Tu te souviens du bruit qu'elle faisait ? Comme des coups de chevrotine ?

— Carrément. C'était le moteur ou quoi ?

Elle a haussé les épaules.

— Tout ce que je sais, c'est qu'en entendant une de ces détonations, Rashad, de l'immeuble d'à côté, a voulu s'enfuir et a failli s'étaler dans la rue.

J'ai hurlé de rire.

— Arrête. Pendant des années les gens ont vraiment cru que Pa avait un fusil.

— Dis, tu te souviens de ce voyage qu'on a fait dans cette caisse ?

J'ai secoué la tête et Toya s'est tournée vers moi, déjà en mode histoire.

— Ç'a été un vrai désastre. On est allés jusqu'en Géorgie pour voir une des cousines de maman ou je sais plus qui. Pendant tout le trajet, on a eu la tête farcie par les pétarades et Pa était en plein déni. Maman l'a fait coucher dans sa caisse, vu que c'était sa petite chérie.

— Je devais être trop jeune pour m'en souvenir.

— Je m'en souviens à peine, moi aussi, a-t-elle concédé en levant les yeux vers un grand panneau publicitaire au-dessus de nous. J'ai seulement quelques images en tête grâce à maman. Je faisais toujours des cauchemars quand je dormais dans un nouvel endroit. Alors, je me suis glissée dans son lit et elle m'a assuré qu'elle ne s'endormirait pas avant moi. On est restées éveillées jusqu'au petit jour. Elle m'a montré comment tresser des bracelets, avec plein de couleurs et de nœuds différents. On a mangé de la crème glacée frite sur des tranches de quatre-quarts tout juste sorti du four. Elle m'a dit : Tu auras toujours peur de tes rêves si tu crois qu'ils sont vrais. Je sais bien que c'est pas réel, je lui ai répondu en espérant échapper à son baratin de mère. Elle s'est contentée de m'informer qu'ils auraient toujours l'air réel, et elle m'a montré un bracelet qu'elle venait de terminer. Puis on s'est postées dehors pour regarder le lever du soleil, mais on s'est endormies sur le vieux banc à bascule de la terrasse. Papa a fini par nous porter au lit.

On s'est tus un moment. Au bout d'un certain temps, Toya a plié son assiette et s'est levée pour la jeter. J'étais encore quelque part en Géorgie, à vous regarder, toi et une plus jeune version de Toya, en train de jouer avec des libellules dans la lumière du matin qui s'étendait à l'infini. De vos pieds nus, vous écriviez des histoires dans les digitaires, chacune retenue dans les nœuds de vos bracelets.

*

Quand je suis rentré à la maison, Pa était solidement calé dans son fauteuil, celui dans lequel il s'asseyait toujours après le boulot, et si je n'avais pas su à quoi m'en tenir j'aurais dit que tout allait pour le mieux et que ma mère allait sortir de la cuisine, un plat d'œufs mimosa à la main. Je me suis assis aux pieds de mon père et je me suis scotché à la télé. Il y avait un match, c'étaient peut-être les playoffs, mais j'avais un peu arrêté de suivre le basket depuis quelques mois.

— Où est ta sœur ? a-t-il demandé, les premiers mots qu'il prononçait depuis des jours.

— Chez Nanou.

Je ne voulais pas lui avouer qu'elle ne voulait plus avoir affaire à lui.

— T'as mangé ?

J'ai secoué frénétiquement la tête. Il s'est levé et a pris la direction de la cuisine. J'ai eu droit au spectacle de le voir chercher partout, fouiller dans les placards et lancer des trucs sur le plan de travail ; même si on savait tous les deux qu'il n'y avait rien dans la cuisine.

— Merde, fait chier !

Il a pris son manteau et il est sorti. J'ai fixé la porte un moment, puis un point dans l'espace en face de moi. J'étais sur le cul !

J'ai attendu, essayant de l'imaginer en train de nous acheter du poulet à Crown Fried ou des sandwichs graisseux à l'épicerie. Quelque chose a rampé sous le plancher, a griffé les tuyaux. J'entendais des voix de l'autre côté des murs. Certains soirs, elles se faisaient cris et gémissements, et je n'arrivais même plus à entendre la télé. J'ai regardé l'étagère de livres de ma mère ; ses finitions imparfaites, les clous dans le mur qui commençaient à se détacher à mesure que le bâtiment s'atrophiait avec les années. J'ai décidé de tout lire, dans aucun ordre précis.

Au moment où, au plus profond de moi, je n'ai plus eu aucun doute sur le fait que mon père était un vrai con, il est revenu avec un tas de sacs de provisions. J'ai commencé à les ranger tandis qu'il me disait en criant ce qu'il fallait laisser de côté. Il a grillé des escalopes de poulet et fait frire des pommes de terre dans de l'ail, des oignons rouges, des piments et des poivrons verts. Il a préparé du pain de maïs qu'il a servi avec du beurre de cannelle et une grosse cuillerée de crème fouettée. On a mangé devant un match de basket à la télé sans le son, Dwyane Wade effectuant un pick and roll à l'écran.

— Je sais que vous séchez avec Toya, a-t-il soudain lâché. C'est pas grave, j'imagine que vous êtes chamboulés à cause de votre mère.

— Pas toi ?

J'étais paralysé, j'avais les yeux rivés sur le plancher, sur le bord de mon assiette, sur mes genoux sombres. Pa regardait son plat, avalant un morceau de tendon.

— Bien sûr que si, a-t-il commencé avant de s'interrompre et de marmonner dans sa barbe : c'est vrai que je me suis éloigné de vous… Je me comprenais pas moi-même… Je sais que c'est pas une excuse…

Puis il s'est arrêté, m'a regardé droit dans les yeux, de profonds sillons barrant son front comme autant de rivières, pour finir par me lâcher : « Je vous ai certainement déçus. » Ça au moins, c'était clair.

Et j'ai dû faire une tête pas possible parce qu'il m'a épargné la peine de lui répondre et a posé ses battoirs derrière mon cou.

Il m'a examiné comme on scrute un inconnu : il a considéré mes cheveux, mes yeux (ses yeux à elle, disaient-ils quand je pouvais encore tenir dans leurs bras), mes joues, ma peau, un mélange entre le teint de cèdre de maman et celui café de Pa. Qu'est-ce qu'il pouvait me dire ? Dehors, un cri solitaire a retenti depuis l'épicerie éclairée sur Stanley, recouvrant le bourdon de la foule. Ça devait être un cri de deuil ; il charriait trop de questions. Les sirènes régneraient bientôt dans la rue et le chagrin céderait assurément la place à l'hystérie. La fièvre de l'été assécherait mes yeux.

Killing Fields

Key, 1989

Mamoune me racontait souvent l'histoire d'Igbo Landing. Elle a grandi dans la tristesse, le Sud tanné par le soleil et par ses nombreuses afflictions, celles qui lui ont ravi toute sa famille. Ici à New York, son amoureux est mort dans la rue, mais seulement après leur séparation. En tout cas, Igbo Landing, c'est l'histoire d'un peuple kidnappé, des hommes et des femmes enchaînés les uns aux autres pour être vendus sur une terre étrangère mais qui décidèrent de tuer leurs ravisseurs en les jetant par-dessus bord. Les captifs, une fois libres, repartirent vers leur pays d'origine, en passant par Dunbar Creek et l'Atlantique glacé. On a parlé d'un suicide collectif. Mamoune disait qu'ils allaient rentrer sur les côtes de l'Afrique de l'Ouest en marchant, en adressant des chants aux esprits de l'eau. Des années plus tard, quand j'ai quitté la maison pour de bon, j'avais déjà essayé de me suicider. J'y pense encore dans le noir, même s'il n'y a pas un ruisseau ni un trou d'eau à l'horizon. Comme Mamoune, je suis quelqu'un de triste.

À la fin des années 80, je travaillais dans un grand magasin new-yorkais où ma patronne me confondait souvent avec son autre employée noire.

— Keisha, pouvez-vous vous assurer que le présentoir de cravates pour hommes est bien rangé ? m'a-t-elle demandé en ce début de mai déjà chaud et plombé par une épaisse couverture nuageuse.

Margie était un peu trop grande pour sa veste et sa robe-fourreau ; quant à ses cheveux, c'était une touffe orange qu'elle tirait en chignon.

— C'est Key, ai-je bredouillé.

— Au rez-de-chaussée, ma chère.

— C'est Key, ai-je répété plus fort. Mon nom. C'est Key.

— C'est pas ce que j'ai dit ?

— Non, vous avez dit Keisha.

— Je ne vois pas la différence, a-t-elle déclaré, bouffie de suffisance, avant de s'éloigner pour veiller de manière quasi religieuse au bon fonctionnement du magasin.

Je me suis précipitée à ses côtés.

— C'est Keisha qui fait généralement la fermeture.

— C'est important pour vous.

Margie pouvait comprendre.

— Eh bien, c'est mon nom… tout simplement.

— Je m'emmêle les pinceaux. Vous comprenez, n'est-ce pas ? Je ne suis pas raciste, ni rien.

— J'en suis sûre, dis-je alors que nous étions près de mannequins aux orteils redressés, revêtus de tailleurs sombres de la marque Ann Taylor. D'ailleurs, vous confondez aussi les deux vendeuses juives du rayon parfum.

— Marla et Jenny ?

— Jenna et Martha, l'ai-je corrigée.

Les sourcils de Margie, devenus broussailleux et aciculaires parce qu'elle ne les avait pas épilés dans la salle de repos comme elle le faisait d'habitude, ont fusionné. Elle m'a jaugée du regard, tout en pensant à ses rayonnages et à une livraison de vêtements dont elle s'occuperait plus tard.

— Key ?

— C'est ça !

— Les cravates ?

Je traînais à la librairie Strand pendant mon temps libre ou quand j'avais peur de rentrer chez moi. Le quartier, à quelques rues pavées de NYU, regorgeait de punks et de toxicos, de skaters et d'artistes, de lycéens venus de petites villes du nord ou de l'ouest de l'État. La clientèle était composée d'étudiants cachés derrière des lunettes à grosse monture, de filles aux cheveux peroxydés ou blonds cendrés, de jeunes Blancs en T-shirt élimé et clair.

Ce jour-là, une Blanche dans un haut en jean délavé me suivait partout dans la librairie, aussi indifférente que moi. J'ai sélectionné ce que j'aimais et me suis cachée dans un coin entouré d'étagères. J'ai posé mes sacs et me suis assise pendant un temps infini. J'ai lu l'histoire d'un homme qui, à la demande de sa mère mourante, part à la recherche de son père dans un village reculé du Mexique. Lorsqu'il arrive sur place, il se rend compte que tous les habitants du village sont morts, et ce depuis longtemps. N'arrivant pas à savoir s'il s'adresse à des fantômes ou des illusions issues de son imagination, il sombre dans la folie. Dans le métro en direction du terminus de Brooklyn, je me suis posé la même question que lui : je me suis demandé si cette ville n'était pas le royaume des semi-vivants. En fait, je pense déjà avoir vu des fantômes. Depuis que j'ai quatorze ans, je fais des rêves dans lesquels je rencontre des personnes qui me sont inconnues. Par exemple, cette femme que je croisais souvent accompagnée d'un petit garçon, toujours devant le centre commercial à l'angle de Pennsylvania et Wortman. Elle avait une cicatrice derrière l'oreille, le bas de sa robe de chambre était râpé à l'endroit où le vêtement recouvrait ses pieds. La nostalgie s'était installée sur son visage, sa peau d'un marron profond se craquelait au niveau des plis. Un jour, elle a levé les yeux pour la première fois et son regard a traversé le parking en direction de l'arrêt de bus puis s'est posé sur moi. La nostalgie s'est transformée en quelque chose que j'ai cru reconnaître.

Je demandais toujours des nouvelles de la femme en robe de chambre quand j'y pensais, pourtant personne ne semblait la connaître. Tous ceux que j'interrogeais déclaraient ne jamais l'avoir vue, n'en avoir jamais entendu parler. Dante a secoué la tête la première fois où je lui ai posé la question.

— Toi qui es dehors toute la journée, tu dois bien l'avoir déjà vue.

— Jamais.

— C'est pas possible.

— Elle te doit de l'argent ou quoi ? a-t-il demandé, de sa voix comme un frémissement provenant du fin fond de sa poitrine encadrée par de larges épaules.

— J'ai l'impression de l'avoir déjà vue quelque part, ai-je déclaré.

Ce n'était pas un mensonge.

Les histoires sont racontées d'une manière différente à chaque fois. Néhémie ramena son peuple jusqu'à leur terre, où ils ne trouvèrent que des ruines. Tout ce que j'avais connu était en ruine. Le jardin, un maquis. Des tours s'étendaient le long du boulevard, chaque fenêtre abritait une autre histoire, une autre guerre. Certaines s'illuminaient d'une lumière chaude ou présentaient un drapeau, accroché le long des barreaux de protection. Sur le rebord de quelques-unes trônaient encore des décorations de Noël. Quelqu'un les avait oubliées là... comme moi.

Un jour, alors que je descendais du bus qui partait de Broadway Junction en direction du sud, j'ai cherché la femme à travers un nuage de gaz d'échappement. Il y avait de la fumée provenant d'un gril, une vieille dame faisait rôtir des brochettes de poulet près du stop. Le centre commercial était un alignement de façades en brique dans des tons délavés de bleus, de roses et de verts, et de vitrines poussiéreuses sous des stores et des néons clignotants. Il y avait un magasin de cosmétiques, un caviste, un éventail de fast-food graisseux et une boutique qui vendait de tout, des bijoux aux lecteurs de cassettes, des bipeurs aux chaussures de basket. Sur le parking, des bouteilles en plastique et des papiers d'emballage valsaient, pris par l'hameçon d'une brise légère.

Je me suis rendue au magasin de cosmétiques, un carillon électrique s'est déclenché lorsque j'ai ouvert la porte. La Chinoise au comptoir a souri, puis elle a examiné mon sac à main et les grands cabas que je portais. Les allées étaient petites mais bourrées de baumes, de flacons d'huile, de tubes de pommade, les étagères débordaient de vernis à ongles et de faux ongles autocollants, aux murs on trouvait postiches et rajouts à profusion. Des perruques, allant du carré à la crinière ondulée, étaient posées sur des têtes en polystyrène et se déclinaient dans des couleurs auburn, châtain et blond.

Du côté de Wortman, des vieux qui traînaient là tous les jours réparaient leur voiture en dégoisant. Ils donnaient des conseils d'entretien et jetaient un œil sous votre capot en échange de quelques bières. Le soleil est passé dans l'axe de l'avenue, luisant sur leurs épaules foncées et leur tête chauve. Une écume de graisse dégoulinant des voitures s'écoulait dans la rue et de l'eau sortie de tuyaux d'arrosage glissait le long des caniveaux. Certaines histoires sont vieilles comme le monde.

— Hé, la miss, t'as pas pris des chaussures pour aller avec ça ? a crié Genesis depuis la salle de bains de notre appartement.

Elle est sortie de là pieds nus, vêtue d'une jupe en cuir moulante et d'une veste en cuir bordée de fourrure sur un dos nu Tommy Hilfiger. Je portais une jupe en jean Guess et une fourrure à manches courtes.

— T'as au moins cent paires de pompes que tu peux porter avec ça dans ta penderie.

— T'as vraiment sale mine. J'espère qu'il n'y a pas d'embrouille avec ta patronne.

— Elle ne connaît même pas mon nom.

Comme je rapportais toujours les vêtements que je volais, la plupart du temps dès le lendemain, il n'y avait aucune raison que Margie se rende compte de quoi que ce soit.

— T'as vu Dee dans le coin ?

— Je l'ai aperçu près de la bijouterie, ai-je dit.

J'étais en train de traverser l'appartement ma veste sur le dos, histoire de voir si mon allure changeait au gré des pièces.

— Il t'a dit quelque chose ?

— J'étais déjà rentrée dans le magasin de cosmétiques avant qu'il puisse me voir. Je suis certaine que cette boutique est une couverture…

— Attends, t'es allée là-bas sans moi ?

— Tu veux que je vienne te chercher à chaque fois que je m'achète une perruque ?

— Ouais, j'aimerais bien, mais continue.

— Laisse tomber.

— Moi, je l'ai vu devant le centre pour les sans-abri avec sa fille, a crié Genesis à travers le couloir.

Debout sur la pointe des pieds, elle essayait de voir ses chaussures dans le miroir de la salle de bains.

— Elles sont trop mignonnes.

— Tu veux déjà jouer au papa et à la maman avec lui ?

— Personne ne joue à rien, a-t-elle rétorqué et j'ai pouffé.

— Je n'aime pas la manière dont il traite la mère de son enfant, ai-je déclaré tout en cherchant les cintres en métal que nous avions récupérés chez des teinturiers.

— Mais tu connais Tiffany.

— Et alors ? C'est à cause de Dee que tout le monde la traite aussi facilement de folle.

J'ai retiré mes vêtements et les ai suspendus avant qu'ils ne se froissent. Le séjour était progressivement devenu le salon de coiffure de Genesis. Pendant la journée, elle s'occupait des cheveux de la plupart des filles de l'immeuble. De ses longs ongles, elle tressait des motifs et se débrouillait aussi bien que les Dominicaines de New Lots question shampoings et mises en plis. Des fers à repasser chauds, des peignes et des paquets d'extensions capillaires encombraient le comptoir et la table. Un peu avant minuit, quand elle a eu fini ses préparatifs pour le lendemain, j'ai mis une cassette dans le magnéto. Il y avait au moins six films dessus, qui s'enchaînaient à des volumes différents et dans des qualités d'image inégales. Nous nous sommes installées dans le canapé-lit et nous avons doucement papoté devant *Cooley High*. Genesis s'est endormie au moment où Preach se tient au-dessus de la tombe du chef apache Cochise, une bouteille d'eau-de-vie à la main. J'ai articulé silencieusement ces mots avec lui : « *Ne t'inquiète pas… Je vais m'en sortir. Je mens et je vole trop facilement pour ne pas m'en tirer.* » Ces paroles m'ont touchée dans mon for intérieur.

*

J'ai rêvé que des gens se retrouvaient au bord de l'océan, dormaient et vivaient près de grandes étendues d'eau. La marée montait à mes chevilles, froide et épaisse. J'ai poussé un cri, suis tombé à la renverse dans le sable, le fond de la gorge à vif à cause du chant de ma respiration. Des broussailles, secouées par un chœur de sauterelles, me parvenait un gémissement. J'avais traversé l'autoroute, marché dans un champ de blé boueux, à demi inconsciente, puant la sueur et les gaz d'échappement, les pieds sales et couverts d'entailles. La baie s'ouvrait sur un noir infini, l'Atlantique trouble sous la blancheur de la lune. J'entendais la voie rapide derrière moi, les centrales thermiques, les cheminées qui crachaient une fumée épaisse et des éclats de braise.

— Y a quelqu'un ? ai-je demandé, mais ma voix a été emportée au large et s'est noyée sous le clapotis des vagues.

Je me suis rapprochée du bruit, derrière des arbres tordus et fendus et, de l'autre côté des rochers, je les ai vus. Ils étaient immobiles, alignés sur le sable à quelques mètres de distance. Le long de la cuvette sablonneuse, le port était jalonné de dizaines de personnes, hommes et femmes, jeunes et vieux, de l'eau jusqu'aux chevilles. Une vieille dame a marché vers moi, le bas de sa robe de chambre en loques oscillant au rythme des vagues.

*

Parfois ma mère regardait fixement le mur, l'étagère ou le fauteuil, à l'autre bout de la pièce, le visage crispé. Je faisais du bruit pour qu'elle remarque ma présence et elle revenait à elle, serrant plus fort le balai ou la télécommande. Je me demandais où elle était partie, si elle revenait d'un monde lointain. Quand elle m'apercevait, elle souriait, mais ses yeux semblaient fatigués. Elle voyait une personne devenue douce et vulnérable. Je me demandais si, comme moi, elle voyait l'océan, si elle entendait l'eau dans ses rêves.

Nous étions mi-mai. Je me coiffais dans le salon de Mamoune et je lui ai demandé de bien vouloir m'aider pour l'arrière. Elle a tenu le peigne comme un crucifix quand je le lui ai passé, puis elle s'est assise derrière moi dans le canapé. Je lui ai demandé pourquoi elle n'avait pas eu d'autres enfants. « Ils ont dû m'ouvrir », a-t-elle lâché, et lui retirer une partie d'elle-même ; un sacrifice de la chair. Elle ne voulait pas revivre cela. Je lui causais déjà bien assez de souci.

Je n'avais pas un rond, pas d'économies. J'avais arrêté mes études universitaires après un an. Le City College m'avait donné l'impression d'être un grand lycée, un grand lycée qui coûtait de l'argent que nous n'avions pas. Inutile de tergiverser là-dessus.

— Dieu sait si j'ai essayé depuis ta naissance, a-t-elle ajouté en posant le peigne pour me passer de la pommade dans la crinière, en suivant mon crâne. Tu es ma fille unique.

Je pensais de plus en plus souvent au garçon devant le centre commercial, et à sa mère ; je les traînais comme une mauvaise gueule de bois. Je me sentais liée à la femme au peignoir ; elle voyait ce que je voulais, et savait que la plupart du temps mes désirs ne signifiaient rien. En allant au travail, je suis passée devant plusieurs foyers : j'ai regardé les tableaux d'affichage dans les halls d'entrée, cherché à l'accueil le numéro des personnes pouvant aider l'enfant et récupéré des prospectus pour des collectes de manteaux et des programmes de logement.

Au boulot, je déambulais d'étage en étage et, lorsque j'apercevais Margie ou l'autre responsable, je me mettais à ranger un rayon ou aidais un client qui n'en avait pas besoin.

— Si je comprends bien, tout le monde vole ici ! a lancé Jenna avant le déjeuner, dévisageant d'abord Martha, puis moi.

Nous étions agglutinées derrière un présentoir en verre rempli de parfums, cachées avant de reprendre le travail. Les cheveux châtains de Jenna étaient frisés et abîmés ; elle en laissait des touffes partout derrière elle. Je n'ai rien dit.

Margie avait affiché des notes de service, dans la salle de repos et la réserve concernant la façon de pointer et la nouvelle procédure pour suivre tous les articles présents sur la surface de vente. Ça m'a paru soudain, même si savoir qu'on était nombreuses à avoir profité des anciennes règles m'a soulagée.

— J'ai peut-être égaré quelques jeans du stock, a concédé Martha.

Elle était blonde et pâle, son rouge à lèvres comme un coup de peinture carmin sur une grange blanche.

— Et des ceintures. Des soutiens-gorges…

— Pfff, en plus les nouvelles combinaisons Donna Karan viennent d'arriver, nous a annoncé Jenna et nous nous sommes toutes émerveillées à cette idée. Fallait vraiment faire plus attention, les filles !

— Ouais, peut-être que Margie est chiante et puis c'est tout, a soufflé Martha, encore plus que d'habitude, je veux dire.

J'avais mes propres théories. Les vacances de mai étaient terminées et ils n'avaient plus besoin d'autant d'employés. Les clients saisonniers partis, il fallait que Margie trouve un prétexte pour virer quelqu'un. Il commençait à faire chaud et, sur la 6e Avenue, le vent qui avait tyrannisé notre magasin pendant les fêtes de fin d'année, était désormais un baume rafraîchissant. Au lieu de m'inquiéter de ce qui pourrait advenir, j'ai lu le journal. À Pékin, des étudiants occupaient la place Tian'anmen depuis trois semaines. De nouveaux contrats de travail avaient été élaborés entre les syndicats et AT&T, ils comprenaient des allocations pour l'adoption et le financement de services de garde d'enfant sur les sites de l'entreprise. Le président Bush a déclaré que sa proposition d'accord sur la réduction des armes stratégiques pourrait transformer les relations entre l'Europe de l'Ouest et les pays du bloc soviétique. Tout le monde se demandait si, comme Gorbatchev, il réussirait à refermer l'abîme, à atténuer la course aux armements qui menaçait l'humanité. Moi, je songeais surtout à la femme en robe de chambre déchirée et à son fils.

Nous n'avions que trente minutes de pause le midi, mais d'ordinaire je sortais me chercher à manger et ne pointais ma fin de service qu'à mon retour. Tout le monde faisait pareil vu que ça prenait environ vingt minutes de se faire servir. Ce jour-là, j'ai décidé d'aller à la libraire Strand pour m'acheter une brioche et lire un livre à propos d'une jeune Chilienne qui a des visions. Après l'empoisonnement de sa sœur, elle arrête de parler pendant neuf ans. Elle se marie, mais son époux devient possessif et violent. Il la maltraite, ainsi que leur fille, comme il tente de réprimer les idéaux socialistes des rebelles qui infusent dans son pays. Elle commence à discerner les potentiels futurs des générations à venir, de ses enfants et petits-enfants. Elle parle aux morts depuis son perchoir, depuis le monde des vivants, elle s'adresse à ceux qui l'ont précédée et ceux qui la suivront. Elle sait que son pays sera libre parce qu'elle l'a vu et fait en sorte qu'il en soit ainsi.

Mes rêves me revenaient, les gens sur le rivage, et je me suis demandé si je pouvais les contacter comme le fait Clara, la fille de *La Maison aux esprits*. Si je pourrais les ramener chez eux. Même si j'arrivais un jour à parler aux morts ou à voir au-delà du temps présent, je ne pensais pas être en mesure de sauver qui que ce soit. Ce n'était pas à quoi servaient les plateformes téléphoniques, les travailleurs sociaux et les collectes de vêtements ? Nous allions tous mourir avant que ça ne change.

Pour aller au match de basket ce soir-là, Genesis et moi portions ce que j'avais pu ramener du boulot. Gersh Park était noir de monde, de la rue aux terrains, le parc encore plus chaud sous la lumière des réverbères, le public impatient d'assister à l'un des derniers matchs du tournoi. La majorité des joueurs avaient à un moment ou un autre été repérés par une université, mais ils avaient finalement abandonné leurs études ou n'avaient pas eu les moyens de s'inscrire en fac. Le jeu avait tout d'une course-poursuite gracieuse dans une étrange contrée sauvage. Les gens étaient massés dans les gradins ou assis sur des bancs, des chaises pliantes voire des glacières ou le capot de leur voiture. Des garçons filiformes suspendus au grillage apostrophaient bruyamment des amis qu'ils appelaient cousins. Je prenais plaisir à tous nous regarder sous la demi-lune, le brun de notre peau et la façon dont il retenait la lumière, le galbe des muscles sous les manches, les parties charnues qui apparaissaient sous les hauts et les T-shirts. Des filles plus jeunes que moi, enduites de vaseline, luisaient d'un reflet bronze sous les réverbères du parc. Certains garçons, qui avaient laissé leur chemise et leur veste dans leur voiture ou suspendues à une clôture, étaient couverts de tatouages et de piercings.

Comme l'épaisse fumée de charbon des barbecues m'avait irrité les yeux, nous avons fait le tour du terrain pour retourner dans la rue, Genesis faisant claquer son chewing-gum comme un feu d'artifice tout au long du chemin. Garés en double file le long de la rue se trouvaient des monospaces et des Land Cruiser, un coupé Lexus avec les portières ouvertes, le châssis vibrant, « Eric B. Is President » craché à plein tube, le bruit des motos comme des tronçonneuses déferlant sur le bitume – leur roue avant dressée vers le ciel comme si elles pouvaient s'envoler vers le crépuscule.

— Voilà Dee ! a crié Genesis en poussant sa voix plus fort que le raffut.

— Où ça ?

Du doigt, elle a pointé la rue et j'ai vu sa carrure impressionnante, son teint chocolat presque rouge sous le réverbère orange. Il y avait des fourgons de police dans le parc, le long du boulevard, et des flics blancs dans leur voiture de patrouille ou positionnés en ligne, dans l'idée de former une barricade. Ils se parlaient entre eux et parfois à leur équipier noir ou hispanique, qui avait certainement fait partie des meilleurs éléments de sa fac. Certains portaient un T-shirt noir avec écrit en blanc KILLING FIELDS. C'est ainsi qu'ils avaient rebaptisé l'endroit. Ce vêtement était un insigne qu'ils portaient fièrement chez eux, pendant leurs jours de congé à Hempstead ou Howard Beach, peut-être sous la lumière tamisée de leur bar préféré ou en nettoyant leur garage. Ils avaient survécu aux *champs de la mort*. Nous aussi, j'imagine. Mais je n'en tirais aucune gloire.

Les médias avaient repris ce nom. Je me suis imaginé l'endroit il y a un siècle, un champ de sang, des hectares de chaumes baignés par le soleil et aspergés de rouge ; pas cette étendue de gares de triage, de terrains vagues et de vieux immeubles. Une rue derrière l'ancien théâtre sur Elton se trouvait sous le niveau de la mer, le terrain marécageux était plein de maisons éventrées et de voitures abandonnées. Les femmes qui vivaient là-bas accrochaient des cordes à linge entre les poteaux de clôtures et les arbres. La mafia envoyait un type de Bay Ridge, de Bensonhurst ou d'ailleurs jeter un corps près de la limite de ces champs marécageux, afin qu'il soit entraîné au large par la marée. À quelques pas de l'endroit où je me réveillais la nuit, au sommet de la baie, se trouvaient des chariots de supermarché et des tentes, le sable dur était parsemé de capsules de bouteilles et de seringues. Qui sait combien de morts reposaient sous cette eau ?

— T'as retrouvé ta disparue ? a voulu savoir Dante alors que nous approchions de sa Saab.

J'ai secoué la tête. J'étais surprise qu'il se souvienne.

— Rien ?

— Je suis aussi douée que ces types-là, ai-je déclaré en désignant les flics de l'autre côté du boulevard.

— Merde… pas bonne du tout.

— Salut, Dee, a minaudé Genesis et j'ai failli lever les yeux au ciel.

— Comment ça va ton salon de coiffure ? a-t-il demandé.

— Bien. Y a du boulot.

— Faudrait peut-être que je passe, Minnie a le cuir chevelu sensible.

— Elle ne sentira même pas que je la touche, a-t-elle déclaré en me donnant un coup de coude. Je m'occuperai bien d'elle, tu sais.

— C'est grâce au salon que vous pouvez vous acheter tout ça ?

Il a regardé nos vêtements, les bordures en fourrure et les noms de marques qui bariolaient nos corps comme des publicités de métro.

— T'es pas au courant ? Key est notre fournisseuse officielle, a ri Genesis et Dante m'a lancé un regard qui signifiait *Ah bon, c'est vrai ?*

J'ai haussé les épaules. Le match était presque terminé et les gens commençaient à s'en aller par petits groupes, longeant la rue ou traversant le boulevard. Les courettes et le drive du restaurant seraient bientôt bondés. Je travaillais le lendemain matin alors je me suis préparée à dire au revoir, quand je me suis rappelé une dernière chose.

— Tu ne vois jamais le gamin qu'est avec elle ? ai-je demandé à Dante en l'attrapant par le bras de manière qu'il se penche vers moi.

Je parlais de la femme du centre commercial. Elle est souvent accompagnée par un gosse.

— Quel gosse ? s'est écriée Genesis.

— Je croise souvent un gamin par là, m'a fait savoir Dante, près du magasin de cosmétiques.

— Oh, Charlie ! s'est exclamée Genesis. Sa mère est morte l'année dernière. Mme Pat. Ils disent qu'elle s'est tuée quand Charlie était à l'école. C'est son fils. Il venait tout le temps chez mon neveu. Plus maintenant, plus après le décès de sa mère. Pauvre petit. Ça l'a drôlement bouleversé. En même temps, qui ne le serait pas ?

Évidemment Genesis était au courant ; comment en serait-il autrement ? Elle s'occupait des cheveux de tout le monde ; on pouvait tout obtenir d'une femme sous l'eau réconfortante d'un bon shampoing : son numéro de sécurité sociale, la recette de la tarte à la patate douce de sa grand-mère ou le code des tirs nucléaires. En tout cas, pour moi c'était comme ça : je considérais mes rendez-vous chez le coiffeur comme une forme de thérapie. Avant que j'aie pu répondre quoi que ce soit, je me suis rendu compte que Dante me regardait avec insistance.

— T'as pas dit que tu la voyais dans le coin ?

*

Les jours s'agglutinaient les uns aux autres, une pâte générique qui pouvait être n'importe quoi, une masse informe qui pouvait appartenir à n'importe qui. Je les consignais tous dans un carnet en fonction des livres que j'avais lus, des histoires qui se fondaient les unes dans les autres, comme des métaux brûlants prenant, en se solidifiant, une apparence entièrement nouvelle. J'étais obnubilée par le fils de Mme Pat. Où dormait-il la nuit ? Combien de fois mangeait-il par jour ? Était-ce lui qui avait trouvé sa mère morte ? Lui qui l'avait découverte, et s'était rendu compte qu'elle ne se réveillerait pas ? J'ai appelé les services sociaux et je me suis sentie jugée à travers le combiné parce que je leur posais des questions tout en leur cachant des choses. Il n'y avait pas beaucoup d'options en dehors des centres d'hébergement, des foyers d'accueil ou de l'adoption ; et personne ne m'a dit avoir parlé au gamin, s'être assuré qu'il était encore vivant. Comment pouvait-il s'en sortir ?

— Key, vous avez un moment ? a sifflé Margie dans mon dos, et j'ai failli arracher l'étiquette d'un pantalon.

Elle se rappelait mon nom.

— Bien sûr.

Je l'ai suivie à travers l'étage des hommes, en passant devant une dizaine d'allées et de rayons jusqu'à son bureau improvisé derrière la réserve. Une fois l'effet de surprise estompé, j'ai pris conscience du regard de Margie. Une solennité feinte, et pourtant professionnelle. Cela n'augurait rien de bon.

— Tout va bien ? me suis-je inquiétée, et elle a tiré un siège derrière une table bancale.

— C'est ce que je voulais vous demander.

— Hein ?

— Eh bien, vous êtes revenue plusieurs fois en retard de votre pause déjeuner. Et des articles à l'étage des femmes ont disparu pendant que vous y travailliez.

— On est plusieurs à bosser aux mêmes horaires. Ça pourrait être n'importe qui.

— Je vous aime beaucoup, Key, vous êtes une bonne employée. Mais je souhaite que vous preniez quelques jours. Disons que c'est une période d'essai.

— Je ne suis pas saisonnière, Margie. Je ne peux pas revenir dans trois mois. Il va falloir que je trouve un autre travail.

— Si vous avez besoin d'une lettre de recommandation…

— On dirait que vous me renvoyez.

— Non, non, a-t-elle minaudé. C'est plus comme une période d'essai de quatre-vingt-dix jours...

— Si c'était une période d'essai, je viendrais encore au boulot.

La pièce est subitement devenue étroite. Les klaxons de la 6e Avenue, le grondement des bus et taxis semblaient n'être arrêtés que par la cloison derrière Margie. J'ai soudain cru avoir un problème auditif, comme si un mur invisible brouillait les mots de Margie, les empêchait de me parvenir à temps.

— Nous vous appellerons bientôt, ma chère, a conclu Margie avant de retourner vers l'espace de vente, me laissant là à fixer le mur blanc de la réserve.

Une putain de lettre de recommandation ? Et si je lui recommandais un gigantesque incendie pour son magasin ? Dans ces conditions, je serais la jeune fille noire mécontente qui a mis le feu au rayon électroménager dans un accès de rage. Le fait d'avoir déjà des versions imaginées de moi avant mon arrivée et mon départ m'a semblé limitatif, réducteur. Je ne sais pas si je connaissais la version de moi qui a quitté le magasin pour plonger dans le soleil, le verre et les pavés de la 34e Rue, ou si je me souciais de la connaître. Dans le métro, on avait oublié un journal sur le siège à côté de moi. Des révoltes de la faim avaient éclaté à Rosario et dans d'autres régions d'Argentine, motivées principalement par le manque de nourriture, les récentes élections et l'hyperinflation. Des civils israéliens avaient tué une Palestinienne dans les territoires occupés de Cisjordanie, faisant couler son sang sur une terre qu'ils considéraient comme la leur. Un article critiquait les programmes de réglementation du commissaire à la santé de l'État de New York et mettait en lumière la gravité de la crise hospitalière dans tout l'État. Les nouvelles du monde étaient locales. Si vous étiez pauvre, vous faisiez déjà partie de la communauté mondiale : vous pouviez voir les problèmes spécifiques d'un township, d'une favela ou d'une cité HLM et comprendre que le tesson de verre que vous étiez était utilisé comme un miroir.

Je suis descendue du métro une station en avance et je suis restée à l'arrêt de bus jusqu'à ce que je l'aperçoive. L'enfant de Mme Pat, une grande tige précédée d'une boîte de bonbons plus grosse que lui, se tenait devant le centre commercial emmitouflé dans des vêtements d'hiver bien qu'on soit au milieu du printemps. J'aurais juré que le visage de Mme Pat avait quitté sa tête pour venir se poser sur celle du garçon ; le même nez ramolli, menton prognathe, grand front. Il portait un mélange de marques disparates, des vêtements avec des défauts de fabrication vendus trois fois rien à Marshalls, et il regardait d'un air perdu à travers le labyrinthe urbain quelque chose au-dessus de nous. Lorsqu'il est revenu à lui, il a secoué la tête à l'attention de personne en particulier et a fait la moue. Le garçon s'était adapté à la solitude, ses réactions spontanées atténuant son sentiment d'abandon. Il sentait peut-être Mme Pat bourdonner autour de lui comme un moucheron, mais ne pouvait en être sûr. Savait-il que sa mère était tous les jours à ses côtés ? Le savoir pourrait-il le consoler ?

— Je peux rester là ?

Il a hoché la tête, puis a poussé sa boîte de bonbons et sa casquette de basketball dans ma direction. Je lui ai donné vingt dollars et j'ai pris un caramel Sugar Daddy. Ses yeux se sont un peu écarquillés quand il les a levés dans ma direction. Il a dit « Merci, madame » d'une voix qu'il avait répétée dans sa tête toute la journée.

— Comment tu t'appelles ?

— Charlie.

— Moi c'est Key, je suis une amie de ta mère.

Charlie m'a regardée avec méfiance, a examiné ma tenue, le pantalon et le chemisier que Margie nous faisait porter. Le matin, je m'étais lissé les cheveux mais, victimes de l'humidité agressive de la ville, des ventilateurs des supérettes et des gaz d'échappement des bus, ils bouclaient et flottaient à nouveau.

— Elle aurait voulu que je vienne voir si ça allait.

Il m'a observée jusqu'à ce que ses pupilles convergent, perdues dans le vague. Il regardait à travers moi, de ses yeux bouffis et sombres. Je connaissais ce regard, et je me suis demandé si moi aussi, je louchais quand ça m'arrivait. Charlie avait du mal à croire que je connaissais sa mère, et que je voulais simplement lui poser des questions sur ce jour-là, lui demander s'il l'avait trouvée pendue ou bien en train de se vider de son sang dans la baignoire ou dans ses draps.

Nous avons regardé les gens descendre maladroitement du bus, principalement des vieilles femmes traînant des cabas à roulettes et des ouvriers du bâtiment couverts de peinture sèche. Il a tendu sa boîte de bonbons et sa casquette devant eux. Des enfants sortis de l'école se massaient devant la pizzeria toute proche. Les vieux près du garage s'étaient réunis sous le capot d'une Continental et se glissaient à tour de rôle sous son châssis.

— Le samedi, a-t-il commencé, elle faisait du ménage toute la journée, puis elle buvait de la bière, fumait des cigarettes et riait toute la nuit au téléphone.

— Et toi, qu'est-ce que tu fais le samedi ? ai-je voulu savoir, et cette fois-ci il a détourné le regard.

— Je ne veux pas aller dans un foyer. Ils vont m'envoyer à l'orphelinat.

— Et c'est pas bien ?

— C'est l'horreur.

— Et s'il te trouvait un nouveau chez toi ?

— Je suis trop vieux. Aucune famille ne veut d'un enfant de mon âge.

Son indépendance, l'inconnu derrière ses yeux… il avait raison. Si on suivait le raisonnement des habitants de cette ville, il était en train de devenir un super prédateur.

— Ta mère souhaiterait que tu sois en sécurité.

— Je sais, a-t-il concédé avant de jeter sa boîte.

Il était excédé.

— Et s'ils t'attrapent dans la rue, ils vont t'envoyer à Spofford, le centre pour mineurs. C'est pire que l'orphelinat.

Il a de nouveau acquiescé, puis a grogné *Je sais*.

— C'est flippant, a-t-il laissé échapper, de ne pas savoir ce qui lui a fait si mal.

J'ai eu envie de prendre le pauvre garçon dans mes bras. Envie de le secouer, de lui dire de regarder autour de lui. Tu es sorti du désespoir comme la cigale qui s'était terrée. Tout ce qui lui restait à faire, c'était suivre l'ordre naturel des choses ; sortir de terre plus entier qu'il n'y était entré. Mais certains cocons sont des tombes. Charlie était loin, à deux doigts d'imploser. Quand il n'y a plus rien à brûler, il ne vous reste plus qu'à vous immoler. Je lui ai demandé si on pouvait se revoir. Je n'ai pas réussi à savoir si sa réticence était feinte, mais je lui ai quand même promis de revenir.

Alors que je grimpais l'escalier de l'immeuble de Mamoune, j'avais du mal à regarder devant moi. Je me suis faufilée jusqu'à la porte de son appart, en tenant fermement les clés à la main puis en les faisant tourner le plus doucement possible dans la serrure. La porte a grincé quand je l'ai ouverte et j'ai frémi. Rien ne bougeait dans l'appartement, à part les ombres projetées par la lumière de la circulation et du soleil couchant. J'ai allumé, il n'y avait personne. J'ai hurlé à m'en détruire la voix. Je me suis lavé les mains et débarbouillée, les yeux rouges et gonflés de frustration. J'ai fait frire des tranches de saucisson de Bologne dans une poêle déjà pleine de graisse et je les ai mangées avec du pain blanc. J'ai regardé la console murale de ma mère, les photos encadrées de moi, d'elle et de papy, les bibelots en verre qu'elle achetait chez des antiquaires ou dans des magasins d'artisanat. Peu de temps après, ma mère a fait irruption dans un tourbillon de sacs de courses. Elle a filé droit dans la cuisine sans s'arrêter, a posé ses commissions et a réussi à allumer le four dans la foulée. À ce moment-là seulement, elle s'est arrêtée pour embrasser ma joue mouillée et m'a découverte sous un jour nouveau.

— Qu'est-ce qui va pas ?

— Je me suis fait virer aujourd'hui, lui ai-je avoué.

J'ai pris mon sandwich au saucisson frit et me suis allongée sur son canapé. Je m'attendais à une déferlante de questions mais n'ai entendu que l'eau du robinet couler. Elle a ouvert et refermé des portes de placards, rangeant ses achats faits au supermarché d'en face.

— Qu'est-ce qu'il y a, Mamoune ?

— Tu vas continuer à les enchaîner, ces boulots de merde ?

— Et c'est reparti pour un tour…

— … C'est ce que j'ai fait pendant pratiquement trente ans et je peux te dire que c'est pas drôle, a-t-elle déclaré debout près de la cuisine, de la viande sous vide plein les mains.

— Faut bien que je paie le loyer.

— On doit tous payer le loyer, a-t-elle rétorqué en lançant la viande sous l'eau dans l'évier. Je veux simplement que tu aies une vie meilleure. Meilleure que la mienne, ou que celle de ton grand-père…

— Eh bien, peut-être que cette vie me convient, ai-je répliqué et je me suis détestée d'avoir dit ça.

Mamoune s'est immobilisée devant l'évier avant de fermer le robinet et de venir vers moi.

— C'est ce que tu penses ?

— Oui.

— Eh bien peut-être que je ne te connais pas. La fille que j'ai élevée avait plus d'ambition. Pour elle et pour les autres.

Elle m'a caressé la joue puis est retournée à son four. Avait-elle jamais connu ça ? Ces moments où on perd tout espoir, comme un plant de coton déchiqueté par les premiers vents hivernaux. Je n'avais rien à ajouter alors je me suis mordu l'intérieur des lèvres. J'ai claqué la porte derrière moi en me rendant dans la salle de bains où j'ai fait couler l'eau chaude pendant quelques minutes puis, de retour à table, je me suis affalée dans mon siège plus violemment que nécessaire.

— Tu t'y connais en famille d'accueil ? lui ai-je demandé à brûle-pourpoint.

— Key, tu es trop vieille pour te faire adopter, a plaisanté ma mère et je n'ai pas pu m'empêcher de sentir un sourire s'esquisser sur mon visage.

— Maman, il y a un garçon…

— Key, par pitié, si tu as des ennuis…

— Arrête un peu et écoute. Il y a un petit garçon devant le centre commercial sur Pennsylvania. Sa mère est morte et il traîne dans la rue. Il a besoin de quelqu'un.

— Comment tu sais que sa mère est morte ?

— Il me l'a dit, ai-je répondu.

Ce n'était pas entièrement faux.

— Eh bien, je peux toujours en parler à l'église. Je vais faire circuler l'information.

— Merci, maman.

*

Je me suis réveillée avec des palpitations, comme après un rêve angoissant dans lequel je n'arrête pas de tomber. Les nuages traversaient le ciel nocturne et j'ai tendu la main vers l'étendue de la baie, les bords du monde enfouis profondément de l'autre côté de l'horizon. J'étais brûlante de peur, mon corps était une fièvre qui menaçait d'embraser tout ce qui l'entourait. Regardant le rivage, des Noirs posés comme des statues de marbre sur la rive déchiquetée. Mme Pat se distinguait du groupe, seul visage tourné dans la file ininterrompue. La même démarche lente que lorsqu'elle se promenait dans le centre commercial, la peau très colorée. Ce n'était pas un rêve.

— Comment suis-je arrivée ici ? ai-je demandé à la femme en robe de chambre.

— Eh bien, vous avez marché, mon enfant, m'a informée Mme Pat comme si c'était normal.

Je perdais la tête. Il n'y avait pas d'autre explication. Pourquoi je n'arrivais pas à effacer ce que je voyais dans mon rêve ? J'avais envie de pleurer. De la sueur a jailli sous mes aisselles et à la racine de mes cheveux. Je respirais comme si j'avais couru. J'avais envie de fuir. Envie de tourner le dos à tout ça, de m'en aller le plus loin possible. J'ai détourné le regard de la femme et posé mes yeux sur la baie. L'immobilité des corps qui oscillaient le long de la ligne de varech. Le calme de la scène. Je n'arrivais pas à penser au-delà de ce qui se trouvait devant moi. J'avais les pieds à vif à force d'être traînée dans mon sommeil. Le vent de l'océan m'engourdissait les mains et me faisait frissonner jusqu'aux orteils. Ça n'a jamais été un rêve.

— Je voulais vous remercier pour ce que vous faites pour mon fils, a dit Mme Pat.

Sa voix tremblait et la marée attirait le vent loin de nous. Silence.

— Il me manque tellement ! Il faut qu'il sache que quelqu'un se fait du souci pour lui.

C'était injuste, mais j'avais peur. Si elle avait pu laisser son fils derrière elle, alors je pouvais laisser n'importe qui derrière moi. Mais qu'est-ce qui me retenait ici ?

— Vous ne pouvez pas revenir le voir ?

— Non, je suis déjà...

Elle s'est arrêtée, a considéré ses mots comme si c'était de la nourriture coincée entre ses dents.

— Je l'accompagne de la seule manière possible.

— Pourquoi est-ce que vous avez fait ça ? ai-je susurré. Pourquoi avoir mis fin à vos jours ?

— Personne ne m'aimait comme il faut. J'ai regardé ma mère se tuer à petit feu, s'user à la tâche, nettoyer la nuit des immeubles dont elle se faisait virer le jour. Elle suffoquait dans la queue de l'Office du logement. C'est ce que j'ai toujours ressenti, que j'allais tout perdre et étouffer jour après jour. Quand j'ai eu mon fils, j'ai eu peur de lui transmettre cette angoisse et que ça reste en lui, comme pour moi. C'est un beau garçon, comme mon père et le sien, mais ils étaient taillés dans le roc. Et aussi froids que la pierre. J'aurais aimé qu'il sache que ça a commencé bien avant lui, que j'étais déjà en train de mourir, qu'il m'a permis de continuer à vivre. Je suis venue seule sur ce rivage, je voulais partir à la dérive. Je voulais que mon corps s'enfonce dans les profondeurs, jusqu'à ce que je ne puisse plus faire la différence entre ma peau et la noirceur des abysses. Je ne sais pas quand je me suis décidée. Ces jours-là se fondent les uns dans les autres.

Elle m'a tourné le dos ; le vent frôlait l'ourlet de sa robe de chambre.

— Vous avez compris pourquoi vous étiez ici ?

— Je veux rentrer chez moi, ai-je dit. Mais je ne veux laisser personne derrière moi.

— Votre heure n'est pas encore venue. Parfois, aider les autres à vivre peut aussi éclairer votre chemin. Aider les autres à respirer peut vous empêcher de suffoquer, peut-être. Nous serons là quand vous serez prête.

Je l'ai observée à travers la brume, les feux de camp des morts, puis j'ai péniblement avancé vers le rivage. Mes yeux et mon visage étaient trempés, comme la robe que je portais. Près des flots, le sable dur cédait la place à une eau glaciale et boueuse. Je tressaillais sous l'effet acéré du froid qui me saisissait les chevilles et me remontait jusqu'aux cuisses et aux hanches. Bientôt, le rivage n'a plus été qu'un mur sombre et je devais sautiller pour garder le menton au-dessus des vagues. Je me sentais seule sous la lumière de la lune, comme si elle ne brillait que sur moi et qu'elle allait me bercer pour l'éternité. Je marchais sous la surface, sous les vagues ; il n'y avait plus un son et j'étais en suspension comme un enfant dans le ventre de sa mère. Je me demandais si j'allais mourir dans l'Atlantique comme mes ancêtres, comme les personnes coincées à Igbo Landing, ou si j'allais me réveiller dans la matinée sur mon canapé-lit, bien au sec. Je me suis dit que ça revenait au même, mourir doucement à Brooklyn ou n'importe où en Amérique. Jamaica Bay sera notre débarcadère et nous marcherons vers un chez-nous qui n'existe pas.

Legba

Colly, 2008

Mlle Betty vivait au même étage que moi et c'était peut-être la femme la plus méchante du quartier. Il lui manquait plusieurs dents à cause du crack (qu'elle avait soi-disant arrêté de fumer depuis des années), sa peau était comme du café et ses yeux, ses ongles et ses dents étaient tachés. Elle a flâné sur la vaste pelouse, clairsemée en raison des innombrables parties de football qui s'y étaient déroulées, puis elle a suivi le chemin jusqu'à la cour où Zaire et moi étions assis. Une année s'était écoulée depuis qu'il avait joué un rôle dans mon exclusion de l'école, mais je ne lui en tenais pas rigueur. L'été, comme le précédent, s'éternisait de la pire des façons, et à son paroxysme on en était quasiment rendus à supplier que septembre arrive et que les cours reprennent, ne serait-ce que pour être occupés.

— Je me souviens de toi quand t'étais pas plus haut que ça ! m'a lancé Mlle Betty tandis que sa main descendait au niveau de son ventre. T'as pas un dollar ?

— J'ai rien, Mlle Betty, ai-je menti. Désolé.

Elle nous a jeté un regard noir, a poussé la porte du bâtiment et est entrée d'un pas traînant. D'habitude, je la croisais près de la laverie automatique, à boiter devant les vitrines défraîchies. En journée, un camé pouvait se présenter à la fenêtre de l'épicerie, le montant d'un sandwich et d'un soda en petites pièces dans un gobelet en carton. Ils vadrouillaient sur le boulevard Linden entre Hendrix Street et Van Siclen, se tenant devant les devantures des magasins et demandant aux passants de la monnaie ou n'importe quoi d'autre. Il y avait plusieurs centres d'hébergement dans le quartier, notamment un dont la fermeture quelques mois plus tôt avait précipité à la rue, aux arrêts de bus et dans des cages d'escalier des dizaines de consommateurs. Ceux qui avaient pu se défoncer parcouraient la zone en essayant de se faire quelques sous, rendant service aux commerçants ou balayant leur devanture de magasin. Mlle Betty était la doyenne du groupe.

Lou, le frère aîné de Zaire, nous a montré ses sachets à trois dollars, des petites pierres anguleuses qui, dans la paume de sa main, ressemblaient à des dents jaunies. Il s'est adressé à nous avec autant de conviction que les conspirationnistes dans le métro, alors on s'est laissé entraîner. Régulièrement quelqu'un apparaissait à ses côtés, aussi soudainement qu'un moineau jaillit de son perchoir, et lui demandait deux sachets la tête baissée. Alors Lou disparaissait avec son client au coin de la rue.

Ce jour-là, le soleil s'abattait indistinctement sur tout, baignant de lumière les garçons et les filles près du centre social ; c'était une journée chaude à faire sortir les abeilles, et j'avais du mal à me souvenir des semaines précédentes. La lumière me piquait les yeux, me donnait l'impression que la peau de mes épaules allait se déchirer. J'avais hâte que le mois d'août s'achève. J'ai dû lever la main devant les yeux pour voir Zaire.

— L'autre jour, ils ont bombardé Mlle Betty avec des pièces de 25 cents.

— Qui ?

— Des plus grands.

Assis devant mon immeuble, on regardait les gens : des femmes avec des poussettes et des ouvriers du bâtiment s'accordant une de leurs pauses habituelles. De Schenck à Ashford, chaque pâté d'immeubles devait s'étendre sur une soixantaine de mètres, et Stanley Avenue les traversait comme une boursouflure grise. Les taudis ressemblaient à d'imposantes stations spatiales venues s'écraser sur une planète oubliée, de vieilles reliques abritant des colonies de désillusionnés. J'aimais lever les yeux vers la fenêtre de notre appartement, maman, m'attendant pratiquement à te voir penchée contre la rambarde, une Newport entre les lèvres. Tu étendais une serviette, rose ou bleu ciel, et tu posais les coudes sur le bord de la fenêtre.

— Regarde, voilà Raven ! a lancé Zaire.

Raven avait notre âge et donnait un cours de danse ouvert aux enfants à partir de neuf ans, suivi par une majorité de filles, toutes petites et dégingandées, la peau brunie par le soleil. Ses élèves lui emboîtaient le pas jusqu'à la maison de quartier, vêtues de T-shirts jaune vif parfois noués à leur taille. Je les ai trouvées très belles. Leurs yeux grand ouverts me renvoyaient à ma propre ignorance : elles avaient une façon d'appréhender le monde qui les rendaient sûres d'elles, du moins capables d'accepter leurs incertitudes, voire de comprendre qu'il ne fallait pas accorder trop d'importance à l'existence ni la mettre en question. Elles n'avaient que faire d'une société qui les brutalisait, se moquait de leurs cheveux, disait qu'elles étaient trop bruyantes ou qu'elles avaient la peau trop foncée. À l'école, et parfois à la maison. Raven voulait danser à travers la brume, en extraire ses élèves comme des corps en feu. J'étais allé chez elle la semaine précédente, et je m'étais assis sur le lit pendant qu'elle répétait sa chorégraphie.

— J'ai été adoptée deux fois, m'avait-elle dit. Et mon frère, encore plus.

Je n'avais jamais vécu dans un foyer, mais je lui ai avoué vivre seul à présent. Papa allait et venait, au travail la plupart du temps, mais je savais qu'il ne pouvait pas dormir dans le lit où tu étais morte. Je voyais Raven partir à la dérive, emportée par le souvenir d'une autre maison, pas très loin, à laquelle elle préférait éviter de penser, l'air étant trop lourd, trop suffocant pour s'en approcher.

Les filles sont passées devant nous et nous ont salués tandis que M. Frank poussait un chariot plein de linge sale dans notre direction, la roue arrière droite coincée raclant contre le trottoir. Il a eu un vif échange avec Mlle Morales puis s'est assis sur le banc en face de nous, devant l'immeuble à l'auvent couleur d'écume, là où se retrouvaient les dames de l'association des locataires. Elles parlaient à tour de rôle, secouant rituellement leur paquet de cigarettes. Au bout d'un moment, M. Frank a demandé à Zaire de bien vouloir s'approcher car il avait besoin qu'on lui fasse une course.

— J'y vais pas, ai-je prévenu en regardant mon pote.

— OK, je reviens.

Zaire s'est enfoncé les mains dans les poches et s'est dirigé vers l'épicerie du coin.

— C'est pas comme si le garçon avait besoin d'exercice, a commenté M. Frank.

— Vous êtes tous maigrichons maintenant, a pépié Mlle Moore en me regardant.

— Parce que les femmes ne cuisinent plus, a grommelé le vieil homme.

— Ou peut-être parce que t'as tout bouffé, gros lard, a balancé Mlle Morales et ils se sont esclaffés.

Le rire de M. Frank ressemblait à de la canne à sucre, ceux de Mlles Morales et Moore a du gingembre. On reconnaissait leurs origines à la façon dont ils formaient les mots, à la façon dont leur dos se redressait. Mlle Morales était de Porto Rico, elle disait être venue ici quand elle était petite, à une époque où seuls des couples polonais et des mères de famille dont les maris étaient morts au combat vivaient dans ces bâtiments. Elle avait eu une maîtresse qui s'exprimait avec un accent à couper au couteau et qui ressemblait à la grande actrice hollywoodienne Myrna Loy, et avoir toujours apporté en classe des beignets qu'elle préparait elle-même. Mlle Morales ne comptait pas rester après la guerre, mais son mari était revenu avec une main en moins et ne pouvait plus travailler. Elle enseignait donc encore ici et, en vieillissant, elle apportait moins volontiers des gâteaux maison à l'école. Je ne me rappelle pas avoir vu autre chose qu'un quatre-quarts du supermarché quand je l'ai eue en CE2. Les années passant, les premiers immigrants avaient déménagé dans les Flatlands et plus loin encore dans Brooklyn ; les Italiens à Bay Ridge ; les Polonais plus près de

Manhattan Beach et de Coney Island, ou ailleurs à Long Island, investissant à Howard Beach, le long du Shellbank Basin.

Mlle Morales, à présent une femme âgée aux cheveux rouge vif qui portait des lunettes pour lire ses carnets de bons alimentaires, scrutait généralement le quartier depuis sa fenêtre du second, ou depuis l'entrée de l'immeuble (devant lequel l'association des locataires était devenue un groupe de surveillance du voisinage), assise à une table pliante à jouer au vingt-et-un. Pour nous, elle représentait l'autorité parentale : elle nous connaissait bien, et savait à quoi ressemblaient nos vieux et ce que nos mères allaient nous dire. J'étais le fils de Key.

Mlle Moore était penchée sur le banc, sa canne d'hôpital comme une sceptre entre ses mains croisées de manière princière, l'une sur l'autre.

— Ton père tient le coup ?

— Du mieux qu'il peut, ai-je répondu.

— Vous devez être tous anéantis.

— On s'en sort, Mlle Moore.

— Moi aussi, j'ai perdu ma mère. J'ai eu l'impression que le monde s'écroulait. Il faut prier, mon enfant. Est-ce que tu pries ?

— Tu vois pas que le gosse n'a pas envie d'en parler, Deb ! s'est exclamée Mlle Morales.

— Tu permets, on discute là en fait, l'a rembarrée Mlle Moore. Tu peux pas la fermer, vieille pie ?

— Qui est-ce que tu traites de vieille pie ?

— Vous êtes deux vieilles peaux et puis c'est tout ! a décrété M. Frank, savourant sa revanche.

Zaire est revenu avec deux cigarettes achetées à l'unité et un billet de loto pour M. Frank. Il s'est tourné vers moi :

— Tu veux venir manger à la maison ?

— Carrément.

Je savais qu'il compatissait à mon sort. Pa était souvent absent et Toya passait les nuits chez Nanou. Quand elle était là, elle se vernissait les ongles des pieds, enveloppée dans la lumière bleue de son téléphone à clapet, son copain à l'autre bout du fil. Ils se parlaient à peine et s'adressaient plus volontiers aux gens autour d'eux, certainement pour faire entendre à l'autre le monde dans lequel chacun évoluait. Ça me manquait de ne plus faire le mur une fois que la chaleur avait couché toute la famille, avec Toya qui menaçait toujours de rapporter mais n'avait jamais rien dit, ni à toi ni à Pa.

Ce soir-là, on n'avait pas trop envie de rentrer, ni d'entendre le chœur grandissant des grillons depuis nos fenêtres. Je connaissais Zaire depuis la maternelle, depuis qu'il s'était écorché le genou au milieu de la cour de récréation, en courant après une fille. À un moment on avait même été voisins, Zaire et sa famille ayant vécu au septième étage de notre immeuble, à un palier au-dessus de nous. Après la primaire, quand ils étaient passés de cinq à six, ils avaient déménagé dans un T2. Avec Zaire, on fréquentait le même collège à deux rues d'ici, un établissement où les salles de classe étaient péniblement chauffées un hiver sur deux et où les affiches accrochées aux murs se gonflaient d'humidité tous les étés. On a même partagé des pompes un été, quand le père de Zaire a perdu son boulot au chantier.

Une paire de Jordan 12 gris et blanc dont le talon s'est fendu après une partie de suicide de trop.

La maison de Zaire était étroite et bancale, mais la famille avait su en optimiser l'espace. L'intérieur était propre grâce à l'attention constante de sa mère, mais désordonné parce qu'il y avait trop de monde. Même les meubles se disputaient entre eux, la télévision trop proche des canapés, la salle à manger collée au salon. La table était déjà bruyante et agitée. Du ragoût de bœuf, du riz complet aux petits pois et des bananes plantains étaient disposés dans de grandes assiettes et des bols, et la mère de Zaire supervisait la taille des portions depuis le siège où elle trônait. La table était drapée d'un tissu en maille brodé aux motifs de tulipes et de feuilles de vigne. Le tout était recouvert d'une épaisse toile en plastique.

— Mon garçon, tu vois les cinq autres assiettes en face de toi, a dit la mère de Zaire à son aîné, Lou. Laisses-en un peu pour les autres.

— Ne le brime pas comme ça, est intervenu Zaire Senior, Canarsie High a besoin de son attaquant vedette en grande forme !

— Ouais, maman, a renchéri Lou. Le ragoût de bœuf, c'est pour « le bien commun ».

— Et toi, la miss ? dit la mère de Zaire à sa fille qui sortait de la cuisine, tu as nettoyé ce placard comme je t'ai demandé ?

— Oui, maman. À qui dois-je obéir maintenant ?

— Qu'est-ce que j'ai fait pour me retrouver avec des gamins aussi insolents ?

— Tu les as élevés, a blagué le père, et elle lui a fait les gros yeux.

J'ai à peine parlé pendant le repas. J'adorais les bananes plantains, douces et sucrées avec une petite couche grillée, la mère de Zaire semblait les réussir à chaque fois. Pourtant je n'arrêtais pas de penser à mon appartement vide, aux bruits qui provenaient de l'autre côté des murs. Je pensais aussi à Mlle Betty qui s'était fait jeter des pièces au visage. Même si elle était méchante, elle ne le méritait pas.

— Et vous deux, c'est quoi le problème ? a demandé la mère de Zaire.

J'ai dû donner un coup de coude à mon pote pour qu'il se rende compte qu'elle s'adressait à lui. On s'est regardés. Zaire a secoué la tête.

— Parle, mon garçon, a dit son paternel.

— Le père de Colly ne rentre plus trop souvent en ce moment, a expliqué Zaire et je l'ai regardé avec indignation.

— Il a des ennuis ? a voulu savoir Zaire Senior en se tournant vers moi.

— Non, ça va, ai-je répondu. Il fait des nuits supplémentaires pour arrondir les fins de mois.

— Tu veux rester avec nous, mon grand ? a immédiatement proposé la mère de Zaire. Un enfant de douze ans ne devrait pas rester tout seul à la maison des jours entiers. Vous avez bien douze ans, hein ?

— On a quatorze ans, maman, a tiqué Zaire.

— S'il n'a pas besoin d'aide, laisse-le donc tranquille, a repris le père. Y a pas de place ici…

— Qu'est-ce que tu racontes, toi ? s'est indignée la mère.

— On est trop nombreux dans cette baraque, a-t-il conclu en s'éloignant nonchalamment.

Après manger, Zaire et moi, on s'est retirés dans la chambre qu'il partageait avec Lou. Allongé sur son lit, son frère parlait dans un téléphone à clapet gris coincé entre son épaule et son oreille, tout en tirant des lancers francs dans un panier miniature accroché à la porte. La balle en caoutchouc couinait en touchant le panneau en plastique et Zaire la renvoyait à son frère alors qu'on était assis sur la moquette à regarder des clips. On pouvait passer du temps sans s'adresser la parole, comme si l'autre n'était pas là, sans s'ennuyer ni être gênés, sans avoir à combler le silence. C'est ce que j'appréciais le plus, être avec quelqu'un que je n'avais pas à divertir. Ces derniers temps, je n'avais pas trop envie de parler. Parfois, Lou passait ses CD à plein volume sur une chaîne, des classiques du rap de la fin des années 90 et du début des années 2000, des cassettes de DJ Clue avec des singles de faces B et d'obscures improvisations à la radio, du Nas, du Wu-Tang, du Foxy Brown et du Jay-Z, State Property, Jadakiss et les autres membres du Lox, DMX, Buckshot, Infamous Mobb (Prodigy était le chouchou de papa ; « You Can Never Feel My Pain », une chanson sur son combat contre la drépanocytose).

Zaire m'a accompagné jusqu'à l'entrée, où il a failli allumer une cigarette avant de remarquer son père qui bossait sous sa vieille bagnole. Elle était en équilibre sur un cric rouillé, ses entrailles présentaient un fatras de graisse et de rouages, de picots, de tubes et de tuyaux qui semblaient s'enfoncer quelque part dans les tréfonds de la voiture. On a regardé son père s'attaquer avec souplesse à un gros boulon à l'aide d'une clef à molette.

— Faudra que vous appreniez à faire ça un jour ! nous a-t-il lancé avant de me regarder un peu plus longuement. Si tu as besoin de rester ici cette nuit, tu es le bienvenu. Ce que j'ai dit plus tôt, c'était simplement parce que ça m'amuse de titiller ma femme.

— Merci, monsieur.

Le père de Zaire allait bientôt partir travailler. Il rentrerait chez lui dans la matinée et, dès le début de l'après-midi, il serait de nouveau dehors à essayer de se faire un dollar. Il avait créé son propre service de taxi, absolument pas agréé par la ville, mais c'était le cas de la moitié des chauffeurs qui rôdaient autour de Broadway Junction ou d'Utica Avenue, à klaxonner et à crier « taxi » lorsque les gens hésitaient à l'arrêt de bus. Le week-end, il partait à la recherche de bouteilles, fouillant dans des tas d'ordures qui ne seraient ramassés que dans la matinée. Il tirait souvent Zaire du lit pour qu'il vienne lui donner un coup de main. Ensemble, ils se penchaient sur des sacs-poubelles qui dégueulaient des canettes et des briques de jus de fruits déformées, triaient les bouteilles en plastique sur le trottoir puis les chargeaient dans un chariot de supermarché qui ne pouvait pas tourner parce que ses roues en caoutchouc se désagrégeaient. Zaire ne voulait pas qu'on le voie. Alors parfois il se privait volontairement de l'air frais pour plonger dans les vapeurs sucrées de la nourriture en décomposition. Les bouteilles, que le soleil émergeant de derrière les nuages venait frapper, projetaient une lumière étrange sur son père, comme s'il se trouvait au-dessus d'un vitrail d'église.

Zaire m'a accompagné jusqu'au portail.

— Je peux passer la nuit chez toi si tu veux, a-t-il proposé.

— Nan, c'est bon.

— T'es sûr ?

— Certain.

— Tu te sens pas trop seul là-haut ?

— Ça me plaît d'avoir de l'espace.

— Je trouve ça un peu bizarre, a-t-il confessé.

— Bon sang, t'es ma nounou ou quoi ?

— T'as raison, a-t-il dit en regardant un moment ses chaussons, puis il s'est tourné vers la porte d'entrée. À demain.

Je suis rentré à pied chez moi. L'armature en acier de la porte était couverte de boue, l'auvent en béton devenu vert rouillé. Mlle Betty se tenait dans le couloir, une cigarette allumée à la main. Elle s'est enthousiasmée à ma vue.

— Attends-moi ici ! s'est-elle exclamée avant de disparaître dans son appartement.

Tu lui donnais des vêtements, maman, des vieilles robes et des vestes à épaulettes dans lesquelles tu ne rentrais plus. Un jour, Mlle Betty a attrapé une souris qui se promenait depuis des semaines dans notre appartement, une bête de la taille d'une chaussure. Elle a ramassé le piège collant sans problème ; la grosse souris se contorsionnait entre ses mains, à moitié morte. Tu as failli tomber dans les pommes. De retour dans le couloir, j'ai entendu les sirènes se rapprocher au loin, dévalant le boulevard à huit voies.

Mlle Betty est apparue avec un sac en papier humide qu'elle m'a tendu.

— Non, je ne peux pas, ai-je dit en observant la vapeur qui s'en échappait.

Une odeur aigre emplissait le couloir. Je ne pouvais m'empêcher de penser qu'il y avait une souris dans son sac.

— Je t'en prie, prends-le.

J'ai hésité, mais j'ai remarqué ses sourcils qui s'éloignaient l'un de l'autre et ses yeux rouges et humides, de la couleur des centimes neufs.

À l'intérieur, il y avait un Tupperware, chaud et plein de soupe.

— Ta maman, je l'appelais Aïda Wèdo. C'est la loa qui soutenait les cieux. Lorsque les premières pluies sont nées, un arc-en-ciel a rempli le ciel et le Damballa l'a prise pour épouse. Elle se tenait à la croisée des chemins.

Dans mon appartement, l'obscurité m'enserrait comme un poing. Pa serait certainement là dans la matinée, et reparti à l'heure où je rentrerais du collège. Je pouvais l'imaginer, se prélassant en caleçon sur le canapé. Quand Toya et moi étions plus jeunes, il nous laissait suivre du doigt la cicatrice flétrie qui allait de son nombril jusqu'au bas de sa poitrine. Il nous montrait le trou dans sa bouche, l'ouverture charnue où la balle avait percé la peau et s'était logée dans sa mâchoire. C'était un ami qui lui avait fait ça. Il n'était pas au bon endroit au bon moment.

— Alors surtout, tu ne fais confiance à personne, à part ta mère et moi, répétait-il.

Il était minuit passé. J'écoutais des vieux disques au casque, en me tenant d'une certaine façon sinon l'écouteur gauche ne fonctionnait pas. J'ai pris les paroles de

« Suicidal Thoughts » de B.I.G. et les ai notées dans un carnet pour les sentir au creux de ma main, voir la forme du texte sur la page et comprendre la manière, simple mais super importante, dont on passe de l'écrit à l'oral. Ma voix a résonné dans l'appartement vide. Quand Pa partait pour ce qui me semblait être des jours entiers, l'endroit se vidait et chaque son que je produisais était beaucoup trop fort et soudain. Ce soir-là, quelque chose a rampé sous le plancher, a griffé les tuyaux. J'ai écouté les murs. Passé la main sur ton étagère de livres. J'avais tellement froid que ma mâchoire était douloureuse à force de claquer ; malgré tout, je transpirais. Depuis la pénombre de ma chambre, je voyais plus clairement ton visage qu'en plein jour. Ça faisait plus d'un an que tu étais partie, mais ça me déchirait toujours autant.

Je n'avais jamais cessé de pleurer, je le faisais simplement en silence.

*

Raven m'a dit qu'elle rêvait d'organiser une performance avec les enfants pour Boulevard Day, sous réserve que la maison de quartier l'y autorise. Boulevard Day se déroulait tous les ans, le premier samedi d'août, ça lui laissait quelques semaines pour mettre quelque chose au point.

— Tu sais ce que tu vas faire ? lui ai-je demandé.

Elle a secoué la tête.

— Je suis sûr que ce sera bien.

— Dis pas ça. T'en sais rien.

— J'en suis persuadé.

— Tu m'as juste vue danser dans ma chambre. C'était pas un spectacle.

— Bien sûr que si.

Chaque fois que Raven me parlait des filles de son cours (et du seul garçon qui venait toutes les semaines), ses yeux s'illuminaient comme la flamme d'un briquet. J'aimais la façon dont sa joie, ombrageuse et exaspérée, évoquait presque des larmes si je détournais le regard.

— Je ne crois pas que ce sera pour cette année, a décrété Raven.

Les filles voulaient apprendre les chorégraphies qu'elles voyaient à la télévision ou sur YouTube, des enchaînements qui exprimaient le désir dans une gestuelle qu'elles ne pouvaient certainement pas entièrement décrypter. Raven avait inventé des chorés, assemblé des morceaux de ses danses préférées vues dans les émissions musicales *106 & Park* et *TRL*. Elle griffonnait les paroles des chansons qui passaient à la radio sur le coin de ses dissertations. Quelque chose la chiffonnait, la poussait à taper furieusement sur son Sidekick, à faire défiler l'écran de haut en bas comme un couteau à cran d'arrêt.

Son frère passait « Driver A », de Buju Banton, sur un CD qui sautait. La musique se répandait dans la chambre comme l'encens nag champa qu'il faisait brûler. Raven préférait la danse et les voix geignardes : elle adorait Tony Matterhorn et le chanteur Serani, qui semblait toujours au bord des larmes. Elle regardait des vidéos de Passa Passa dans un bidonville en Jamaïque que son frère lui avait montrées sur un DVD à l'image granuleuse : une fête de rue, des gens qui dansaient en tentant de ne pas lâcher leur gobelet en plastique transparent pendant que le DJ menait la cérémonie. Raven disait que Carlene Smith et Bogle étaient les meilleurs danseurs au monde et je faisais semblant d'en savoir assez à leur sujet pour acquiescer.

Un reflet argenté sous sa table de nuit a incidemment attiré mon regard. C'était un carnet à spirales dont la couverture bleue tombait en lambeaux.

— C'est quoi ? ai-je demandé en le ramassant avant qu'elle me l'arrache des mains.

— C'est…

Elle s'est arrêtée, me dévisageant comme pour s'assurer que c'était bien moi.

— … J'oublie toujours mes rêves, alors je les écris au réveil.

— Je peux voir ?

— T'es fou.

— Vas-y, lis.

— Ça fait un bout de temps que j'ai pas rêvé, a-t-elle botté en touche avant de ranger le carnet sous son oreiller. Peut-être que je suis à court de rêves.

On était assis devant son immeuble quand les réverbères se sont allumés. Zaire, qui revenait de l'entraînement de basket, nous a rejoints. Les membres de l'association des locataires distribuaient des prospectus pour une soirée jeux à l'attention des seniors, ils s'étaient mis en cheville avec la maison de quartier pour assurer la promotion de l'événement, en échange de quoi ils étaient autorisés à utiliser leur salle de projection pendant quelques jours. Ils portaient des T-shirts sur lesquels était inscrit BOULEVARD COMMUNITY CENTER. Mlle Morales bavardait avec les dames qui passaient, parlait espagnol avec certaines d'entre elles, leur remettait un prospectus entre deux potins. M. Frank s'est mis à parler du loto et a demandé à Zaire de le rejoindre.

— J'y vais pas, ai-je annoncé.

— Techniquement, c'est à ton tour, m'a reproché Zaire, mais il a tenu compte de ma remarque.

— Tu tiens le coup ? m'a demandé Raven.

— Je vais bien.

C'était la réponse que j'avais pris l'habitude de donner.

— Ton père revient de temps en temps ?

— Ça fait quelques jours que je ne l'ai pas vu.

— Quand j'étais en famille d'accueil, je rêvais que ma mère débarque un jour, me prenne par la main et qu'on s'envole par la fenêtre ou un truc de fou dans le genre.

— Comment tu fais au quotidien ?

— Tous les matins à l'épicerie, il me manque quelques pièces pour prendre mon petit déj mais *Papi* m'en fait cadeau, a-t-elle commencé. M. Frank me donne cinq dollars par jour rien que pour aller jouer ses numéros. La mère de Zaire nous invite à manger tous les soirs à tour de rôle et je sais que t'es bien content parce qu'on dirait que tu te transformes en bol de ramen.

— Et toi, tu enseignes à la maison de quartier alors que t'es pas obligée, ai-je ajouté.

Raven a acquiescé. On se comprenait.

— Il faut qu'on soit comme une famille, a-t-elle déclaré. Sans ça, comment on va s'en sortir ?

Avant que j'aie pu ajouter autre chose, Mlle Betty est apparue, remontant le chemin en traînant la patte comme un sac trop lourd à soulever. Elle avait les traits tellement renfrognés que son menton avait l'air détaché de son visage, une marionnette. Mlle Morales a fait comme si elle ne la voyait pas.

— Hé, file-moi un dollar, m'a commandé Mlle Betty.

— J'ai rien, madame.

— Où est ton papa ? Il me le donnera, lui.

— J'en sais rien.

Elle m'a lancé un regard qui sous-entendait qu'au moins une de mes réponses était un mensonge. Elle a repris son air renfrogné et a tchipé en boitant vers la porte.

— Putain de toxico, a craché Raven. Tout le temps malpolie.

J'ai regardé la vieille femme s'en aller cahin-caha, tout en me rongeant les ongles.

*

Cette nuit-là, j'ai fini par retrouver Mlle Betty dans le couloir, entourée de mégots de cigarettes. Elle m'a dit qu'elle avait du ragoût, m'a demandé d'entrer un moment. Son appartement était sombre, éclairé seulement par la lumière de la cuisine et une bougie près de la fenêtre. Un chat s'est frotté contre ma jambe, alors je me suis baissé pour le caresser.

— Legba, a indiqué Mlle Betty. C'est son nom.

Le chat a essayé de me grimper dessus et j'ai senti ses griffes dans ma chair, mes jambes devaient certainement saigner. Pour m'en débarrasser, j'ai dû le décrocher de mon jean. Quand il a détalé, j'ai vu que ma main était couverte de poils rêches et secs.

Le sol du salon était encombré de sacs-poubelles remplis de vêtements, d'un matelas jauni, de tables et de présentoirs rongés, et d'un canapé enfoncé où on m'a dit de m'asseoir. En face, il y avait la cuisine, le vinyle s'écaillait des placards, de la graisse sombre s'échappait des entrailles de la cuisinière. Une zone de moisissure sur le mur, sans doute due à une fuite, s'était agrandie et avait atteint le sol et les coins. Cela faisait des années que Mlle Betty n'avait pas appelé l'Office du logement pour des réparations. Tu aurais dit qu'il était grand temps de s'y mettre, hein, maman ?

Mlle Betty est sortie de l'arrière-cuisine en piétinant, son corps ovoïde traînant derrière elle sa mauvaise jambe. Elle s'est assise à côté de moi, installant Legba sur ses genoux même si l'animal tentait de s'échapper à grands coups de griffes.

— Je me souviens de toi quand t'étais pas plus haut que ça, a-t-elle répété tandis que sa main descendait à nouveau vers son ventre. Tu es bien beau. Tu ressembles à ta mère.

J'ai acquiescé. Elle s'est balancée d'avant en arrière, en caressant Legba.

— À l'école, a-t-elle enchaîné. Qu'est-ce que tu fais à l'école ?

— Des maths. De la chimie. On lit pas mal.

— T'es un malin, toi, c'est bien. Tu vas pas être obligé de passer ta vie ici.

— C'est quoi le problème ici ?

— C'est un mauvais endroit.

J'ai réfléchi aux différentes significations de sa phrase. Était-ce précisément cette pièce qui était mauvaise ? Mlle Betty se trouvait-elle quelque part où elle n'aurait pas dû être ? Un endroit était-il mauvais par nature ou parce qu'il vous y était arrivé des choses ? La pièce était peu éclairée, une lueur provenait de la cour. J'observais un petit trou dans le mur derrière elle, un sillon dans la peinture vieille de plusieurs décennies, puis j'ai compris qu'il s'agissait en fait d'un cafard qui tâtait le terrain, préparant son prochain coup.

— Comment va votre fils ? ai-je demandé à Mlle Betty.

— Bien, bien, même si sa femme lui interdit de venir me voir. Je sais que c'est à cause d'elle qu'il vit tout là-bas dans le Sud.

Mark avait une épouse et trois enfants en Floride. Sa femme avait effectivement cherché un boulot très loin d'ici dans le but d'éloigner Mark de sa toxico de mère.

Comment Mlle Betty faisait-elle pour payer son loyer ? Je n'en savais rien. J'imagine qu'elle devait recevoir une fois par mois un chèque du gouvernement, une prestation sociale ou une allocation de handicap. Peut-être qu'elle s'était fait broyer le pied droit dans d'étranges circonstances, lors d'un accident à Times Square ou dans le métro, et que la Ville devait arrondir les angles avec une modeste compensation.

— Vous étiez amie avec ma mère ? ai-je demandé à Mlle Betty.

— Je n'ai pas beaucoup d'amis par ici. Je viens d'un endroit où tout est vert et où les gens sont tous équipés d'une machette pour couper la végétation quand ils se rendent au marché. Grâce à un miracle, ou ce que je croyais en être un, j'ai réussi à venir à New York avec mes enfants.

Elle a marqué une pause, dégluti pour faire descendre quelque chose coincé dans sa gorge. Joué avec ses doigts qui pelaient.

— Quand leur père a été assassiné, a-t-elle repris, ta mère a été la première à venir prendre de nos nouvelles, à prier avec moi. Les années passant, elle a toujours continué à veiller sur moi. Je ne lui ai jamais rendu la pareille.

Elle m'a regardé tandis que Legba, toujours sur ses genoux, se faisait les griffes sur l'accoudoir de sa chaise. Je sentais la tourmente silencieuse imposée par la perte d'un être cher, l'incapacité de s'extraire de soi et de révéler son moi intérieur. Un jour, les choses qui te paraissent importantes ne sont plus les mêmes que pour les autres, comme quand tu perds un parent à la suite d'un cancer, ou que tu deviens toxicomane ; soit tu restes qui tu es, soit tu acceptes de devenir quelqu'un d'autre. Parce que la perte ne laisse jamais rien ni personne dans son état initial. Les choses sont différentes quand on a perdu quelqu'un.

J'ai perdu ma mère.

Soudain, j'ai entendu une serrure tourner et la porte d'entrée s'est ouverte dans un lent gémissement. Une odeur de musc et d'urine. Le cliquetis métallique d'un pack de six. Je les avais vus devant les magasins demander de la monnaie, vus faire d'innombrables va-et-vient quasiment nuit et jour. La fille de Mlle Betty était une grande gigue de la couleur d'un caramel Sugar Daddy ; son visage, un nœud de rides anxieuses. À ses côtés se trouvait un homme, la main autour de sa taille ; sa peau était rouge comme du charbon ardent. Mlle Betty nous a présentés.

— Je l'ai déjà vu dans le coin, a dit sa fille.

— Un garçon intelligent, lui a précisé Mlle Betty.

— Vraiment ? Je suis allée à NYU, s'est vantée sa fille en affichant un sourire tout en dents, même s'il ne lui en restait qu'une.

— T'es jamais allée à NYU, a déclaré le type.

— Qu'est-ce que t'en sais ?

— Elle y est allée, Betty ?

— Non, a soufflé la vieille femme.

Elle a pris son front entre ses mains. Elle ne savait pas comment gérer ses erreurs. Elles étaient pourtant là, partout autour d'elle ; elle ne pouvait pas tourner la tête sans les voir éparpillées comme des feuilles à l'automne, comme le désordre qui régnait dans sa maison. Elle se lamentait pour sa fille, pour elle-même.

— Je vais y aller, Mlle Betty ! lui ai-je lancé en me levant.

— Attends, s'est-elle exclamée en boitant vers la cuisine.

Je me tenais près de la porte quand elle m'a donné un sac qui dégageait de la vapeur, un autre Tupperware de taille moyenne.

— N'oublie pas ton repas.

— Bien sûr que non, ai-je dit avec enthousiasme car je voulais qu'elle sache à quel point j'appréciais ce qu'elle faisait pour moi, ce qu'elle me préparait. C'est quoi ?

— Du ragoût de bœuf et de potiron, a-t-elle répondu, puis elle a ouvert la porte.

— Merci, madame.

— Prends soin de toi.

De retour dans mon appartement, j'ai cherché Aïda Wèdo sur mon ordi. J'ai trouvé une page Internet douteuse qui lui était dédiée. J'ai lu le mythe, le fait qu'elle soutenait les étoiles et le ciel. Elle pouvait aussi passer les portes de la vie et de la mort. J'ai mangé le ragoût tout seul, en écoutant les bruits à travers les murs pardessus le son des séries à la télé. L'étagère de ma mère a vibré lorsqu'une porte a claqué et que des pas ont dévalé l'escalier de l'immeuble.

Les autels

Key, 1989

Stephanie Morales avait le dos courbé au-dessus du fourneau tandis qu'elle aplatissait les feuilles de maïs chaudes qu'elle prenait sur le plan de travail à côté d'elle avant de les farcir et de les plier pour les tamales. Je regardais la fumée de sa poêle s'échapper par la fenêtre et se dissiper dans la fraîcheur de cet après-midi d'octobre. De l'extérieur provenaient le son des cloches de l'église, le bruit des enfants qui quittaient le catéchisme, leurs semelles dures cavalant le long de la rue. Le soleil, tel un couteau qui plongeait entre les branches des cornouillers, donnait au ciel la couleur éclatante des kakis. J'ai passé une main le long de l'ourlet de ma robe et, prenant conscience de ma propre peau, j'ai essayé de faire disparaître la chair de poule causée par la brise.

Stephanie disait vouloir parler une dernière fois à sa mère, et je pouvais difficilement refuser d'offrir mes services ces derniers temps. Je me souvenais encore de Rosa, cinq ans après son décès dans un incendie. J'avais vu la fumée depuis la station New Lots, un jour que je rentrais de York College, une université située à l'angle de Liberty et Guy Brew. J'avais suivi les camions de pompiers et les ambulanciers, vu les vitres soufflées, la façade du bâtiment carbonisée là où le feu avait léché la brique et le plâtre. Personne ne savait comment ç'avait commencé. La plupart des gens parlaient d'un bête incident, une bougie laissée allumée pendant la nuit près de son chevet. Mais plus on s'approchait de personnes ayant connu Rosa, plus on avait l'impression que l'événement cachait quelque chose de sinistre. À en croire ses voisins, elle devenait de plus en plus déséquilibrée. *Le feu a peut-être été allumé volontairement.* Du jour au lendemain, Rosa avait recueilli un jeune sans-abri nommé Bito et une amante que nous appelions tous Betty, une toxico qui vivait dans mon immeuble. *Ses enfants n'auraient pas dû la laisser seule comme ça*, répétaient les voisins. *On ne peut pas faire confiance à une droguée, ni à personne d'autre d'ailleurs.* Rosa avait beau être petite, j'entendais sa voix depuis sa fenêtre du troisième. Le vent la portait jusqu'à moi. Je la voyais souvent dans le quartier, elle achetait toutes sortes de fruits et légumes au marché de Schenck. Elle s'adressait en espagnol à la plupart des vendeurs et des clients, priait ou racontait des ragots, ou bien les deux. Quand je la croisais, elle souriait et me demandait si ma mère préparait à manger pour le prochain événement organisé par l'église. Ses grands yeux étaient gonflés d'eau.

L'appartement était peint de la couleur vive d'une mandarine, rempli de pots de pousses vertes et d'appareils électroménagers poussiéreux. J'ai laissé Steph à ses activités. Je respirais la sauge qu'elle brûlait, les extrémités des tiges couleur de cendre se transformant en fumée. Je me suis assise devant l'autel, des photos de Rosa jeune posées sur un coffre ancien, à côté de tableaux de saintes, Marie et Philomène. Les saints avaient leur utilité dans toutes sortes de situations. Par exemple, on accrochait au mur un portrait de saint Pierre sans clé dans sa main pour s'assurer le succès ou encore Joseph avec l'Enfant Jésus dans les bras lorsqu'une personne cherchait du travail. Sous Marie et Philomène se trouvait une étagère de bocaux remplis de racines, de graines, de terre, de pâtes, de maïs grillé à l'huile de palme, de poudre d'igname pour la protection.

— Stephanie, tu peux me dire comment elle est passée de l'autre côté ? Avec tes propres mots, lui ai-je demandé.

Si les personnes étaient encore coincées dans l'entre-deux-mondes, perdues et errantes, je pouvais plus facilement les retrouver. Tous les habitants du quartier voulaient s'entretenir avec moi. Ils appelaient, ou abordaient ma mère dans la rue quand elle allait chercher ses légumes verts et sa viande. Elle leur disait poliment de ne pas croire tout ce qu'ils entendaient. Mais ceux qui savaient, qui savaient sans l'ombre d'un doute, venaient me voir. Ils voulaient dire au revoir, ou poser une dernière question.

Le problème, c'est que les fantômes ne me quittaient plus. Chacun d'entre eux me laissait une ombre derrière les yeux. Ils restaient là où je les avais vus la première fois. Ils me regardaient, et tout de suite je me souvenais d'eux, sans savoir si je les avais rencontrés des années auparavant, en passant à la laverie ou dans le cadre d'un ancien travail. La plupart du temps, leur visage m'était familier, je les reconnaissais d'après des souvenirs qui ne semblaient pas m'appartenir, et je revivais ce qu'ils m'avaient raconté de l'autre côté. Et si un jour je n'étais plus capable de faire la différence ? Et si les fantômes devenaient plus réels à mes yeux que le reste et que je ne reconnaissais plus Mamoune, Genesis ou n'importe lequel de mes proches ? Et si devant un magasin on me surprenait en train de parler à quelqu'un qui n'était pas là, ou qui était bien là, mais pas en 1989 ? Le bruit courrait alors dans le quartier que j'avais perdu la tête, ou que j'avais été droguée. Et si le temps m'échappait et que je devenais hantée à jamais ? Au début, il s'agissait seulement de ceux qui avaient souhaité la mort. Comme je l'avais moi-même souhaitée un jour.

— Ils avaient… l'autonomie et la volonté de le faire. J'ai vu des esprits errer sur les rives la nuit, à la recherche d'un pont. À présent, je suis également capable de voir les personnes mortes de manière tragique, a expliqué Mme Pat.

Ça me rendait nerveuse, ça me faisait mal au ventre et aux viscères. Mme Pat ne comprenait pas pourquoi ça m'inquiétait.

— Tant que tu sais à quoi tu as affaire, je ne vois pas où est le problème.

C'était le souvenir de tous ces salons, l'atmosphère étouffante et les histoires que j'avais dû répéter pour devenir passeuse, traductrice même ; une langue et une bouche pour les morts qui erraient encore dans les collines. Je sentais dans mon corps la lame émoussée de tous ces traumatismes. Je faisais partie de l'histoire de chacun d'eux et je devais la transmettre aux vivants jusqu'à ce qu'elle devienne la mienne, la nôtre.

— Depuis quand la vérité serait simple ? m'a demandé Stephanie, les mains pleines de pousses d'oignons verts qu'elle allait émincer.

Elle avait baissé le feu de la cuisinière et s'était assise en face de moi à la table de la cuisine. Le meuble était petit, alors nos genoux se sont touchés un instant. Elle ne ressemblait pas à Rosa, ses grands yeux mis à part ; des rides s'étiraient sur son visage comme si elle était plus vieille que son âge. Ça devait être à cause des gamins. Elle a dit qu'elle les avait déposés chez leur père pour la journée. Nous avions été toutes les deux scolarisées dans la même maternelle puis dans la même école primaire. Nous n'étions pas amies, mais nous partagions une certaine intimité liée aux choses embarrassantes que nous avions faites quand nous étions enfants.

— Les pompiers nous ont expliqué que le feu avait pris dans le salon, a commencé Steph en se mettant à hacher les oignons. Comme mon frère, Angel, est arrivé avant moi, j'ai dû leur demander de tout me répéter. Apparemment, l'incendie s'est déclaré près de ce placard et s'est propagé au reste de l'habitation. Partout, il y avait des tas de draps et de rideaux, des tissus inflammables. Ils ont trouvé ma mère endormie dans la chambre, un bleu au niveau du cou. Sinon, le feu ne l'avait pas touchée. Elle est morte d'asphyxie. Ils ont trouvé le clébard dans la pièce d'à côté, lui aussi asphyxié. Je parle tout le temps avec les voisins. La femme qui vit juste au-dessus dit qu'avec son fils, ils ont entendu frapper à la porte aux alentours de trois heures du matin. Selon elle, au départ, c'était des coups légers. Puis ça s'est intensifié. Toc, toc, toc. Son fils s'est avancé vers la porte et il a vu ce jeune SDF, Bito, leur annoncer qu'il y avait le feu. Ça faisait plusieurs mois qu'il vivait là et ma mère lui avait donné le vieux lit d'Angel. Bref, ils ont essayé de suivre Bito au rez-de-chaussée, mais le couloir était plein de fumée. Ils se sont dirigés vers la cage d'escalier et là, c'était encore pire. Une fumée noire et épaisse. Elle dit que la suie leur brûlait les yeux, leur collait aux cheveux. Pourtant le T-shirt de Bito était blanc et propre. Je ne dis pas qu'il y a eu tentative de meurtre ou quoi que ce soit. Enfin si, merde ! C'est bien ce que je dis, en fait. Ma mère allumait des bougies, mais si c'était ça, le feu aurait dû prendre dans sa chambre et pas dans le salon. Elle aurait dû succomber à des brûlures. Et qui était avec elle au moment de l'incident : la toxico et ce pauvre gamin cinglé. Je les vois tout le temps fringués avec les vieux vêtements d'Angel comme s'ils avaient dévalisé la penderie avant de mettre le feu à l'appartement de ma mère. Les voisins dont je te parlais déclarent repenser sans arrêt à cette nuit-là. Ils affirment avoir entendu des bruits de pas et des voix. Ma tante a fait une scène aux obsèques. Elle nous a accusés d'avoir abandonné sa sœur et d'être seulement là pour toucher l'assurance. On aurait pu dire la même chose d'elle. Lorsqu'il y a de l'argent en jeu, les familles volent en éclats. C'est quoi le proverbe déjà ? L'homme avide d'argent attire la ruine sur sa famille ? Mais je ne voulais pas que *Mami* soit oubliée. Je voulais que toute la ville sache qui était ma mère. Je voulais savoir pourquoi on avait voulu la tuer. Je voulais que les gens sachent que c'était une femme partie de rien et venue s'installer ici pour nous donner, à Angel et à moi, une vie où nous pourrions avoir tout ce que nous désirerions. Et je pense qu'elle s'est rendu compte que c'était très dur, comme pour toute personne à la peau foncée qui essaye de s'en sortir dans ce putain de pays… Je te jure, c'est les oignons.

Alors que Stephanie se tamponnait l'œil avec le bas de sa chemise, on a entendu le bruit métallique d'une clé dans la porte et, quelques instants plus tard, un grand costaud est apparu. La peau autour de sa bouche était sombre et ses yeux vitreux, comme s'il avait travaillé dans une raffinerie de gaz. Angel est allé dans la salle de bains et j'ai entendu l'eau couler pendant un certain temps.

— Je ferais bien de préparer la nourriture pour l'autel, m'a dit Stephanie.

Elle a disparu dans l'entrée. Quand l'appartement avait été restauré, c'est la chambre de Rosa qui avait nécessité le moins de travaux, la pièce n'avait pas subi de dommages structuraux à l'exception d'un mur, rongé par la chaleur intense. Je me suis assise sur le lit et j'ai regardé par la fenêtre. Un étourneau bondissait de cime en cime. Il ne restait plus grand-chose de Rosa. Les albums photo, les cadres, ses vêtements. Son odeur. Même si une personne n'est plus là, on peut se tenir dans sa chambre et sentir sa présence, pleurer dans l'odeur étourdissante de ses draps, de ses vêtements rangés dans une armoire pleine de boules de naphtaline. Les murs et les étagères abritaient des ancêtres, leurs grands-tantes décédées, les cadres contenaient des photos en noir et blanc de leurs arrière-grands-pères. Stephanie avait sorti plusieurs des affaires de Rosa : une robe qu'elle aimait porter en été quand ils se rendaient au jardin botanique après la messe, un bol en laiton martelé qu'elle remplissait d'eau et de pétales de rose pour se laver le visage, des bougies qu'elle confectionnait à base d'huile et de cire qui sentaient le tournesol et la monarde. Une rose était plongée dans un vase en plastique, entourée de tasses et de verres pleins d'eau plate et de tonic. Chaque tasse représentait un membre de la famille disparu, les intermédiaires. Il y avait une rangée de coquilles de cauri, censées évoquer Yemaya, la mère et la mer. Le soleil, un orgelet qui brillait derrière les rideaux du salon, mettait lentement terme à cette journée d'automne.

La porte de la salle de bains s'est ouverte alors que Stephanie passait, le frère et la sœur se sont tournés autour en levant les yeux au ciel et en soufflant de façon exaspérée. Elle a franchi la porte d'entrée et l'a refermée derrière elle, puis j'ai entendu Angel dans la cuisine, le gargouillis d'une cafetière. Il n'a pas tardé à me retrouver au fond de l'appartement. Il s'est arrêté dans l'embrasure de la porte, a regardé devant lui tandis que ses mains épaisses encerclaient une tasse YMCA et, quand il s'est adressé à moi dans la chambre de sa mère, on aurait dit que l'atmosphère avait changé, qu'il y avait quelque chose de plus ou moins décalé.

— T'es qui, la médium qu'on a payée ? m'a demandé Angel.

— Vous n'avez pas payé pour mes services, je vous les offre.

— Et tu peux parler avec *Mami* ?

— D'une certaine façon.

— De quelle façon ?

— Pourquoi tu ne t'assois pas un moment avec moi ? lui ai-je demandé.

J'ai cru qu'Angel allait bondir. Il a retiré son chapeau et est entré dans la chambre, envahissant l'espace de son corps, de son odeur. Il s'est assis en face de moi, sur une chaise pliante trop grande pour lui. Il a haussé les épaules.

— Alors ?

— Qu'est-ce qui se passe avec ta sœur ? lui ai-je demandé.

— Tu sais que Steph ne vit plus là. Elle vient soi-disant faire à manger pour l'autel. Je crois qu'elle se sent coupable. Elle est partie et maintenant elle veut se racheter, mais c'est trop tard.

Son sang bouillait sous sa peau brune.

— Il n'y a plus que toi ?

Il a acquiescé.

— Tu te souviens de cette nuit-là ?

Il a de nouveau acquiescé et j'ai vu son visage dur s'ouvrir, s'adoucir.

— Tu peux me raconter ?

— Steph n'était pas là. Moi non plus, mais elle, elle était partie pour de bon. Elle me maudit d'avoir été absent, mais elle ne m'a jamais pris en compte. Elle aurait pu m'emmener avec elle. Elle est partie quand elle en a eu l'occasion et m'a abandonné ici parce qu'elle culpabilisait de laisser sa mère seule pendant qu'elle vivait à Long Island chez la famille de son copain, dans leur grande maison avec jardin. Elle n'a pas eu à endurer les mauvais jours. À chercher les signes, à savoir si *Mami* avait quitté son lit ou pas. Si *Mami* avait préparé la pâte pour les empanadas, ou si elle avait oublié de manger. Est-ce qu'elle allait réussir à me regarder sans détourner les yeux, ou me demander où j'étais encore passé aujourd'hui ? C'était pas simple. Quand elle allait bien, elle voulait savoir ce que j'avais appris à l'école. On s'évadait à Athènes ou dans les pays nordiques pour la *Saga de Njáll*, ou au Mali pour l'histoire de Soundiata. D'après elle, malgré les différences culturelles, les histoires sur nos nations, sur nous-mêmes, sont généralement très similaires. Les mauvais jours, elle ne quittait même pas son lit. Sa chambre était comme une grotte. Elle me demandait d'aller lui chercher des cigarettes, et si je ne le faisais pas elle me criait dessus, hurlait toute seule dans sa chambre. Je l'agaçais, car j'étais incapable de répondre à ses besoins. Alors l'orage éclatait, les tiroirs et les armoires volaient dans ma direction, dans tous les sens, jusqu'à ce que finalement j'obéisse, que je la supplie d'arrêter. J'aurais fait n'importe quoi. Je lui disais : je te défendrai contre tout le monde. Je la protégerais, la femme de San Juan au grand sourire, enjouée, capable de préparer assez de nourriture du jour au lendemain pour la maison de quartier entière, la femme qui ouvrait son appartement à tous ceux qui en avaient besoin. J'ai dit à mes amis qu'elle fatiguait vite, mais ils l'aimaient, se sentaient bien ici, et espéraient qu'elle fasse frire du poisson. Elle les laissait boire les bouteilles de schnaps 99 Apples qu'ils avaient piquées chez eux. Mais elle vivait dans sa grotte, et quand elle en sortait elle était hébétée, à moitié dévêtue, et me cherchait des ennuis. J'étais tellement gêné que je devais l'entraîner de force dans sa chambre pendant que mes amis détournaient le regard, essayaient de ne pas y prêter attention… mais il fallait que je parte. La nuit de l'incendie, j'étais à Bushwick. La famille de ma copine avait un appart là-bas. Ma sœur pense que *Mami* a été assassinée. Je ne connaissais pas trop la femme qu'elle autorisait à vivre ici, mais elle boitait et avait un fils que je voyais tout le temps dans la rue. C'était bizarre, mais les derniers mois j'étais comme… soulagé. Elle avait quelqu'un. Ils formaient une drôle d'équipe, c'est sûr ! Je voyais souvent Bito. Il s'engueulait sans arrêt avec son père, jusqu'au jour où il s'est fait mettre dehors. Quand je venais voir *Mami*, je trouvais Bito dans l'escalier, en train d'essayer de dormir. On lui apportait parfois des vêtements, à manger, une portion de paella s'il nous en restait. Je ne crois pas que ce gamin ait pu faire un truc pareil. Je pense qu'il traversait une période difficile. En fait, on ne connaît pas les intentions des gens. Peut-être que cette femme était une arnaqueuse professionnelle. Tout ce que je sais, c'est que *Mami* avait un bon fond, mais que quelque chose la tuait de l'intérieur. Ma sœur affirme qu'il s'est passé quelque chose, alors elle n'a jamais déposé la déclaration de sinistre. J'en ai eu marre de discuter avec elle. Je ne voulais pas parler à l'église ou faire des communiqués pour les infos ou le journal. J'avais envie de pleurer à chaudes larmes et de me vautrer dans ma tristesse pendant des jours. Je voulais simplement regarder les photos qu'il me restait de ma mère ; on a tout perdu dans l'incendie. Je voulais avoir huit ou neuf ans et courir partout. M'enfoncer dans son ventre doux. Où était le pasteur à ce moment-là ? Les journaux, les camions de la télé ? Les politiciens ? Quand je ne pouvais plus payer le loyer, ou demander de l'aide pour remeubler l'appartement. C'est un peu comme si une fois *Mami* morte, elle appartenait soudain à tout le monde, par contre toutes les emmerdes d'après, elles ont été pour ma gueule. Et je me les trimballe encore partout.

*

Stephanie avait préparé la nourriture pour les orishas. Elle a tranché des grosses bananes plantains en rondelles et les a mises en place. Puis une grenade coupée en deux, sa couronne rouge et palpitante. Ensuite, elle a déposé de gros oignons étêtés, ainsi que des ignames blancs ouverts par le milieu. Angel a cuisiné un vivaneau garni de poivrons, cuit dans l'huile de palme. Stephanie a placé tous ces mets au pied de l'autel. Dans sept jours, elle les apporterait devant l'immeuble, en plein crépuscule certainement, et les enterrerait. Nous nous sommes purifiés avec des caroubes. Puis nous avons mangé. Stephanie avait fait une salade de macaronis au thon et des lasagnes.

— Tu veux que ta sauce ait du goût ou quoi ? avait ironisé Angel, le nez au-dessus de la casserole, avant de rajouter du poivre et de l'ail.

— Tu m'embêtes ! avait crié Stephanie, la tête dans les casseroles bouillantes et l'eau qu'elle faisait couler.

Après, nous nous sommes tous assis devant l'autel. Le soleil avait complètement plongé sous les immeubles et ce faisant il avait pelé le bleu du ciel, le transformant en une prune mûre. Stephanie s'est mise à genoux devant l'autel et a parlé dans une langue que je ne connaissais pas. Elle a offert la nourriture à Yemaya, puis s'est attaquée à une noix de coco. Les morceaux sont tombés sur le tapis, des gouttes perlaient sur la pulpe humide. Derrière elle, je remplissais la pièce de vapeur à l'aide d'une casserole d'eau bouillante. Rien ne venait et je ne voyais rien.

— Ça marche ? a demandé Angel.

J'ai regardé mes pieds.

— Du calme, lui a dit Steph.

J'improvisais. D'habitude, la sensation d'être révélée aux morts était immédiate, une pression sous la gorge qui ressemblait à de l'anxiété. L'impression d'être dans un bateau à la coque fissurée, l'eau s'engouffrant autour de mes chevilles. J'ai dû me forcer à trouver une ouverture, dû demander la permission. Là seulement, j'ai pu inviter quelqu'un à entrer. Le verticille d'une fleur s'ouvrant pour une abeille. Rosa, où êtes-vous ? Vous n'avez pas à vous cacher. Je pouvais presque palper la soie de sa robe de chambre. J'ai senti mon sang s'échauffer, un bouillonnement qui m'a donné la nausée. J'ai dû m'asseoir, fermer les yeux. Steph et Angel se balançaient au-dessus de moi, ou c'était moi qui dodelinais ; ils sont devenus des formes sombres s'exprimant de manière inaudible. J'ai eu l'impression d'être plongée dans un lac gelé, ou de sortir d'un ruisseau, en état de catatonie. J'avais un goût de sang dans la bouche. L'obscurité était dense, cireuse et épaisse. J'entendais de l'eau, d'abord le bruit lointain de vaguelettes qui arrivaient sur la plage, puis un déferlement, comme si j'étais prise dans un courant puissant qui m'entraînait vers le fond. Des voix se sont fait entendre, des pulsations sous l'eau, un mur que je ne pouvais voir. Ce n'était pas de l'eau mais de la fumée. Je sentais l'odeur du feu. Je me déplaçais dans l'appartement, le long du couloir, en flottant, en écoutant les murs. Ils tremblaient, s'enflammaient, la fumée et les braises comme de la calcédoine montaient et descendaient autour de moi. Puis la température a chuté. Le froid s'est propagé de mon front à ma colonne vertébrale, il m'a envoyé des coups de maillet dans la poitrine. Je respirais comme si j'avais couru, ce que je n'avais pas fait même si j'en avais eu très envie. J'avais envie de tourner le dos à tout ça, de m'éloigner le plus possible.

*

J'ai trouvé Rosa dans l'autre chambre, perchée au bout du lit. Autour d'elle, le feu faisait rage, s'étendait aussi loin que les murs pouvaient le supporter, soufflant une fumée aussi épaisse que du tissu. Elle avait l'air en paix. Par-dessus le feu, je l'ai dérangée, perturbant un moment qui était déjà hors du temps. Je sentais le palo santo qu'elle faisait brûler, l'eau de rose avec laquelle elle avait fait sa toilette avant de se coucher le soir de sa mort. Je lui ai tenu la main pour marcher avec elle le long du couloir. Elle s'est complètement réveillée, et a dit quelque chose en espagnol. Puis, comme si elle me reconnaissait, elle s'est mise à parler dans une langue qui ressemblait à un mélange de yoruba et de lucumí.

— Vous allez m'emmener loin d'ici ? m'a-t-elle demandé.

— Votre famille.

Je me suis arrêtée un instant.

— Ils veulent vous dire au revoir.

*

— Je ne vais pas vous parler de l'incendie, a déclaré Rosa à travers moi.

Devant nous se dressaient les silhouettes de ses enfants ; je n'avais jamais quitté ma chaise.

— Ce que je vais vous raconter pourra, je l'espère, vous aider à comprendre. Vous voyez, Abuelita, votre grand-mère, avait une maison au bord de la mer à Porto Rico, sur des terres où des esclaves se sont libérés. Un jour, elle m'a donné de l'argent pour acheter des noix de coco, car elle cuisinait avec leur huile. J'ai tout dépensé dans un bracelet en œil-de-tigre. Puis, j'ai rencontré votre père en ville. Nous avons décidé de grimper sur un cocotier et de couper quelques noix. Ça lui a pris la journée de monter au sommet du palmier. Il avait la peau à vif à cause des frottements contre l'écorce de l'arbre. Lorsqu'il est enfin arrivé en haut, il était trop fatigué pour s'accrocher et il a fait une chute de six mètres. Mais au moins, il avait les noix. J'ai marché autour du palmier pendant vingt minutes, en cherchant dans le sable car je pensais qu'elles avaient peut-être roulé. J'ai regardé partout. Finalement, je suis rentrée à la maison toute rouge et sale. J'ai montré le bracelet à *Mami* et lui ai fait part de mes mésaventures. Elle a tellement ri que des larmes lui ont coulé le long du visage. Contente-toi de m'obéir la prochaine fois. Quand elle et Abuelito ont été assassinés, je me souviens du silence de la rue troublé par le bruit de l'acier traînant sur la terre, le pire son que j'aie jamais entendu. Je ne pouvais pas me résoudre à les regarder. Leurs ombres semblaient se fondre dans la rue pendant qu'ils marchaient. C'étaient des croque-mitaines, comme Abuelita me l'avait dit il y a longtemps. J'étais cachée dans le grenier pendant qu'ils massacraient mes parents à coups de gourdin et d'automatique. J'ai cru que la foudre avait frappé. J'ai quitté mon île. J'ai arrêté de chercher à comprendre pourquoi tout ça était arrivé. Puis j'ai repensé à votre père, à ses grands yeux marron. Il était parti depuis un moment déjà, mais il n'écrivait pas. Au bout d'un moment, ma tante m'a fait savoir où il habitait. Il vivait à Ozone Park, sur la 76e Rue. Avec une femme. Elle m'a dit : « C'est un imbécile. Un putain de chien. » J'ai pleuré toute la nuit. J'ai trouvé l'appartement où il vivait, côté cour d'un immeuble de six logements. Il était avec un petit garçon aux grands yeux marron. Je les ai regardés tous les deux, et je me suis enfuie. J'étais tellement triste que je ne faisais que dormir. Stephanie, tu me détestais car j'étais faible. Ça se voyait sur ton visage à l'époque. Tu devais cuisinier presque tous les soirs, aller faire les courses, chercher Angel, faire le ménage, appeler la banque, me relever quand je tombais. Je vomissais souvent. Je regardais *Diamants sur canapé*, cherchant une façon de me faire de l'argent, illégale ou non, espérant trouver le bonheur. Vous voyiez que vos amis avaient des chaussures neuves chaque année, des nouvelles tenues d'école. Je passais mes dimanches à l'église et aux puces. J'envoyais Angel partout avec les bons alimentaires, simplement pour me débarrasser de lui, et quand il partait je me sentais seule. C'est à ce moment-là que je suis tombée sur Betty. Quand je l'ai rencontrée, nous avions toutes les deux le mal du pays. Elle aussi venait d'une île, et plaisantait sur le fait qu'elle pouvait encore sentir le sable dans ses cheveux. Nous nous remémorions les collines, la moiteur de l'air dans notre bouche. Nous avons parlé du fait d'être des laissées-pour-compte. Nous étions des étrangères, même pour les nôtres. Ils n'arrivaient pas à se faire à notre langue, le cordon ombilical qui nous reliait à notre mère patrie. Peut-être que nous étions trop critiques. Betty m'a sortie de ma routine. Nous fumions cigarette sur cigarette à la table de la cuisine. Elle était défoncée, me racontait des histoires sur son village, se balançant au rythme du kompa qu'elle entendait dans sa tête. Puis un jour, le garçon qui habitait en dessous a frappé à la porte. Je lui donnais à manger certains soirs parce que son père l'avait viré de chez eux. Le voisin avait peur de son propre fils. Finalement, je n'ai pas pu le renvoyer d'où il venait : il dormait sur un matelas de cartons sur le dernier palier. Vous savez comme il peut faire froid dans cette cage d'escalier. Alors un soir, je l'ai invité à dormir dans la chambre d'Angel. Puis, à chaque fois qu'il en avait besoin. Je lui ai donné les vieux vêtements d'Angel. J'avais de nouveau l'impression d'avoir une famille.

— Je sais ce qui s'est passé cette nuit-là, a lancé Stephanie dans le lointain, derrière les flammes. C'était Bito, non ? Il t'en voulait ce jour-là. Il s'est mis en colère, il a fait une grosse bêtise et il a essayé de brouiller les pistes. Je le sais maintenant. C'est bien ça, hein ? Dis-moi que ça s'est passé comme ça.

— Qu'est-ce que ça changerait ? a demandé Rosa.

— Ça m'aiderait à tourner la page.

— Si je te racontais ce qui s'est passé, ça te libérerait de la galère dans laquelle tu crois être ? Tu ne peux pas accepter l'idée que quelqu'un m'ait tuée, que ce soit moi, Dieu, ou même Oshun en personne.

— *Mami*, a fait Angel.

— *Mijo*, tu me manques.

— Je regrette le temps où je venais m'endormir entre tes bras dans ton lit, parce que tu avais le bon ventilo dans ta chambre.

— J'aimerais que ce soit possible… a répondu Rosa à travers moi. Je suis là. Avec toi. Stephanie, quand tu étais bébé, je prenais souvent ton pied tout entier dans ma bouche. Tu es tellement courageuse. J'aurais aimé être comme toi. Angel, tu es le garçon le plus adorable que je pouvais espérer. Et je t'ai repoussé, je t'ai rendu la vie difficile.

— C'est pas de ta faute. Non. Non. Non…

Angel a répété en boucle ce « non » jusqu'à ce que je me retrouve de l'autre côté de la chambre, n'entendant plus que l'écho de ce son fugace. La pièce m'est réapparue, j'ai senti l'odeur de l'huile de palme. Quelque chose s'était délié autour de moi et j'ai pu à nouveau respirer. Je pleurais. Et sans réfléchir, sans savoir quoi faire ni si j'étais à nouveau moi-même ou la voix de sa mère, Stéphanie m'a serrée contre elle.

*

Le soleil s'était couché, incitant les réverbères le long de la rue à s'allumer. Si on se rapprochait suffisamment de leur cou recourbé vers le trottoir, on pouvait entendre la perturbation de l'arc électrique, un bourdonnement. Les gens sortaient du boulot et s'arrêtaient pour acheter à manger, des cigarettes ou un pack de six. Les gamins rentrés de l'école avaient déposé leur cartable chez eux, dans l'allée devant chez leurs parents, et étaient repartis en courant retrouver leur groupe d'amis. J'ai visualisé le nid que je créerais en rentrant chez moi, l'obscurité que je ferais régner dans ma chambre pour simplement fermer les yeux. Au bout de quelques dizaines de mètres, par-dessus la cohue de la rue, j'ai entendu Rosa.

— Ce n'est pas sans conséquence pour vous comme expérience, non ? m'a-t-elle demandé.

— Ne vous inquiétez pas pour moi.

— Ça ne coûte rien de s'inquiéter. C'est tout ce qu'on peut faire pour les autres. Et prier pour eux. Cette vie est tellement fragile.

Je l'ai amenée sur la terre ferme. Je ne lui ai pas avoué que je savais ce qui s'était passé cette nuit-là, que j'en avais été témoin à travers les flammes. La vérité était effroyable. L'amour d'une mère signifie qu'elle protégera toujours ses enfants. Je ne lui ai pas demandé les raisons de son acte parce que je les connaissais, et il y avait des moments dans ma vie où je comprenais plus que je n'aurais dû. Je pourrais vous décrire ce qui s'est réellement passé, mais à quoi ça servirait de le dire à voix haute ? Je n'ai pas à m'approprier cette histoire, dont je me suis déjà bien servie. Je ne sais pas ce que vous pourriez en tirer, qui que vous soyez. Je ne vois pas ce que ça pourrait apporter à Rosa et ses enfants. Les histoires qu'on m'a racontées me font tellement peur ; je souhaite protéger les gens qui me les ont confiées. Mais je pourrais quand même vous dire ce qui s'est passé, un matin où vous viendriez me trouver simplement pour vous asseoir avec moi, avec respect pour les vies que vous souhaiteriez découvrir. Quand il n'y aura plus que vous et moi, alors je pourrai tout vous raconter.

Pour l'amour de l'amour

Colly, 2009

Être en bonne santé n'aide pas forcément
à se sentir mieux.

Toni Cade Bambara

La deuxième fois où j'ai vu quelqu'un mourir, c'était sur un terrain de base-ball bondé. Trois coups de feu rapides. Les lignes blanches qui formaient le losange avaient été presque complètement effacées du bitume noir, usé et déchiqueté. Je connaissais bien ce terrain car petit j'avais l'habitude de regarder derrière la clôture grillagée les joueurs décoller de la deuxième base, couper légèrement les lignes près de la troisième, puis s'envoler vers le marbre. Je chouinais auprès de mon père, contrarié que quelqu'un puisse tricher pendant un match.

La détonation d'une arme à feu a résonné au-dessus du terrain, atteint les hêtres et forcé les étourneaux à quitter leur perchoir. Personne ne s'est immédiatement plaqué au sol. Il y a eu un moment, le temps d'une respiration ou deux, pendant lequel tout le monde a continué comme si de rien n'était, des mots entiers encore dans la bouche, des rires plein le ventre. Les gens se sont ensuite dispersés dans toutes les directions, le long de la clôture, sur le trottoir et au milieu de la rue. Ce n'est que lorsque la foule s'est clairsemée que quelqu'un a remarqué Joshua agenouillé, en train de s'allonger lentement, comme s'il était très fatigué. Son frère lui a pris la tête entre les mains et a regardé frénétiquement autour de lui. Une mare de sang s'était formée sous Joshua. Elle s'infiltrait dans le revêtement noir irrégulier, imprégnait le sol et les lignes décolorées pour, dans mon imagination, s'enfoncer au plus profond de la terre et la nourrir. Quelqu'un a crié à l'aide. Je me souviens encore du bonbon à la menthe sous ma langue, du goût de sang et de fer que j'ai senti en me mordant la lèvre.

*

Le musée ressemblait à un théâtre avec des murs pour rideaux, où le spectacle se déroulait sous nos yeux et le gros de l'action prenait place en coulisses. Ce qui m'impressionnait le plus, c'étaient les murs. Qu'une pièce puisse prendre une nouvelle apparence rien qu'avec des panneaux coulissants : des ouvertures apparaissaient, des espaces entiers étaient défaits et recomposés différemment à chaque fois. Ça offrait des possibilités ; être prêts et en adéquation avec l'expo constituait tout un processus.

J'ai traversé un couloir en forme de L où se trouvaient de vieilles poteries, de l'argenterie et des bijoux anciens, des objets disposés dans des vitrines magnifiquement éclairées par des lumières placées en dessous. J'ai ensuite pris l'escalator. En bas, j'ai croisé un groupe d'hommes en costard, des étudiants qui sentaient la cigarette, des couples en jean noir et bottines Chelsea qui se retrouvaient avant de dîner. La rumeur qui montait de la salle d'exposition grouillante de monde parvenait à mes oreilles malgré mes écouteurs, alors j'ai poussé au maximum le volume du lecteur mp3 que j'avais acheté à RadioShack. « Anti-American Graffiti », de J Dilla.

On était sept en tout, quatre filles et trois garçons sélectionnés dans le cadre d'un appel à candidatures lancé à l'échelle de la ville. On devait avoir à peu près le même âge, quinze ou seize ans. Mme Hirsch, la conservatrice principale de la photographie, allait « nous guider ce printemps dans notre apprentissage de la mise en place d'une exposition » comme nous l'avait indiqué son timbre nasillard. Elle était assistée par une brune d'une vingtaine d'années dont la voix restait coincée au fond de sa gorge.

L'étage était une grotte, un fatras de pièces sombres et de lumières agonisantes. Provenant d'un coin, une lueur rouge en éclairait le centre. C'était un panneau de lumière pure. Il devait faire dix mètres de haut et était quasiment assez large pour recouvrir un mur entier du musée. Des lumières scintillaient, oscillaient et se consumaient, tandis que les ombres dessinaient les contours d'une pièce. Un passage entre les flammes. Je voulais le franchir, le traverser, me tenir les yeux fermés dans un flot de rouge infini. J'ai touché le panneau. Il était plat. C'était une installation de lumière, et le passage ne menait nulle part. Je suis revenu à moi, je me suis touché le bout des doigts. Le cartel sur le mur à gauche annonçait : *Frontal Passage* (1994).

— C'est un Turrell, a annoncé une voix derrière moi.

Je me suis retourné et j'ai vu Dominick, un des autres jeunes sélectionnés, passer la main le long de son cou d'où pendait une chaîne en argent à laquelle étaient attachées deux plaques d'identité militaires vierges ; ses ongles étaient rongés presque jusqu'au sang et ses cheveux, volontairement négligés, semblaient laisser des traces de gras sur le col de sa chemise.

Il habitait l'Upper East Side et s'était extasié pendant des semaines sur le génie de John Cage. Je ne me souviens plus de son lycée (Calhoun, Dalton, LaGuardia ou le truc des Nations unies ?) mais c'était un endroit chic et avant-gardiste de ce genre. J'aurais aimé pouvoir me permettre d'être excentrique. Mais j'étais forcé d'aller à Harry Van Arsdale, l'un des nombreux campus que la Ville avait jugés irrécupérables et qui avait fini par éclater en une multitude de petits établissements scolaires publiques. Au mois de février de la même année, le jour de mes seize ans, l'un des détecteurs de métaux était tombé en panne et une file d'attente s'était formée autour du lycée. Quand je suis finalement entré au milieu de la première heure de cours, mon professeur d'art m'a incité à postuler à une offre de stage au MoMA. Je n'avais aucune idée de ce qu'était un conservateur de musée, et encore moins de son rôle, mais la gratification et la carte de métro gratuite semblaient en valoir la peine. Ainsi que la possibilité de s'évader… même si ce n'était qu'une fois par semaine après les cours.

— Quel est le propos de ce Turrell, à ton avis ? ai-je voulu savoir.

— Il parle du néant… ou plutôt de l'existence.

Dominick a haussé les épaules, ses médailles se sont entrechoquées, et il s'est perdu dans la contemplation du mur lumineux.

— Qu'est-ce que tu écoutes ? m'a-t-il demandé.

— Dilla.

— Qui c'est, ça ?

— Qui c'est ? l'ai-je singé. Qui c'est, John Cage ?

— C'est un avant-gardiste, mec. Vraiment expérimental. Avec quelques autres, ils ont façonné la musique telle que nous la concevons aujourd'hui.

J'avais hâte de sortir de cette grotte, de retrouver la lumière.

— Qui c'est Dilla, alors ? a insisté Dominick, mais je ne pouvais pas parler.

J'avais aperçu Naima qui se dirigeait de l'autre côté de l'exposition. J'ai enlevé mes écouteurs et les ai déposés, ainsi que mon lecteur mp3, dans les mains de Dominick qui ne se doutait de rien, et me suis précipité dans la direction de Naima.

Elle avait disparu au détour d'un couloir ou, qui sait, à travers un panneau coulissant. Je la voyais toujours rester tard pour aider Mme Hirsch. Elle transportait des matériaux et des livres dans un chariot, depuis l'atelier où on travaillait jusqu'au bureau de la conservatrice. Naima venait du nord de Manhattan et son artiste préférée était Betye Saar. Elle avait la peau d'un fruit, d'un brun qui ressemblait à la chair d'une papaye. Ses cheveux lui encadraient le visage, des mèches noires et frisées tombant sur ses boucles d'oreilles en or où l'on pouvait lire son nom, incrusté de brillants. J'ai tout de suite ressenti de la sympathie pour elle. Ses anneaux me rappelaient les vitrines scintillantes de Jamaica Avenue, les kiosques où on vendait des chaînes en or et des bijoux personnalisés. Avec des noms comme Ashley, Keosha et Toya.

J'ai traversé une autre pièce sombre dans laquelle il y avait cette fois-ci des écrans au plafond et des photographies dans de petites niches murales. Ayant parcouru un labyrinthe d'images et de clips, dont celui d'une femme qui se coiffait, je suis sorti à l'autre bout de l'étage. Pas de Naima, à peine un visage brun dans la foule de Blancs. En m'engageant dans le dernier couloir de l'exposition, j'ai été frappé par une peinture qui m'a presque fait tomber à la renverse. Elle devait mesurer trois mètres de haut, et être encore plus large. Elle avait les couleurs d'un fruit en décomposition. Sur la toile, un homme immense qu'on a éviscéré est allongé sur une table. Son visage de géant est distendu, sa peau pourrie pèle, ses membres sont déformés. On le descend dans une tombe de fortune, tandis que la foule derrière lui vient toucher son corps. Sa bouche a glissé sur le côté, un sourire étrange et sans vie – c'était horrible, mais j'étais incapable de détourner le regard. J'avais déjà vu plein de morts. Je connaissais Joshua de Linden, décédé quelques semaines plus tôt au milieu du parc. Enfin, je le connaissais sans vraiment le connaître, alors c'est bizarre à dire, mais comment oublier quelqu'un qu'on ne connaît pas ?

C'était comme si la foule le dévorait. Nous dévorions la mort. C'était violent.

— C'est carrément dément ! a crié Dominick quand il m'a vu.

Il ne s'était pas donné la peine de retirer les écouteurs.

*

Ce soir-là, je suis rentré dans une rame bondée de la ligne 3 en direction de New Lots. En chemin, je me suis mis à penser à des chambres rouges vides, aux morts. Je me suis ressaisi, j'ai forcé mon corps à ressentir le vrombissement du métro, la froideur du siège, la proximité de la femme âgée assise à côté de moi. Respirant à pleins poumons l'air aigre, j'ai détecté un effluve de chewing-gum, ainsi que l'odeur fétide de la sueur séchée et du soufre. J'ai jeté un œil par la vitre et posé le regard sur une terre mythique qui s'étendait sur des kilomètres. Je survolais des rangées de maisons et d'arrière-cours, la cime des arbres et les terrains de jeux, les rues (un réseau de bitume) grouillantes de monde et de lumières. J'ai vu mon visage déformé réfléchi dans les fenêtres des immeubles en pierre. Les HLM ont cédé la place à une gare de triage, puis à de petits paquets d'usines et de bureaux. Encore des immeubles. Le soleil a plongé derrière les nuages gris, une couverture noire infinie succédait au ciel bleu et violet.

La première chose que je voyais quand je rentrais à l'appart, avant ton départ, avant le charbon dans tes poumons, c'était toi, entourée d'enveloppes éventrées et de courriers imprimés en petits caractères, envoyés par la banque ou les assurances. Les seules choses visibles étaient les chiffres pleins de zéros. Tu étais assise à table, les cheveux attachés, la mine renfrognée sous tes lunettes de lecture achetées à la pharmacie.

Alors, demandais-tu, *comment ça va ?*

Je voulais écrire une réponse à cette question, à cette scène, à cette pièce que j'intitulerais *La Femme aux factures* (2006), une œuvre de trois mètres de haut sur une largeur égale à celle de la table de la salle à manger. Table vide à présent, couverte d'une fine pellicule de poussière et de peluches. Pa était passé, il avait laissé le courrier ouvert et des carnets de bons de réduction disséminés un peu partout. Il n'y avait rien à manger. Il avait mis quelques billets de côté pour les courses, et l'argent du loyer qu'il voulait que je porte. Mon estomac a émis un son primal.

J'ai posé sur la table un crâne en bois hérissé de clous qui exhibait un sourire mesquin. Je l'avais dérobé dans un atelier/bureau du musée après notre parcours dans l'envers du décor. J'étais revenu sur mes pas, lorsqu'on nous avait libérés, au moment où les salles et les passerelles se remplissaient d'une tout autre population : des travailleurs qui poussaient, tiraient et frottaient à longueur de temps. J'aurais juré avoir entendu la voix de ma mère, son chant ravagé par la cigarette, qui me parlait de loin, depuis l'autre côté d'un mur ou depuis la terre alors que je m'enfonçais dans l'océan. J'ai pensé que je pourrais te retrouver si je continuais à me diriger vers l'est, au-delà du rivage, ou si je continuais à m'enfoncer dans la terre jusqu'à tomber sur ton cercueil. Alors j'entendrais tout ce que tu voulais me dire. À moi seul.

*

J'ai repensé aux week-ends où tu me conduisais à Manhattan, au cours de l'école d'art, dans un loft baigné de lumière et au plancher couvert d'éclaboussures de peinture. Les autres enfants étaient massés autour des postes de travail, ils se frayaient un chemin entre les aquarelles, les pinceaux et l'acrylique. Ils étaient tous blancs ; et d'après leurs nounous, ils habitaient à vingt minutes de là seulement. Pour ces gosses, le week-end, l'art c'était entre le foot et le yoga. Leurs parents, trempés et rouge écarlate après une séance de sport à SoulCycle ou des courses dans le chaos de Whole Foods, étaient convaincus du caractère unique de leur rejeton ; quelle chance nous avons d'avoir un enfant aussi précieux ! Toi, tu étais pragmatique : « Pour moi Colly, tu es important et spécial... Maintenant, comment vas-tu réussir à t'en persuader, puis à convaincre les autres ? Il va falloir que tu y consacres du temps », disais-tu. C'était aussi simple que ça.

Dans le métro, on lisait en permanence. Toi, tu plongeais dans un roman de Sister Souljah ou un de ces thrillers qui se vendaient sur les tables de Fulton Street. Le week-end, tu me laissais parcourir le Barnes & Noble du coin pendant des heures. Je m'asseyais dans une allée pour lire des livres que je commençais au milieu, parce que les premiers chapitres m'ennuyaient et que je trouvais toujours intéressant un bouquin capable de retenir mon attention à partir d'une page prise au hasard. Je me cachais dans un recoin, le labyrinthe d'étagères se déployait en d'infinies rangées, laissant elles-mêmes place à de nouveaux chemins, à de nouvelles combinaisons. L'odeur du café torréfié et des viennoiseries me réchauffait ; un Starbucks perché sur la mezzanine surplombait l'étage principal. Dans un réduit quelque part, dans un monde entre le policier et la science-fiction, j'ai lu *Gone Fishin'* de Walter Mosley. Comme tu te crevais à la tâche toute la semaine, tu t'asseyais alors avec ton café au lait et tu cherchais des bons de réduction pour des magasins bon marché. Ensuite, on faisait le genre de shopping que tu préférais. Tu essayais des chaussures à talons chez Macy's. J'aimais me perdre dans les allées, empêtré dans les manteaux et les manches longues. J'essaie encore un truc, disais-tu pour la cinquième fois. Tu glissais un article ou deux pour moi dans ton chariot. Un employé du magasin, dont les poils de nez ressemblaient à un boisseau de blé, amidonnait les cols de nos chemises.

Certains week-ends, mes préférés, je n'avais pas cours d'art et tu dormais jusqu'au milieu de la matinée, mais on s'aventurait tout de même à Manhattan. Les escaliers de secours étaient comme des nids en fer. On s'enfonçait toujours plus loin dans le centre pour en voir plus : le cinéma en plein air près de l'extrémité nord de Central Park, le Schomburg, sur la 125ᵉ Rue, les collines de Morningside Park, du côté ouest, où l'on pouvait entendre les cloches de la basilique de la cathédrale Saint-Jean. On grimpait les grandes marches du Muséum d'histoire naturelle, laissant derrière nous la 86ᵉ Rue et sa modeste pente surplombant le parc. On vagabondait dans les sous-sols parfaitement entretenus du musée. On l'explorait de haut en bas, ce dédale d'obscurité qui nous dévoilait l'effrayante préhistoire. Comme dans un rêve, un couloir traversait le temps et la terre ; en bas se trouvait la vie sous-marine et à l'étage il y avait les étoiles. En évoluant au milieu de centaines de personnes, de couples, de familles et de guides, j'avais l'impression de faire partie d'un flot, même si je n'étais qu'un grain de sable, délogé par la rivière. Je pouvais me plonger dans une histoire plus vaste concernant le monde, une histoire qui incluait la terre elle-même.

Dans la grande salle où des dizaines de vitrines étaient remplies de reliques amérindiennes, tu m'as parlé de mon arrière-arrière-arrière-grand-mère Mlle Tea, qui était apparemment une Haliwa-Saponi à la peau brune et dont les cheveux lui tombaient dans le dos.

— Son père a été recueilli par des autochtones. Ils l'ont caché pendant deux ans. C'est à ce moment-là que Mlle Tea est née.

— Trop cool.

— Tu m'as bien entendue ou quoi ? C'est pas cool, c'est incroyable. Regarde tout ça. Notre art a toujours eu une raison d'être. Pour manger, pour raconter une histoire, pour construire des villes. Les Haliwas. Les Incas. Le peuple du Kongo avec un K. Tu vois ça ? m'as-tu dit en désignant l'intérieur d'une vitrine contenant un assortiment de vases et de pots poussiéreux. Regarde comment ils enterraient leurs morts. Ces objets ont été fabriqués pour être déposés sur une tombe. Ce symbole en forme de diamant ? Ce sont les quatre moments du soleil : l'aube, midi, le crépuscule et minuit. Ou la naissance, la vie, la mort et la renaissance. Les Ashantis, les Edos.

Dans le métro, je lisais mon livre, enveloppé par le grondement du métal, au chaud dans ma doudoune, coincé entre toi et une dame âgée en manteau long qui s'assoupissait de temps à autre et se réveillait juste avant que sa tête ne touche mon épaule. Une femme blanche et l'homme qui l'accompagnait s'extasiaient sur mes capacités de lecture.

— Pourquoi ne saurait-il pas lire ? as-tu demandé, sans sourire.

Le couple n'a pas vraiment saisi ce que tu avais dit.

— Il a l'air si jeune, a insisté la femme.

— Je parie que si c'était votre enfant, vous ne seriez pas surprise, t'es-tu emportée, ta voix montant de plus en plus, comme du mercure au-dessus du feu. Ce serait normal.

J'ai senti une boule de chaleur me monter aux oreilles. J'ai été fier pendant un moment, puis ça m'est tombé sur l'estomac. J'étais gêné. Ça venait du fait qu'on parle de moi sans m'adresser directement la parole. Pire encore, j'ai senti que je m'éloignais de toi. J'ai cherché des excuses pour justifier la surprise de cette femme blanche. Pourtant, tout ce que je voulais, c'était me réfugier derrière la couverture rigide de mon bouquin, loin des yeux qui nous scrutaient, loin de la Noire à moitié folle qui avait sûrement élevé des enfants dérangés.

*

— Tu vas peut-être pas me croire, m'a dit Zaire, mais sa tante nous gardait quand on était mômes. On était bien potes à l'époque, puis on ne l'a plus vraiment été. On change, on passe dans la classe supérieure. À un moment, tu te rends compte que tu délires sur de nouveaux trucs, que tu ne ris plus aux mêmes blagues. Mais je le voyais encore. On se faisait toujours un signe de tête ou on échangeait quelques mots.

On était assis devant mon immeuble, affalés sur le banc en bois craquelé. Le sol avait séché, l'asphalte était devenu d'un gris cendré, blanchi sur les côtés. C'était morose dehors. Des tours en forme de croix ; un mur-rideau. La cour était animée, on la sentait haletante et agitée. À chaque coin de rue, c'était la même chose.

— Et personne te prévient de la vitesse à laquelle ça arrive, a poursuivi Zaire.

Le meurtre, parmi tant d'autres choses, nous avait tous bouleversés. Les rumeurs et les théories allaient bon train. Pourquoi c'était arrivé ? Qui serait le prochain ?

— J'ai entendu dire qu'ils ne voulaient même pas le descendre, ai-je répondu en haussant les épaules.

Il y avait quelques gamins en haut de la rue, douze ans grand maximum, qui trimbalaient un sac-poubelle plein de pétards. Ils allumaient les mèches à l'aide d'un allume-gaz, par paquets, puis se dispersaient au fur et à mesure que les pétards éclataient en rugissant vers le ciel. Deux de ces enfants vivaient dans mon immeuble, ils se sont approchés de nous avec un autre sac-poubelle rempli de mammouths et de feux de Bengale.

— Qu'est-ce que vous faites ? leur ai-je demandé.

— On va balancer des pétards par la fenêtre de Mlle Moore.

— Pourquoi ?

— Elle nous a gonflés toute la semaine.

— Elle a rapporté à ma mère qu'on s'occupait du bébé raton laveur, a expliqué l'autre gosse.

Les deux gamins avaient nourri cette bête qu'on avait laissée nicher dans une ouverture du sous-sol donnant côté rue. Ils avaient jeté de la nourriture à travers les barreaux de la bouche d'aération, des noix de cajou, des fruits et des tranches de dinde. Même si j'étais dégoûté, ils avaient fait preuve d'une compassion qui me les rendait attachants. Finalement, la maman raton était sortie de son trou pour tenter une échappée, ce qui avait entraîné le bouclage du quartier en pleine journée pendant que la famille se faufilait entre les tas d'ordures, sous les voitures.

— Mettez-les devant sa porte, ai-je suggéré. Ou, à la limite, sous sa fenêtre.

— Hein ? a fait le plus petit des deux en fronçant les sourcils.

— Si vous lui cassez une vitre, elle pourrait appeler les flics.

— Putain, j'emmerde les keufs ! s'est énervé le gosse, répétant certainement une phrase qu'il avait entendu son frère prononcer, et son copain a crié en signe d'approbation.

— Vous êtes des vrais durs ! a lancé Zaire dans leur dos.

Les adultes n'arrêtaient pas de parler de la récession. L'économie allait mal, les Noirs et les pauvres le ressentaient, reconnaissaient ce fait comme étant quelque chose d'important, qui s'ajoutait à leur souffrance quotidienne. Le père de Zaire en était une des victimes. D'habitude tout allait mal, tout le temps, mais cette fois-ci, il avait perdu son emploi pour de bon. Pouf !

son poste avait disparu. L'entreprise pour laquelle il travaillait n'avait pas pu payer ses factures et avait coulé. Tous ceux qui avaient un emploi s'y accrochaient, craignant qu'il ne parte au milieu de la nuit, ne s'envole au petit matin. Le travail qui vous avait épuisé pendant des années n'existait soudain plus. On n'avait plus besoin de vous ni de vos vieux os. Vous postuliez ailleurs et ça se passait comme ça : Le poste est pourvu ? Non, ce poste n'existe plus. Les boîtes fermaient les unes après les autres. La pizzeria sur Van Siclen, la pharmacie à côté de la Chase. J'ai eu le cœur brisé quand ç'a été le tour du magasin de jouets Youngworld.

Une voiture de police s'est faufilée dans l'allée, mais on n'y a pas prêté attention. Les flics étaient toujours là : des camionnettes banalisées restaient garées plusieurs jours d'affilée au même endroit ; une voiture de patrouille parcourait les sentiers sinueux qui reliaient les HLM et allait se poster en été à un endroit ombragé près des terrains de sport. À tous les coins de rue, des fourgons de la NYPD se relayaient au rythme du soleil, mais les policiers n'arrivaient jamais à temps quand quelque chose de grave se produisait.

Zaire était toujours copain avec Tristan, même si je ne pouvais plus le voir en peinture depuis qu'il m'avait menacé d'un couteau. Lui et son grand cousin Rahk débarquaient toujours dans une Ford Expedition vert olive, dont les gonds et les charnières claquaient sous la puissance de la musique. Le prénom complet du cousin, c'était Abdirahkman. Il portait une bague en or et une montre assortie, toutes deux serties de diamants aussi clairs que l'eau.

— Je suis au courant pour ton père, a déclaré Tristan. Tu sais qu'il a toujours été présent pour nous. Même quand j'étais pas là, il venait régulièrement voir si ma grand-mère allait bien.

— T'as besoin de quelque chose ? a demandé Rahk.

— Nan, ça va, a répondu Zaire.

— Je t'avais dit de passer à la planque un de ces quatre, a fait remarquer Tristan.

Irrité, Zaire s'est fait craquer le cou. Rahk a baissé les yeux sur le trottoir, puis a fouillé dans sa poche pour en sortir une poignée de gros billets. Je n'ai pas pu m'empêcher de regarder.

— Tiens, voilà cinquante dollars ! a lancé Rahk. Fais gaffe à toi.

Ils sont montés tous les deux à l'étage, larges dans leur veste de base-ball hors de prix, le cuir brodé luisant comme du caramel. Je savais que Zaire garderait les cinquante dollars jusqu'à ce qu'on passe devant une épicerie où il nous achèterait à chacun un sandwich à la viande hachée et au provolone avec un Arizona, avant de partager le reste de l'argent avec moi. On était vraiment proches.

— Tu devais les retrouver ou quoi ? ai-je demandé.

— C'était juste comme ça.

On ne se souviendra pas de nous, mais je pleurerai à chaudes larmes le jour où je devrai partir, quand on me tiendra à l'écart de ces gens, des marchés, du terrain de hand bondé. Je finirai bien par disparaître, cramé comme les friches environnantes qui servaient de cimetière de voitures ou de dépotoirs, trop fatigué pour continuer. En fait, le deuil recouvert d'une couche de douceur était angoissant : sourire aux voisins ou aux parents pour se sentir mieux, sans réellement leur dire un mot parce qu'eux-mêmes avaient assez souffert et méritaient la paix. C'était trop doux, ça me nouait l'estomac et me pesait depuis le décès de ma mère.

Un bruit sec a retenti à l'intérieur de l'immeuble. De la fumée s'est échappée par la porte et les gamins sont sortis en courant, riant aux larmes. Leurs poches débordaient de petites boîtes d'allumettes. Ils ont tourné au coin de la rue avant que Mlle Moore ne se précipite à l'extérieur, brandissant une serpillière, sa perruque de guingois laissant apparaître le filet intérieur. Elle a tourné la tête comme un rouge-gorge jusqu'à nous apercevoir.

— C'était qui ? nous a-t-elle demandé.

J'ai haussé les épaules. Zaire avait l'air dévasté. D'autres personnes sont sorties, ont commencé à se rassembler dans le hall d'entrée. La voiture de police s'est légèrement rapprochée pour avoir une meilleure vision d'ensemble. Rahk a pointé la tête dans notre direction depuis une fenêtre du deuxième.

— Des pétards, ai-je expliqué.

— Qui c'est, le con qu'a fait ça ? a-t-il hurlé en retour.

Tu connais le petit frère de Wood, allais-je répondre.

À la place, j'ai regardé Zaire, devenu blême, les yeux fermés et les sourcils froncés à la manière d'un papillon de nuit.

*

Au fin fond du Musée d'art moderne, j'ai eu l'impression d'être parti à la recherche d'un objet perdu, enfoui quelque part sous la ville. Une visite à la hâte qu'on devait à Mme Hirsch. Elle nous a conduits derrière les murs, où se trouvaient des bureaux, des salles de classe improvisées et des ateliers. Il y avait des pièces aussi caverneuses que des entrepôts, d'innombrables caisses que je devinais pleines d'œuvres d'art. On a descendu un escalier qui nous a menés dans une autre pièce au plafond élevé. Là, d'imposants rayonnages en acier et des étagères rouillées s'étendaient sur ce qui devait être la longueur de la 53e Rue. Partout, des toiles et des instruments enveloppés dans du plastique épais et du papier bulle.

— Le musée, ce n'est pas ce qu'on accroche aux murs ! a tonné Mme Hirsch devant, c'est un endroit dans lequel on archive la mémoire.

Quasiment au bout du couloir, on est passés dans une pièce faiblement éclairée ; ça changeait des lumières blanches qui semblaient nous poursuivre partout. Derrière d'épaisses vitres, dans des tiroirs coulissants, des tableaux paraissaient flotter au-dessus du sol.

— Les œuvres archivées, nous a expliqué Mme Hirsch, sont conservées à des températures spécifiques, sous un éclairage adéquat.

On l'a suivie dans un couloir, puis dans la cohue des salles d'exposition à partir d'une porte qui, lorsque je me suis retourné pour la regarder, s'est fondue dans le mur, un panneau vierge à côté d'une rangée d'affiches de films internationaux. « Plus fort que le diable », annonçait l'une d'elles. Je n'avais jamais connu personne qui l'ait été.

— Si vous pouviez organiser votre propre exposition, à quoi ressemblerait-elle ? Quel serait son sujet ?

Une œuvre célèbre ? Dites-moi ce que vous apporteriez.

Mme Hirsch a fait un tour de salle et tout le monde a débité sans problème le titre d'une œuvre, le nom d'un artiste et son importance. Je n'avais aucune idée. J'ai bafouillé, scruté le sol et suivi du regard les couleurs répandues sur le plancher. On est entrés dans un autre atelier et je me suis retrouvé à l'arrière du groupe. Dominick a marmonné quelque chose, et il m'a fallu une bonne minute pour comprendre avant de le regarder.

— Au moins t'as pas répondu le gars des boîtes de soupe.

*

Sur le chemin des toilettes, j'ai vu Naima faire le tour d'une exposition. Je me suis approché d'elle. Elle était plus petite que moi et avait les yeux en amande. Derrière elle se dressait un tirage couleur de six mètres de haut présentant, assise de profil, une belle femme aux formes incroyables, les pommettes saillantes et les lèvres pleines. Elle était nue, derrière des produits dont on n'avait laissé que les contours. Du parfum, une cartouche de cigarettes, de l'après-shampoing ou du défrisant. Naima contemplait trois mannequins posés sur l'estrade devant elle. Ils étaient grands, nous surplombaient et semblaient nous toiser alors même qu'ils ne possédaient pas de tête.

Les trois silhouettes étaient parées de vêtements comme j'en avais vu dans de vieux films britanniques du genre *Il importe d'être constant* – des femmes riches dans une superposition de jupes qui cascadaient jusqu'au sol, avec des chemisiers à volants au niveau du col et des épaules. L'imprimé cependant faisait penser que le textile venait d'Afrique. Je n'avais aucune idée d'où exactement, mais je connaissais au moins quatre magasins sur Flatbush Avenue qui vendaient des rouleaux de tissus comme celui-ci. J'ai lu le cartel collé à la plate-forme où se tenaient les mannequins : *How Does a Girl Like You Get to Be a Girl Like You ?* (1995).

— Ça signifie quoi, à ton avis ? m'a demandé Naima en faisant un signe de tête en direction des mannequins qui, je le craignais, allaient se lever et partir si je ne répondais pas.

— Je crois que ça pose la question de savoir qui nous sommes réellement, ai-je répondu. Quelqu'un a-t-il le droit de s'emparer de quelque chose qui te représente et de l'utiliser dans un autre contexte ?

— Nous ne sommes que de petits riens qui forment un grand tout, a-t-elle ajouté. Les produits de la traite négrière.

— Tu ne penses jamais que c'est une perte de temps tout ça ?

— Qu'est-ce que tu veux dire ?

— On est dans un musée chic où on admire des œuvres d'art, alors que rien de tout ça n'a vraiment d'importance. L'art ne signifiera jamais rien pour la majorité des gens qui essaient juste de s'en sortir. J'ai cet ami, enfin, pas vraiment un ami… plutôt une connaissance… il a été tué. Comme ça, sans raison. Du coup, c'est difficile de croire que l'art sert à quelque chose.

— Je suis désolée pour ton ami, a-t-elle dit et il m'a semblé légitime d'avoir présenté Joshua comme un proche. Moi, ça me fait du bien de regarder des œuvres quand je me sens mal, a-t-elle poursuivi.

— Tout le monde n'a pas cette chance.

— Je sais bien, a-t-elle convenu en baissant les yeux sur ses chaussures, des Air Max. C'est égoïste, mais des fois il n'y a rien d'autre à faire. Faut juste essayer d'aller bien.

Ça lui brisait le cœur, mais elle avait trouvé une réponse. Elle m'a regardé dans les yeux. Silence. Un enfant en bas âge s'est glissé entre nous et a heurté le bord de la plate-forme blanche, puis sa mère est venue le relever.

— C'est important tout ça.

— Quoi ?

— *American Gothic* de Gordon Parks. Je regarde cette photo quand je me sens… tu vois, quoi.

*

— Et alors c'est quoi, ce truc ? ai-je demandé.

J'étais dans l'appart de Mlle Betty, qui donnait de plus en plus l'impression d'être un squat. Je lui avais apporté la tête en bois que j'avais volée au musée. Mlle Betty vivait seule, elle n'avait que Legba pour se blottir contre elle, faire danser les ombres tandis qu'il se faufilait le long des murs. Il s'était empâté. Je me suis assis sur une chaise pliante ; le canapé s'était affaissé en son centre. Mlle Betty était perchée sur le rebord de la fenêtre et triturait la peau marbrée au-dessus de son coude.

— Pourquoi tu ne viens pas plus souvent ? Tu passes seulement quand tu as besoin de quelque chose.

— Pardon, faut pas mal le prendre.

— Tu sais que je te connais depuis que t'es haut comme ça ! s'est-elle exclamée en me montrant comme j'étais petit. Comme ça !

— Je sais, Mlle Betty.

— On dirait que ça vient d'Afrique centrale ou de l'Ouest, un nkisi. Ça me fait penser à un paquet congo. En Haïti, j'en voyais dans les maisons de mes amis. Leurs parents les fabriquaient à partir d'herbe, de terre et de matière végétale qu'ils décoraient avec des paillettes, du tissu. Je les ai vus dans des cérémonies et sur des autels. C'est un objet puissant, pour convoquer un loa, un Mystère. Ces intermédiaires existent dans l'entre-deux-mondes. Ils sont proches de Dieu et en même temps proches de nous.

L'entre-deux monde. Être proche de Dieu, c'était être proche de la création, être proche du commencement et de la fin, qui n'était qu'une seule et même chose, longue et infinie. À mes yeux, c'était un rien paralysant. J'ai gardé la main dans ma poche, autour de mon téléphone, au cas où il vibrerait. Je n'avais pas eu de nouvelles de Zaire depuis quelques jours. Je lui avais envoyé un message plus tôt.

— C'était quoi, comme cérémonies ? ai-je demandé.

— Des cérémonies de guérison. Si la communauté avait subi un traumatisme ou vécu un scandale. Pour apporter la santé ou la fortune à une famille, au foyer.

Je n'étais pas satisfait. Je n'arrivais pas à croire que j'en étais arrivé à demander à une camée de me parler des voix que j'entendais. J'aurais aussi bien fait de me rendre directement à l'HP pour me choisir une chambre. Je le faisais seulement pour toi.

— Et ces loas, ce sont des esprits ?

— Ils marchent parmi les morts, a-t-elle expliqué en s'éloignant de la fenêtre d'un pas traînant, avant de redresser sa jambe tout en me dévisageant.

Legba s'est enroulé autour de sa cheville pour souligner son propos.

— Qu'est-ce qu'il y a, mon garçon ? Pourquoi tu me demandes tout ça ?

Je n'avais pas prévu de dire quoi que ce soit ; j'ai également ignoré la colonne de fourmis qui défilaient sous le meuble de cuisine.

*

Quand je me suis réveillé, il était trois heures du matin. Les lumières étaient encore allumées et le ventilateur de l'ordinateur cliquetait comme si quelque chose était pris dedans. Le nkisi m'observait du coin de l'œil depuis le bout de la table. J'ai regardé mon ordi, un jpeg de l'*American Gothic* de Gordon Park à l'écran. Plus tôt, j'avais parcouru les archives de l'artiste à toute allure, avec l'impression d'être vu, dévoré, complètement vidé. J'ai ressenti le besoin impérieux de m'enfoncer plus profondément dans mon moi intérieur, rétrécissant à chaque fois que j'entrais dans une nouvelle pièce. Toi aussi, tu priais pour qu'il y ait un orage après la sécheresse. Pendant des années, tu as hurlé contre les informations du soir, toujours en conflit avec ce même rêve, tout comme Gordon l'avait été. Tu étais en pleurs, dévastée, lorsque des pauvres, des Noirs généralement, ont été abandonnés à leur sort par le gouvernement à la suite de l'ouragan Katrina. Des années auparavant, Pa était venu me chercher à l'école avant le déjeuner et on était montés sur le toit de notre immeuble. La fumée la plus opaque que j'avais jamais vue se répandait sur Manhattan et dans notre direction, assombrissant le ciel comme s'il s'agissait d'une tempête, le remplissant d'un gris ardent de terre en fusion. On essayait à présent de mettre fin à une guerre qu'on avait commencée. Le pays se trouvait dans une position étrange, mais nos vies avaient toujours été périlleuses, sans autre fin possible qu'un drame inévitable. C'est du moins l'expérience que j'en avais. Il n'y a rien de plus noir que l'incertitude.

Devant moi, tu étais enroulée dans le cordon d'un téléphone filaire, le goulot d'une Heineken entre les doigts, une Newport se consumant dans le cendrier. Tu pouvais être au téléphone avec Marilyn, employée par la Ville et syndiquée. Un hiver, en début de saison, elle nous avait emmenés dans les Poconos ; son aîné avait conduit un Honda CR-V sur des routes venteuses jusqu'à une maison de quatre chambres disposant d'un sous-sol, d'un bureau et d'un îlot de cuisine. Je me souviens avoir regardé la neige recouvrir les sapins, tomber jusqu'à ce que le monde soit blanc. On avait dû rester un jour de plus pour attendre la fin de la tempête. Ou bien tu étais au téléphone avec Genesis, ta plus vieille copine, celle que tu considérais comme une membre de la famille depuis si longtemps que je ne savais plus si c'était une cousine ou une tante. Elle avait vécu dans le Sud pendant un certain temps, en Caroline, au beau milieu de nulle part, sans même le gaz de ville. C'était la première fois que je sentais l'odeur du métal fatigué d'une cuisinière électrique. Elle avait recueilli un enfant nommé Roger, l'avait adopté légalement, un garçon blanc plus âgé que moi. Elle lui avait fait porter un appareil dentaire et s'était occupée de lui du mieux qu'elle avait pu. Elle voulait le sauver. Ils sont revenus s'installer à New York, au dernier étage d'une maison mitoyenne dans le Queens. Je n'aimais pas vraiment quand Roger venait chez nous. Il y a quelques années de ça, il s'est pointé avec Genesis pour Boulevard Day et il m'a convaincu d'acheter avec lui des boules puantes pour les lancer dans la foule pendant un concert. Notre forfait réalisé, on s'est enfuis en courant. Je me suis senti horriblement mal après. En général, les gens ont tendance à respecter les fortes têtes. Je ne me suis jamais pardonné de m'être laissé entraîner.

Parfois, on leur rendait visite à notre tour. On prenait alors le bus jusqu'à la ligne A du métro, puis un taxi pour finir le trajet. On restait dîner et, à la tombée de la nuit, la rue grouillait de vie. Les gens sortaient sur leur terrasse, faisaient des grillades, jouaient aux cartes ou tentaient de pousser leur chaîne hi-fi plus fort que celle du voisin. Les enfants faisaient du vélo le long des lignes jaunes délavées, tiraient des paniers avec un ballon trop gonflé dans des caisses évidées clouées à des poteaux téléphoniques. Genesis et toi vous asseyiez dehors avec les gens qui vivaient dans la maison mitoyenne. Tu t'enfonçais dans une chaise de camping, la fumée de ta Newport s'emmêlait aux bracelets dorés autour de ton poignet, aux bagues criardes sur tes longs doigts. Je jouais à la Dreamcast avec Roger pendant des heures, jusqu'à ce que mes yeux pleurent à cause de la lumière de l'écran et que Roger ronfle dans un fauteuil en vinyle usé jusqu'à la corde. Je ressortais vers minuit passé, me pelotonnais sur tes genoux comme un chat, ronronnant de lassitude. Tu passais tes doigts, refroidis par ta bouteille de bière, dans mes cheveux. « Quand est-ce qu'on rentre à la maison ? » gémissais-je. « Bientôt », disais-tu, souriant parce qu'un voisin avait crié en jouant à atout pique. Je me nichais contre ton ventre, sentais ton rire profond, ta peau comme une papaye. Ta voix était un petit théâtre dans lequel je me promenais pour en sentir les murs trembler. C'est là que tu installais ceux que tu aimais, que tu leur disais qu'ils t'inspiraient, et que tu les motivais. Tu prenais leur tête dans ton giron, tu les embrassais sur le front. On ne s'en allait qu'à l'aube, quand la nuit se teintait de bleu comme une aquarelle. Les oiseaux gazouillaient du haut des tilleuls. Quand on sortait du taxi, devant notre immeuble, j'entendais les goélands piailler, se poser dans la rue pour attraper des croûtes de pain avec leur bec.

Deuxième partie

L'arbre généalogique

2009

C'était une journée au cours de laquelle Audrey aurait raconté à ses petits-enfants l'histoire de leur généalogie. La version courte, parce que ces gamins étaient collés à leur téléphone comme des moustiques à une lampe anti-insectes.

— Mon arrière-grand-mère Mariah Frank, ou Mlle Tea comme ils l'appelaient, est née esclave à Richlands, en Caroline du Nord. C'était certainement dans les années 1830, mais on ne nous enregistrait pas vraiment à la mairie à l'époque. Elle a fait partie des nombreux esclaves qui ont été vendus à une autre plantation. Nous avons aussi connaissance d'une sœur, nommée Etta, envoyée de son côté dans une exploitation en Caroline du Sud. Par contre, on ne sait rien de la descendance de celle-ci. Pour en revenir à Mlle Tea, elle avait de longs cheveux lisses. Pourquoi ? Parce que son père s'était enfui un soir et qu'il était resté éveillé dans la boue et avait lutté contre le sommeil à la cime des arbres. Une nuit, il a quand même fini par s'endormir et, en tombant de sa branche, il a fait une mauvaise chute sur sa jambe. Quand il a compris qu'elle était cassée et que tout était fini, il s'est caché au creux d'un arbre dans les marécages, et là il a entendu le sifflement des Haliwas. Ils sont apparus derrière les troncs et les arbres, une colonne invisible dans le crépuscule. Ils l'ont amené à leur village, où il est resté pendant des mois, et ils ont soigné sa jambe tordue. Il a fait la connaissance d'autres personnes comme lui : des fugitifs qui ne pouvaient plus supporter le poids des chaînes. Là-bas, il a aussi rencontré une Indienne dont les cheveux tombaient jusqu'aux hanches. La nuit où Mlle Tea est née, des chevaux et des limiers ont pris le village d'assaut. Les chasseurs d'esclaves ont ramassé toutes les personnes qu'ils croisaient sans faire de distinction entre esclaves et autochtones. Le gouvernement avait autorisé les fermiers à récupérer leurs « propriétés ». Mlle Tea a épousé un certain Humphrey alors qu'elle était encore esclave. Vu qu'il ne connaissait pas son propre nom de naissance, tout le monde l'appelait Humphrey, comme son maître. Le couple a eu un enfant nommé Maddock. Humphrey est descendu à New Bern pour fuir les Yankees. Là-bas, il serait tombé dans une rivière, aurait attrapé une pneumonie et en serait mort. Le plus dur pour Mlle Tea, c'est qu'elle n'était sûre de rien. Humphrey n'était pas décédé dans ses bras. Elle n'avait pas vu son corps. N'avait pas organisé de petite cérémonie dans sa cour avec les filles du coin. La nuit venue, elle s'imaginait le pire, se le représentait bleu et gonflé. Elle voyait de gros garçons blancs rassembler les insoumis, les pendre aux branches, les traîner le long de la route ou les battre à mort avant de les jeter dans la rivière. C'est pour ça qu'elle ne dépassait jamais la dernière cabane noire de la colline, censée représenter la limite de la ville. Elle remplissait son seau pour se laver le soir et pleurait, comme un coyote gémissant dans le désert. Mlle Tea s'est remariée en août 1866 avec M. Bryant Murrill. Il a réussi à acheter des terres à un homme blanc, à Jacksonville, en Caroline du Nord. On se demande encore comment ç'a été possible. Bref, Mlle Tea et M. Bryant Murrill se sont installés à Jacksonville. Ils ont démarré une petite exploitation et fondé une grande famille. Ils ont eu onze enfants. Je ne connais pas leurs noms, seulement Hill, et un autre qui s'appelait Albert. Mais mon grand-père à moi, c'était Maddock, le fils du gentil Humphrey, mort – ou assassiné. L'aîné de la fratrie. Le grand-père Maddock a pris la suite de la ferme quand ses parents sont décédés. Puis il a épousé une femme nommée Rochelle, originaire de Maple Hill, en Caroline du Nord, où ils ont vécu. Rochelle avait déjà été mariée. Ensemble, ils ont eu quatre enfants : Minnie, Rena, Nannie et ma mère, Lucy, qui a vécu de 1909 à 1975. Elle a épousé Haywood, né en 1904 et mort à quarante-huit ans. Lui était de Verona, mais ils se sont rencontrés à Maple Hill et ont vécu à Jacksonville. Ensemble, ils ont eu trois enfants, dont l'un mort à cinq semaines. Walter donc, que Dieu ait pitié de l'âme de mon frère, Joyce et moi.

Avant d'avoir un enfant à son tour, Audrey s'était juré qu'elle ne ressemblerait pas à sa mère. Lucy était dure, et elle ne le lui reprochait pas, car c'était nécessaire.

Au bout de plusieurs décennies, Audrey reconnut qu'elle avait elle aussi commis bien des erreurs pour le bien de sa fille. Les mères noires doivent endurcir leurs enfants pour les maintenir en vie. Il n'y a pas d'autre façon de l'expliquer. Par exemple : quand Audrey eut atteint l'âge respectable de douze ans, Lucy lui expliqua (au milieu d'une pièce remplie de femmes en train de rire) qu'à ce rythme-là elle ne pourrait pas passer les portes de l'église le jour de son mariage. Son corps, qu'elle voyait s'élargir dans les miroirs, commençait à prendre vraiment trop de place.

C'est ainsi que sa mère et ses tantes l'élevèrent, qu'elles s'éduquèrent les unes les autres. Lucy, qui aimait désespérément sa fille, se prenait certains jours à la remodeler du regard, à lui couper des morceaux de chair avec ses mots, à exposer la violence qui se cachait derrière les mouvements de sa fille, dans le balancement de ses hanches. En réalité, il s'agissait d'une violence potentielle : elle risquait de finir seule, alors même qu'elle embrassait les canons de la féminité.

Chaque semaine, depuis la naissance d'Audrey, la famille se réunissait autour de la table. À Jacksonville, la maison était étroite et ensoleillée. Grand-mère Rochelle cuisinait toute la journée, pétrissant la pâte de ses mains robustes de métayère, hachant les poivrons, les oignons et les côtelettes comme s'il s'agissait de tiges de coton. Ses avant-bras, couverts de farine et durcis comme de l'ambre par le soleil, étaient insensibles à la graisse chaude et au beurre brûlant. Bientôt, l'arthrite fit trembler le couteau dans ses mains, et rapidement elle eut du mal à les maîtriser, à travailler la pâte pour faire le pain. Elle avait besoin de quatre jambes en métal pour se tenir debout et s'appuyait dessus pour surveiller le fourneau. Ses filles cuisinaient comme de jeunes épouses. Elles ne revenaient à la maison que lorsqu'elles avaient du temps libre ou que leurs maris le leur permettaient.

Un jour, Audrey trouva sa mère Lucy en train de pétrir la pâte à pain. Ses avant-bras étaient solides, comme si elle gagnait sa vie en arrachant des mauvaises herbes plutôt qu'en travaillant dans un hospice. Le feu ne lui faisait plus rien.

Bientôt, il n'y eut plus personne au fourneau. Les femmes parties, il ne restait plus qu'Audrey. Ses yeux étaient fermés. Elle était devenue forte comme la fille d'un métayer.

Haywood, le mari de Lucy, fut enterré sous de la boue et des couches d'argile qui s'enfonçaient lorsqu'on marchait dessus. Il n'y avait pas de mains pour pétrir la terre. À l'aide de pelles, des hommes noirs le recouvrirent puis laissèrent la famille déposer des arums. Lucy pleurait dans un mouchoir en soie brodé, Audrey et la petite Joyce sous les bras. Le pasteur ferma sa bible. La marraine des enfants, qui pratiquait l'Ifá, pria les orishas : en réponse, ils envoyèrent une pluie fine qui transforma le sol en boue. Le talon de ses sabots ne cessait de s'enfoncer. Alors, pour la première fois, Audrey regarda autour d'elle en pensant que rien ne pousserait là.

Il y avait tout un tas d'histoires, partant chacune dans sa propre direction, mais toujours liées à la même racine. Vivre au service du suivant. Être enterré par ses enfants, leur transmettre une mine de connaissances. Quand on sème une graine profondément dans la terre, on ne peut pas accepter de ne jamais la voir fleurir. Lorsque Audrey enterra sa fille, Key, elle avait pensé prendre la pelle (celle qu'elle utilisait pour semer ses graines, pas celle qui servit à recouvrir de terre fraîche le cercueil blanc et or de son bébé) pour se creuser sa propre tombe. Elle plongea profondément dans le sol en quête de la lumière à l'autre bout, pour finalement ressortir et constater que c'était pire encore. Il n'y avait pas de lumière, seulement des os enterrés. Pendant les obsèques, elle avait pleuré à chaudes larmes. Elle allait enterrer sa fille. Quelle lumière pouvait-il y avoir de l'autre côté ? Les enfants de Key, muets, s'étaient blottis contre elle sur le banc.

À présent, elle les regardait prendre leurs distances. Ils avaient l'habitude de courir dans son appartement, et dans celui de sa sœur, Joyce, sautant contre les murs et filant entre les portes. Désormais plus âgés, ils commençaient à se méprendre sur leur rôle dans ce monde. Audrey s'inquiétait beaucoup pour Toya. Elle la voyait tous les jours et pouvait constater quel soin elle apportait à tout. Elle était à l'image de cette nouvelle génération, tolérante et volontaire. Pourtant, Audrey s'inquiétait. Lucy avait espéré qu'Audrey soit courageuse, quoi qu'il arrive, et elle l'était. À tel point que les gens ne surent jamais qu'elle avait souffert, tout cela parce qu'elle ne pleurait jamais ouvertement et restait stoïque. Nous nous attendons à ce que nos filles aillent bien parce que nous avons passé des générations à leur apprendre à souffrir en silence.

Audrey s'inquiétait aussi pour le garçon. Elle était certaine qu'il se battait, séchait les cours et couchait avec des filles faciles. Il était impressionnable et sensible, une pêche talée. Un homme peut être aussi perdu qu'une femme. La différence, c'est que lorsqu'un homme se perd il devient un danger pour les autres, pour les hommes et surtout pour les femmes. Au lieu de réparer sa maison, il va mettre le feu au village.

Pendant les obsèques, Colly s'était approché du cercueil et avait regardé sa mère fixement, sans pouvoir bouger, jusqu'à ce qu'Audrey lui prenne la main, essaie de lui sécher les yeux, qu'elle trouva désespérément secs. Audrey non plus n'arrivait pas à s'éloigner du cercueil. L'orgue de l'église faisait ronfler une note sans fin, un écho au sommet d'une montagne. Rien ne pouvait l'arrêter, rien ne pouvait le dépasser. Les persiennes laissaient entrer la lumière de l'extérieur. Le pasteur Youngblood oignit le front d'Audrey avec de l'huile, lut son passage préféré des Psaumes :

L'Éternel est ma lumière et mon salut :
De qui aurais-je crainte ?
L'Éternel est le soutien de ma vie :
De qui aurais-je peur ?

Pourquoi aurait-elle peur ?

Quand des méchants s'avancent contre moi,
Pour dévorer ma chair,
Ce sont mes persécuteurs et mes ennemis
Qui chancellent et tombent.

Elle pensa à ce que signifiait être dévoré, être vaincu.

Je demande à l'Éternel une chose, que je désire ardemment :
Je voudrais habiter toute ma vie dans la maison de l'Éternel,
Pour contempler la magnificence de l'Éternel
Et pour admirer son temple

Elle craignait qu'il n'y ait plus de temple, plus de maison où elle pourrait habiter jusqu'à la fin de ses jours. Il n'y avait que des ruines.

Et déjà ma tête s'élève sur mes ennemis qui m'entourent ;
J'offrirai des sacrifices dans sa tente, au son de la trompette ;
Je chanterai, je célébrerai l'Éternel.

Les mangeurs de sel

Key, 1990

Dante ne devenait entreprenant qu'à mon signal, ou lorsque je le regardais sous une lune argentée, dans l'expectative, comme si je pouvais être entraînée à tout moment par un vent salé venu du rivage. J'ai pris beaucoup de plaisir à le déverrouiller, à le pousser à parler de choses qu'il ne s'était pas lui-même avouées, toujours sous l'emprise de son nihilisme. Il était tellement habitué à ne jamais rien confier à personne qu'il était devenu une vraie tombe et ce qu'il me lâchait tout à coup était bien plus que ce qu'il avait prévu de me révéler. Il me parlait de sa dernière relation, qui s'était terminée à cause de lui.

— Je crois savoir ce qui s'est passé, a-t-il avancé. En fait, je sais très bien ce qui s'est passé, alors je préfère ne pas me remettre en selle.

— Tu as peur.

— À qui peut-on faire assez confiance pour se laisser aller ?

— C'est sûr, et quand c'est possible, il ne faut pas non plus que ça détruise ta personnalité.

— Exactement.

— Je me demande bien pourquoi je ne pourrais pas rester tout seul ? Et me sentir bien comme ça ?

— Pareil.

D'un geste de l'index, il a tracé une ligne entre lui et moi. J'ai regardé le plafond.

— Quand est-ce qu'on va tomber amoureux ? lui ai-je demandé.

Ce que j'entendais par là, c'était tomber amoureux chacun de notre côté, en tant qu'individu distinct vivant sa propre vie, mais je me suis rendu compte que ce n'était pas ce que j'avais dit. Cela arrive souvent que les mots nous échappent, nous acculent ou nous trahissent. Les mots sortent de notre bouche et semblent différents à la lumière. Car les gens cherchent avant tout du sens. J'ai vu Dante dans une autre ligne temporelle, c'était un cèdre noir sorti de terre. Il y avait la réalité où nos vies séparées se poursuivaient normalement ; il fallait que je cligne des yeux, que j'arrête de le regarder. J'ai quand même persisté un moment. Une autre réalité est apparue devant moi. Nos chemins s'entremêlaient, prenaient la même direction. Un bruit au bar nous a obligés à détourner le regard. Je ne savais pas dans quelle ligne temporelle nous nous trouvions, ni même si c'était bien celle à laquelle j'appartenais. Nous avons décidé de payer notre ardoise et de partir. J'ai passé le trajet jusqu'à sa voiture à essayer de l'embrasser, à essayer encore plus fort de ne pas le faire, c'était trop douloureux, déjà presque tragique.

C'était un homme comme les autres. Seulement plus calme, d'une grande douceur lorsqu'il se penchait pour vous parler, qu'il soutenait votre regard. En retour, il écarquillait les paupières. En remerciement, en symbole de sa sympathie, il partageait son argent avec les enfants qu'il croisait sur le chemin de l'école. Ce qu'il lui restait, il le donnait à *Papi* de l'épicerie, à ses tantes qui tenaient des crèches illégales ou travaillaient tous les jours pour une misère, et à ses oncles portés sur la boisson.

Le corps est un calendrier, habité par les jours, les mois et les années. Je ne dors pas assez à cause du travail, une succession de chambres d'hôpital, de cliniques et de foyers ou de refuges pour femmes. Chaque jour, je me rapproche de Dieu, ça s'installe comme du sel dans mon cœur, toujours en train de s'ouvrir. Un accouchement est une situation extrême. Ce n'est jamais propre, les entrailles sont exposées, c'est chaotique. Mais c'est toujours une expérience marquante.

Ce soir-là, nous sommes allés sur la jetée et j'ai retroussé mon jean pour m'asseoir le long des flots, Mme Pat bourdonnait à mes oreilles. Le hangar à bateaux et les réverbères du parking éclairaient l'obscurité. Les derniers pêcheurs récupéraient leur canne et leur boîte de matériel, leurs prises s'ils avaient eu de la chance, et se dirigeaient vers leur camionnette. Les gens avaient rangé leur poussette ou leur glacière, et s'attelaient à s'occuper de leur progéniture ou prenaient les dernières photos avant de rassembler leur barda. Des couples se prélassaient sur le rivage, choisissaient un banc à l'abri des regards pour se peloter en toute liberté. Des adolescents étaient assis autour d'une bouteille d'Easy Jesus, leurs voix s'élevaient au-dessus du fracas des vagues. Blottie contre le corps de Dante, j'inspirais profondément. L'eau salée était un baume, gâté par les déchets qui jonchaient le sable. Je faisais attention à mon corps, à la façon dont il se mouvait, à la façon dont j'occupais l'espace. Dans la vie de tous les jours, des hommes plus âgés me jaugeaient du coin de l'œil, dans le bus, cachés derrière leur journal. Ils regardaient mes hanches et pensaient probablement à la procréation ou à d'autres trucs de dingues. Les jeunes, eux, me regardaient franchement, poussés par le désir, espérant que je leur réponde lorsqu'ils faisaient le plein de ma voiture.

— Faut que je trouve une cabine téléphonique, a dit Dante alors que son bipeur piquait une crise.

Je me suis adossée à sa voiture, à sa carrosserie vert foncé, et je l'ai regardé passer son coup de fil dans la cabine couverte de graffitis, sans entendre un mot. Les vagues grondaient dans mon dos.

Je ne voulais pas qu'on ait besoin de moi. Ça me faisait peur, l'idée même n'était pas loin de m'angoisser. Je ne pouvais pas me donner corps et âme au quotidien alors que j'avais un jardin secret à entretenir chez moi. Il m'était impossible de céder à Dante le peu d'espace qu'il me restait. C'est pourtant ce dont certains hommes ont besoin. Devenir dépendants jusqu'à atteindre le point de non-retour. Comment réagissent-ils alors ? Un homme peut-il voir dans une femme autre chose qu'un objet à posséder ? Nous connaissions les dangers qui pouvaient rôder dans les coins et les recoins, dans les bars et les cinémas, dans les couloirs étroits des métros et les allées centrales des bus, une main aux fesses, ou sur le bras. Dans la rue. Dans nos familles, il y avait les oncles et les cousins qui disaient : « Elle sera canon quand elle sera plus grande. » Dans nos placards, les tenues qui révélaient plus ou moins de peau, nous rendaient susceptibles de subir diverses violences. On pouvait toujours m'arracher quelque chose de force dans un acte de terrorisme stérile. Le fait qu'un homme puisse me coincer, m'agresser ou me violer était une crainte aussi forte, sinon plus forte encore que le spectre d'être tuée par la police ou lynchée par la foule. Je pensais à ma mère. Je connaissais son secret, je savais qu'elle pouvait voir mon père, même s'il était mort depuis des années. Je savais qu'elle le côtoyait tous les jours parce qu'elle ne savait pas comment le faire partir d'ici. Il envahissait son espace. Même dans la mort, il voulait avoir le dernier mot.

Mais là, c'était une sensation différente. Je la sentais à présent, une impression de froid dans la colonne vertébrale. L'océan était beaucoup trop bruyant alors je me suis tournée et retournée, en quête d'un répit, d'un moyen de sortir du fond de cette cloche d'église qui retentissait depuis le beffroi, assourdissante. À un moment, j'ai dû me boucher les oreilles. J'avais l'impression que mes tympans allaient exploser. J'avais du mal à traîner les pieds. Les gens traçaient leur chemin et m'ignoraient comme une camée au bord de la route. Une brume flottait entre mes yeux et ma raison. Quelqu'un m'a secoué les épaules, une voix dans le lointain.

— Qu'est-ce que c'est ?

— Hé, ma belle.

Dante m'avait rejointe. J'étais accroupie sous une table de parc, sous une nappe orange délavée. Un homme s'est approché et j'ai vu sa femme m'observer du coin de l'œil, cachée derrière le gril qu'ils étaient en train de ranger.

— Tu m'as fait une de ces peurs ! Tu vas bien ?

— Une migraine.
— Je vais te ramener chez toi.
— Non. Allons plutôt manger.
— Tu veux des chapatis, hein ? a-t-il dit en souriant.

*

Après le dîner, nous étions de nouveaux silencieux. Il roulait à un rythme régulier, sans se presser, sans doubler qui que ce soit. La voiture, embrumée par la fumée, sentait l'herbe à plein nez. Dante m'a demandé ce que je faisais ces temps-ci et je lui ai répondu que je travaillais comme doula. Il était presque 22 heures, mais il y avait encore de l'animation sur l'avenue Van Siclen, les commerçants fermaient leur porte et les vendeurs chargeaient leur camionnette.

— C'est un travail vraiment important, a déclaré Dante.
— Le salaire n'est pas génial.
— Tu le fais pour l'argent ?
— Non.
— Bon alors, c'est pas grave.
— Toi, tout ce que tu fais, c'est pour l'argent.

Je ne cherchais pas à être malveillante. Ce n'était pas comme si tout le monde ignorait ce qu'il faisait, comment il avait acheté sa Range Rover en liquide. Bien sûr, il gardait ces choses-là pour lui, mais vous savez comment c'est : chaque quartier construit son propre folklore, existe selon ses propres mythes, crée un monde de héros et de méchants. Autour du feu, on nous raconte l'histoire des monstres et des démons qui rôdent dans la nuit.

— C'est pour ça que j'aime bien te voir… t'es pas comme ça, a-t-il rebondi. Tu prends plaisir à ce que tu fais, non ?

— J'ai l'impression que oui.

Nous nous étions arrêtés, garés en double file devant mon immeuble depuis quelques minutes. Je l'ai regardé, ses yeux brillaient comme des phares. Sa peau, de la couleur du malt, était devenue presque noire dans l'obscurité de sa Range Rover. J'ai remarqué que sa mâchoire formait une pointe ou un virage serré, et je me suis demandé ce que je ressentirais si je tendais les mains pour en suivre les contours. Je n'y avais jamais pensé auparavant. J'y pensais parfois le matin sous la douche, ou juste avant de m'endormir. Je me suis forcée à détourner le regard. La lumière de nos voisins était allumée et je pouvais voir des ombres se déplacer sur leur plafond.

*

Dante habitait un petit appartement qu'il sous-louait à une femme qui, ayant besoin d'argent, était partie vivre avec ses grands-parents à Flatbush en attendant de se refaire. L'intérieur de son logement était une grotte pleine de fumée, jonchée de câbles, où se trouvaient des amplis, une platine et des caisses de vinyles qui prenaient la poussière. Dante était le genre de type capable de décortiquer un morceau, d'identifier les influences, de retrouver les samples, le chant aigu du Gap Band, l'orchestre à cordes de Dexter Wansel, la patte d'Harold Melvin and The Blue Notes, ou encore la voix triste et nostalgique de Bobby Womack. Les producteurs avaient pillé James Brown et sa discographie, et nous étions la plupart du temps satisfaits de ce qu'ils en avaient fait. Je me suis agenouillée près de sa collection de disques, j'ai passé en revue les pochettes, pleines de couleurs et de poussière. Toni Braxton, A Tribe Called Quest, *The Windows of the World*, de Dionne Warwick. « Manifest », composé sur des beats de James Brown et Joe Tex, reprenait des reliquats de Miles Davis et de l'interprétation par Charlie Parker du morceau « A Night in Tunisia » de Dizzy Gillespie. Dialoguant avec la tradition, ce titre évoquait l'intertextualité de *La Terre vaine*, de T.S. Eliot.

Dante m'a rejointe et m'a montré la pochette du premier disque qu'il avait choisi. *People's Instinctive Travels and the Paths of Rhythm*, d'A Tribe Called Quest. Il a posé le vinyle sur la platine et fait descendre l'aiguille avec une délicatesse qui m'était à présent familière, puisqu'il m'avait touchée de la même façon, avec douceur et précision. Un son majestueux est sorti de l'ampli. Dante a monté le volume. Bientôt, la caisse claire et la basse sont entrées en piste, faisant trembler le sol. Ça m'a complètement transportée.

— C'est quoi ? ai-je demandé.

— A Tribe Called Quest. Mais voilà d'où ils ont tiré ça.

Quand Dante a arrêté le vinyle, la pièce manquait d'air. Il a remplacé son disque par un autre, tenant la pochette de façon que je puisse la voir. *Come Into Knowledge*, de RAMP. Sur le morceau « Daylight », elle était là : la même mélodie s'égrainait note après note, et si ç'avait été une couleur elle aurait été d'une nuance plus chaude.

— C'est qui, Shirley Murdock ?

Je lui ai montré la pochette.

Il a sorti le 33 tours, l'a placé sur la platine et a disparu dans la cuisine. « As We Lay », la chanson qui passait, était une ballade que Mamoune aimait beaucoup, tout en affirmant qu'elle n'était pas très catholique.

Quand il est revenu, Dante tenait deux tasses et une bouteille de Crown Royal enveloppée dans un sac en papier. Il nous a servis, a ajouté du soda et du jus de citron, et s'est assis près de la fenêtre. Il regardait le boulevard Linden ; nous étions au treizième et pourtant le bruit de la circulation parvenait jusqu'à nous. Sur des kilomètres, les immeubles étaient bas et plats, et on pouvait voir la nuit, le ciel sombre et ses reflets vaporeux teintés d'orange, de vert et de violet. Je me suis collée à Dante, j'ai passé ma main sous sa chemise, j'ai suivi les courbes de son corps, ses épaules qui s'inclinaient comme une dune émergeant du sable, une colline. Nous avons englouti nos verres, puis toujours aussi assoiffés, nous nous sommes rués sur la bouche l'un de l'autre. L'alcool avait donné un goût sucré à ses lèvres.

Il me désirait sur le plan physique, comme un animal ayant détecté une odeur, un déclencheur chimique. J'imagine que tout le monde doit se demander, lors du passage à l'acte s'il ou elle en fait trop ou pas assez, s'il ou elle est à la hauteur. C'était difficile de laisser son corps s'abandonner complètement. C'était terrifiant, même lorsque le sexe était bon. Quand c'était tendre, peau contre peau, ou quand c'était désordonné et total. J'ai eu ma première expérience à seize ans. Ça s'est passé dans une chambre à l'étage alors que la mère de mon copain était à la maison. J'étais allongée sous le ventilateur du plafond, tandis que son effluve, brut, flottait dans le petit espace comme une mauvaise odeur dont on ne peut se débarrasser. Lorsque vous êtes plus âgée, vous vous retrouvez nue devant un homme, et vous essayez de rentrer votre ventre. Vous avez peur qu'il rie, qu'il regarde votre corps avec dégoût. Il devait le remarquer, hésiter, sentir mon manque de lâcher-prise, celui de mon corps contre le sien. Je me crispais parfois, et alors il portait ses mains sur ma nuque, prenait mon visage entre ses paumes striées de profonds sillons, voulait que je le regarde. Une chaleur me berçait, je parcourais désespérément sa peau sombre avec mes mains, cherchais sous sa chemise et le long de l'élastique de son caleçon. Mon orgasme : c'était comme croquer une fraise couverte de crème. Une brise remontant le long de ma colonne vertébrale, le soleil éclaboussant la pelouse de Prospect Park, les pétales des cerisiers en fleur s'écrasant sur ma peau comme des morceaux de nuage. Les poils qui se hérissaient, la chair de poule qui grimpait le long de mes bras au gémissement de mon bien-aimé, une douleur gutturale qui faisait couler les larmes et libérait. Une tempête de pluie par une chaleur étouffante. Ce moment et tous les autres s'empilaient comme les vêtements à notre chevet.

Le principe de plaisir. C'est un sujet qu'a abordé Audre Lorde. Et Janet Jackson. Elles me semblaient toutes les deux terriblement importantes, dans ma gorge, sur le bout de ma langue. En appui sur mon coude, j'ai regardé Dante et récité à voix haute : « Ils battent des ailes alors qu'ils volent vers les champs jaune moutarde, orange et or, toute l'éternité contenue dans l'instant. » C'était de Mary Oliver.

— Qu'est-ce que c'est ? a demandé Dante.

Il avait déjà ouvert un cigare Dutch Master et le remplissait d'herbe.

— C'est de la poésie.

— J'aime bien.

— Ça correspond à ce que je ressens quand tu es près de moi.

Je lui ai doucement pris le menton et l'ai embrassé. J'aimais le voir rougir, ma franchise le troublait, le rendait modeste entre mes bras.

— Tu connais Shakespeare ?

— Oui.

— Quoi d'autre ?

— Pas mal de trucs de Queen Latifah.

— *Ladies first !*, a-t-il lancé et le lit a grincé tellement on a ri.

Je l'ai regardé, son corps solide s'adoucissant à la lueur de la rue. Sa mâchoire large et carrée. La petitesse du présent : le court moment avant d'ouvrir la bouche. Le silence entre l'inspiration et l'expiration. C'est aussi important que n'importe quel tournant de l'histoire.

Une tombe derrière un verger

Colly, 2009

Dans le métro, alors que je transportais le vieux nkisi dans mon sac à dos, j'entendais plus de voix que je ne dénombrais de passagers. Ça n'arrangeait pas les choses. Une flopée de vieilles Italiennes présentaient des taches sombres tracées à la craie sur le front. Je croyais voir des grands X ou des croix. Je suis descendu à la 53e Rue et là, des dizaines de personnes ont envahi les quais, toutes portant la même marque noire sur le front. J'aurais juré que je dormais encore, que j'avançais dans une boue épaisse, qu'il s'agissait d'un cauchemar, que j'étais le seul à voir. Des cloches d'église se sont mises à résonner par-dessus une sirène de police tandis que j'entrais au MoMA en scrutant les gens à hauteur de visage.

Au musée, on devait travailler en équipe et choisir trois œuvres sur lesquelles écrire. Je n'étais pas d'humeur à parler. J'ai répondu oui ou non de la tête lorsque les autres m'ont présenté une sélection d'œuvres d'art réalisées par des étudiants. Dominick et Naima étaient en train de discuter de théorie ou de je ne sais quoi. Greenberg aurait écrit de nombreux essais expliquant que les questions sociales et politiques n'avaient pas leur place dans le grand art. Naima a dit que Greenberg ne devait pas connaître les travaux d'Elizabeth Catlett ni ceux d'Alma Thomas.

Pendant la pause, Naima a rapporté des fournitures au bureau situé au fond du couloir. Mme Hirsch lui avait confié cette tâche au bout d'un mois ou deux. Lorsque Naima est ressortie de la pièce, elle m'a demandé si j'allais bien. J'avais l'air encore plus déphasé que d'habitude, m'a-t-elle dit.

— C'est super bizarre. J'ai entendu des cloches d'église toute la journée, et ça continue.

— C'est le Mercredi des Cendres, m'a-t-elle appris, et j'ai poussé un soupir de soulagement.

— Quoi ?

— Alors, toi aussi tu as vu les croix ?

— Ça fait partie du décorum.

Après les cours, Naima travaillait dans une supérette où elle vendait des bonbons et des tickets de loterie derrière un comptoir équipé d'une vitre en Plexiglas recouverte de gravures. Je l'avais déjà surprise en train de dessiner sur la partie charnue de sa main, entre le pouce et l'index, des cœurs ou des diamants avec son eye-liner. Parfois, un camé se pointait à la supérette pour demander de l'argent, alors le gérant sortait de son bureau et lui donnait un balai pour qu'il nettoie la rue devant.

Ce jour-là, il y avait une grande exposition. Les salles étaient remplies de photographies et dans des coins sombres, des projecteurs éclairaient des murs entiers. La Turquie, Israël, la France et les États-Unis y étaient représentés. Son objectif était d'explorer la manière dont « l'identité culturelle et la perception du corps sont dirigées et conditionnées socialement par l'économie mondiale et les médias ». Qu'est-ce qu'un monde construit sur l'argent, la sueur et le sang, fait subir à nos corps et comment il influe sur la façon dont nous percevons celui des autres ? La plupart des personnes figurant sur ces clichés étaient des ouvriers à la peau brune portant des vêtements élimés, et s'ils avaient la peau claire, c'étaient des maçons, des fermiers ou des trucs dans le genre… on aurait dit qu'ils appartenaient à un autre type de Blancs. Ils n'étaient pas aussi blancs que les autres Blancs, ceux qui faisaient des dons au musée, ou même les parents qui peinaient à payer les frais de scolarité des ados branchés de Washington Square. Ils avaient l'air perdus, eux aussi, rincés. Je suis certain d'avoir discerné, enfouie derrière la nostalgie et la paralysie sociale, une affirmation du genre : *au moins, on n'a pas la peau foncée.* Que signifiait mon corps au-delà de ce qu'il pouvait produire, de la façon dont il pouvait être tarifé ? Était-ce un moyen de transaction ? Le père de Zaire était un autre de ces travailleurs journaliers anonymes, un corps destiné à en baver jusqu'à l'épuisement. Ça me semblait injuste. C'était un homme aimant, drôle quand il n'essayait pas de l'être, c'est-à-dire la plupart du temps. Il m'a ouvert sa porte et offert le couvert d'innombrables fois. Sa voix était chaleureuse et tout ce qu'il souhaitait, c'était subvenir aux besoins de sa famille et fumer un cigare de temps en temps.

— Il faut que je te dise quelque chose, ai-je soudain lâché à Naima.

— Je sais, je sais. Dom doit être plein aux as.

— Nan, j'ai volé un truc.

J'ai ouvert mon sac. Au début, elle était sur ses gardes, puis elle a fini par jeter un œil.

— C'est à Mme Hirsch…

— Chut.

— Il faut que tu le rendes.

— Je sais.

Allait-elle m'aider ? J'ai traversé une autre exposition. Dans un conteneur en contreplaqué, une vidéo montrait une femme d'un brun riche qui regardait fixement devant elle, à quelques centimètres de la caméra. Mika Rottenberg, *Tropical Breeze* (2004). Un torse d'homme, le logo Nike gravé plusieurs fois sur sa peau comme des cicatrices, évoquait la chair abîmée des Africains réduits en esclavage sous la contrainte du fouet ou du marquage au fer rouge. Hank Willis Thomas. L'exploitation des travailleurs, en particulier de la main-d'œuvre noire, était terrifiante.

— J'aurai besoin que tu laisses la porte ouverte quand tu partiras, ai-je indiqué.

— Ça ne marchera pas.

— Pourquoi ?

— Mme Hirsch va penser que c'est moi qui l'aie volée.

— Mais non.

— À ma place, tu prendrais le risque ?

— Naima, ai-je commencé puis je me suis arrêté. Elle ne s'est encore rendu compte de rien.

J'aurais aimé pouvoir lui expliquer que j'avais besoin de me débarrasser de ce machin, de cette tête en bois, que j'étais hanté par quelque chose d'autre que des voix, des visions et des rêves. Plus encore, j'aurais aimé savoir ce à quoi elle pensait. Naima n'a pas prononcé un mot mais a acquiescé d'un signe de tête. Elle m'a frôlé en se retirant dans le bureau. Quelque chose avait changé, quelque chose dans notre peau ; tout à coup, la poussière, nos atomes, nous ont repoussés – comme deux aimants présentés l'un à l'autre par le même pôle.

Plus loin dans les profondeurs du musée, des écrans diffusaient ce qui ressemblait à des images de sécurité filmées dans l'arrière-salle d'une entreprise. On y voyait une femme seule avec un homme, son patron ou une figure d'autorité. Elle est encore en tenue de travail. Des sous-titres sont affichés de temps en temps. L'un d'eux annonce : « On me demande de partir. » C'était une œuvre de Coco Fusco.

Lorsque je suis remonté, il y avait une grande barrette coincée dans le chambranle de la porte. Je me suis faufilé dans le passage, puis j'ai avancé à pas de loup dans le réseau de couloirs jusqu'à ce que je passe devant notre atelier. Il était dans des tons gris et blancs, et son parquet poussiéreux était constellé de taches de peinture. Aucune fenêtre, seulement des étagères et des tables à dessin. Au centre de la pièce se dressait une longue table de travail, une grande pièce de bois et de linoleum recouverte d'une montagne de bouquins, de dossiers et de feuilles volantes. J'ai tripoté mes écouteurs, puis silencieusement poursuivi mon chemin.

Immergées au milieu des livres et des reproductions, flottait une chevelure blonde surplombant des montures dorées : Mme Hirsch. Je ne l'avais pas croisée lors de ma première venue. Elle semblait jeune, à l'exception de la commissure de ses lèvres qui lui donnait l'air de faire deux fois son âge. Ce n'était pas un rictus ni rien ; plutôt une légère moue d'indifférence. Cette fois-ci, elle paraissait en peine. Étaient-ce des larmes ?

— Colly ? m'a-t-elle appelé. Qu'est-ce que tu fais ici ?

— Je…

Je n'avais rien à lui dire. J'ai sorti la tête volée de derrière mon dos. Ses yeux se sont écarquillés.

— Tu t'es introduit dans mon bureau ?

— Je ne savais pas que c'était à vous.

Je n'avais pas bien réfléchi à tout ça. Elle a regardé frénétiquement autour d'elle. J'ai reconnu au fond de ses yeux la femme blanche aux abois, sur ses gardes, à se demander ce que ce petit Noir avait bien pu voler d'autre.

— C'était ouvert et elle était sur votre bureau.

— Pourquoi l'as-tu prise ?

— J'en sais rien.

Je ne pouvais pas lui dire pourquoi. Je n'en avais aucune idée. Je ne pouvais quand même pas lui expliquer que j'avais été attiré par la statue. Comme si elle allait gober cette histoire, comme quoi je pensais pouvoir écouter à travers les mondes, à travers la très fine cicatrice séparant le vivant et le non-vivant, et que j'entendais la voix de ma mère comme si elle était derrière un mur dont je n'arrivais pas à trouver la porte ?

— Ça m'a fait penser à ma mère. Elle m'en a montré plusieurs. Elle est morte il y a quelques années.

— Ce n'est pas une raison pour voler.

— Emprunter. Mais ouais, je suis d'accord.

— Ça s'appelle un nkisi. J'ai travaillé dans un musée d'art à Toronto. Je me suis installée là-bas avec mon mari, enfin mon ex-mari, devrais-je dire. J'en ai collectionné quelques-uns.

— J'imagine que je suis renvoyé du programme.

— Peut-être. Mais tu t'en tirerais trop facilement, a-t-elle soupiré, soudain exaspérée. Quand tu reviendras la semaine prochaine, on en reparlera. Allez, rentre chez toi, maintenant.

Je n'étais jamais sorti de là aussi vite. Essoufflé, j'ai franchi les portes d'entrée et déboulé dans la rue balayée par le vent. La 5e Avenue s'étendait devant moi, un couloir de pierre et de cristal. Les sirènes hurlaient et les taxis jaunes jouaient du klaxon, la musique d'une étrange nature sauvage. Je n'ai pas pu m'empêcher de lever les yeux vers les immeubles, enveloppés d'argent et de verre. Le sommet de l'un d'eux ressemblait à une soucoupe retenant la lumière bleue du soleil descendant sur l'Hudson.

*

Je n'ai pas laissé l'occasion à Mme Hirsch de me renvoyer pour de bon. Ce soir-là, j'ai écouté de la musique à fond pendant des heures. Le copain de Naima était plus âgé, la vingtaine, et il venait la chercher après les cours, les vitres de sa voiture vibrant sous la puissance sonore de sa musique. J'ai fait défiler leurs photos sur le compte Myspace de Naima, mon écran d'ordinateur scintillant des paillettes de sa bannière. J'avais parcouru les messages d'encouragement de ses amis, les photos d'elle à Times Square ou sur le bord de la route pendant la parade de la fête du Travail, les innombrables flyers annonçant des soirées que des organisateurs locaux lui envoyaient, j'avais écouté les chansons sur sa page à la recherche d'un signe, n'importe quoi qui aurait pu me prouver qu'elle était malheureuse avec Darius et qu'elle préférerait être avec moi. Je n'avais aperçu que la tête et le buste de son mec, dans sa voiture dont le siège était si reculé que je me demandais comment il pouvait voir la route. À ses côtés, Naima semblait plus âgée ; elle avait troqué son sac à dos Jansport pour un grand cabas en cuir de chez Rainbow. Ses livres brinquebalaient au fond du sac, avec son maquillage. C'était injuste. Que pouvais-je lui offrir ? Le seul job que j'avais, c'était guetteur pour les dealers du coin.

J'ai trouvé des morceaux sur des blogs et des forums comme EscoTheory, Nahright et Fakeshore Drive. Mon historique YouTube avait été pris en otage par Zaire, gavé de mixtapes de Gangsta Grillz et de featurings de Wayne. Quand on se connectait, AOL produisait des sons de téléphone occupé. Les chatrooms étaient pleins d'inconnus qui le devenaient de moins en moins, qui écrivaient « a/s/l »[1] ou m'invitaient à des messages privés. Parfois, je faisais semblant d'être quelqu'un d'autre, j'endossais un rôle fictif (un membre de la mafia, un personnage de manga ou Harry Potter) et j'écrivais de longs paragraphes sur ce que je faisais et ressentais à des fantômes, à des avatars sur un écran blanc. J'apportais ma pierre à ce monde virtuel qui me donnait brièvement du baume au cœur, contrairement à celui-ci où j'étais assis dans l'obscurité de mon salon en train de penser à ce qu'être aimé signifiait, et à tout ce que je ferais pour que ça m'arrive de nouveau. La télévision grésillait, branchée sur une chaîne locale : Brooklyn Community Access

1. Abréviation d'*age/sex/location*.

Television. Ils diffusaient l'émission *Flex N Brooklyn*. Des danseurs s'affrontaient dans les tréfonds d'une salle de danse, se contorsionnaient, se tordaient de manière syncopée, les corps glissaient dans l'air, les membres se désarticulaient avant de se remettre en place.

*

J'ai décidé d'aller me poster devant le MoMA, histoire de. Vêtu d'un baggy, d'un T-shirt oversize et d'un maillot de la NBA – celui de Carmelo Anthony, joueur phare des Denver Nuggets, avec son bandeau et ses tresses plaquées, qui assure toujours ses trente points par rencontre. Naima était habituée à se faire brancher, interpeler, apostropher et qu'on la remballe tout aussi rapidement lorsqu'elle ignorait les importuns. Quand elle est arrivée, j'ai tout de suite remarqué ses pommettes gonflées, ses yeux sombres de la couleur d'une ecchymose. Elle se rongeait les ongles jusqu'au sang. C'était le jour où j'allais l'inviter à sortir avec moi.

— Alors comme ça, tu traînes à Midtown aujourd'hui ?

— Je voulais te voir, lui ai-je dit.

Ça l'a fait rire.

— Ouais, c'est ça.

— Non, c'est vrai. En fait, ça me manque de ne plus te voir.

— T'aurais dû régler ton histoire avec le musée.

— Non, je m'en fous.

— Les choses sont un peu compliquées pour moi en ce moment, m'a expliqué Naima.

Elle parlait de son copain. Il fallait que je me contente de ça. Ma capacité à ne rien laisser paraître m'inquiétait presque. Pire encore, je savais comment me sentir réellement indifférent. Curieusement, j'avais pris toutes tes mauvaises habitudes.

— T'as un moment, là ? lui ai-je demandé.

— Comme tu veux, a-t-elle répondu, décontractée comme toujours.

Mais, en dépit de sa froideur apparente, Naima était comme de la glace dans une poêle à frire, comme des épices dans mon sang, détournant le regard lorsqu'elle s'approchait trop près, puis s'éloignant les épaules en arrière, sautillant dans ses Air Max comme si elle pouvait deviner mon secret. Tu es inféodée à un royaume doré, avais-je envie de lui dire, et je t'exhorte à le brûler. À danser sur ses cendres.

*

J'ai traîné mes Jordan 7 usées le long de la 14e Rue, me heurtant au bord des trottoirs et aux chevilles des passants, manquant de faire tomber les gens. Toute ma vie, j'avais fait attention à l'endroit où je mettais les pieds, à l'endroit où je posais ma carcasse. En plein Union Square, j'avais à présent envie de m'étendre, de prendre autant de place que possible. Il y avait plusieurs étals sur un marché de producteurs, des tas et des tas de concombres, de courges et de choux rouges suintant d'humidité. Des conspirationnistes, des femmes offrant des brochures de l'Église adventiste du septième jour, des Hébreux noirs tout de blanc vêtus, des prédicateurs – tous étaient rassemblés dans le but de se débarrasser de leur stock de CD et de plaquettes. Des danseurs venus de toute la ville s'étaient amassés autour d'une enceinte que l'un d'entre eux avait apportée. Ils se raidissaient et se relâchaient, faisaient du krump ou du break. Derrière la musique, on entendait le claquement d'un skateboard frappant la chaussée. Les skateurs venaient du Village pour sauter des marches en ciment, des rampes et des bordures de trottoir. Et, au milieu de tout, un homme poussait son cabas à roulettes en titubant, et déclamait dans un mégaphone : « L'élite des riches représentée par les dirigeants de la planète, tire toutes les ficelles possibles pour empêcher les gens d'avoir accès à des sources d'énergie vertes et diversifiées. Ils nous maintiennent dépendants du pétrole, du charbon et de l'énergie nucléaire parce qu'ils peuvent "posséder" la terre et avoir la mainmise sur les technologies que, grâce à leur richesse et à leur pouvoir, ils nous autorisent à utiliser. Ils peuvent installer des armées et des clôtures autour des ressources naturelles et de la technologie nucléaire, et considérer que cela leur appartient. Le reste du monde veut des sources d'énergie propres et diversifiées parce que cela mettrait les moyens de production entre les mains du plus grand nombre et non de quelques-uns. Cela signifierait une démocratie économique. Cela signifierait le socialisme. Au lieu de cela, nos dirigeants mondiaux nous abreuvent de leurs déchets, à l'image du Royaume-Uni qui a forcé la Chine à racheter son opium au XIXe siècle, en bombardant ses ports pendant les guerres de l'opium. Comme Ralph Nader l'a si justement dit : "Si Exxon possédait le soleil, nous aurions très rapidement de l'énergie solaire." »

Mes oreilles bourdonnaient, comme si je souffrais d'une crève dont je n'arrivais pas à me débarrasser, la tête lourde comme une enclume. J'ai senti qu'on m'agrippait doucement le bras, j'ai souri. Naima m'a fait entrer dans un restaurant qui sentait la semoule. Plusieurs klaxons ont retenti en même temps, il y avait un embouteillage au carrefour. J'ai regardé par la fenêtre aux carreaux sales. Sur un panneau d'affichage électronique de l'autre côté du parc, le chiffre de la dette nationale s'élevait dangereusement. Autour de nous, les gens étaient assis les uns en face des autres, penchés sur leur Blackberry ou leur iPhone, ou bien droits devant leur assiette, essayant de contenir leurs conversations dans l'espace restreint qui les séparait. Naima nous a commandé une entrée, un plat dont je n'avais jamais entendu parler. Elle m'a expliqué qu'il s'agissait simplement de pain grillé avec du fromage. Elle avait sorti un stylo de son sac à main et écrivait quelque chose sur le coin d'une serviette. Je lui ai posé des questions sur sa famille et elle m'a appris que son père était artiste et qu'il donnait des cours dans un conservatoire. Sa belle-mère était psychothérapeute.

— Elle passe ses journées à tenter de cerner ma personnalité, a-t-elle résumé et on a ri.

— Et ça marche ?

— Je crois bien.

Naima a d'abord mangé les olives de sa bruschetta avant de s'attaquer au reste. Elle ne regardait jamais personne fixement, ne s'invitait jamais dans l'espace mental des autres d'un simple bonjour, et n'interagissait que si nécessaire. Elle comprenait les impératifs physiques de la vie en ville. Huit millions de personnes ne vous rendaient pas insensible mais hypersensible, la proximité permanente de cette masse de corps rendait l'isolement et la détente impossibles. Tout ce qu'on pouvait faire, c'était assurer une certaine forme d'intimité sociale, en laissant les autres dans leur tête, en évitant de les dévisager ostensiblement.

Elle a poussé la serviette vers moi. En bas à gauche, elle avait écrit quelques vers d'un poème :

(d'après Lucille Clifton)

qu'ai-je vu pour être autre que moi ?
j'ai dû inventer
on me donne le nom d'un cours
une tombe derrière un verger

Nos assiettes sont arrivées et j'ai commencé à picorer dans la mienne. Un cheeseburger copieux, le steak haché saignant, le pain imbibé d'aïoli. Naima avait commandé une salade colorée à la ricotta fouettée assaisonnée de menthe. Le soleil, déjà bas, drapait la rue de lambeaux de soie. Les yeux de Naima avaient la couleur de baies noires et lisses.

— D'habitude, je ne mange rien, ai-je déclaré.

Je ne l'avais jamais avoué à personne. Je voulais garder ça pour moi, mais ça m'a fait du bien de me confier – une respiration profonde qui a chassé la sensation d'oppression dans ma poitrine.

— Peut-être que tu te punis.

— Au lieu d'accabler les autres ?

— Ouais, c'est ça.

— On n'est peut-être pas pareils.

— Peut-être, a-t-elle conclu en envisageant cette possibilité. De toute façon, on est tous différents.

*

Être spontané demande un peu d'entraînement. Les rues, rafraîchies par la pluie, n'étaient pas totalement vides. C'était l'heure de l'insatiable obscurité. On a décidé d'aller prendre de l'acide à Cobble Hill, de l'autre côté d'Atlantic, en bas de Court Street, chez le copain d'un copain. Dans le métro, en traversant le pont, j'ai regardé les quartiers s'effilocher, se nouer les uns aux autres, se nourrir mutuellement de fils et de tissu.

— Qu'est-ce que faisait ta mère ? Avant de mourir.

— Elle était doula, elle aidait pour les accouchements. À un moment, elle a même travaillé dans une maternité.

— Je sais ce qu'est une doula, a-t-elle rétorqué en pinçant les lèvres. C'est un travail remarquable.

— Elle était bien occupée.

Quelque chose entre nous m'a fait détourner le regard ; son profil, les créoles en or massif qui se balançaient contre son cou, la rame de métro qui nous secouait alors qu'elle s'enfonçait sous terre.

La maison était chic ; les parents de Nabil partis en week-end avaient laissé leur fils tout seul. Deux ou trois étages, des plafonds hauts, de larges passages voûtés, un sol en parquet et un grand bar de cuisine recouvert de marbre. Il y avait une cheminée et des éclairages multicolores, des tapis et de somptueux canapés. Les fenêtres donnaient sur un grand escalier de secours qui semblait pencher bizarrement. Les meubles étaient poussés sur les côtés de la pièce. Des gens allaient et venaient, reniflaient de la blanche sur leur petit doigt ou s'en passaient sur les gencives. On a gobé un cachet avec un groupe dans l'une des pièces à l'étage. Tout le monde buvait dans un gobelet rouge ou chancelait au-dessus d'une mousse, incompréhensible sous le volume de la musique, « Heartless » de Kanye West, et se laissait aller à son délire ou à son trip. Les gens se balançaient comme des ovnis et je sentais l'air entre mes doigts, le sang y circuler. Naima m'a dit que son cœur cognait fort et s'est penchée vers moi pour me faire écouter. Ma poitrine aussi battait la chamade, comme avec les autres drogues.

Naima s'est approchée des adhérents de l'association Jack and Jill de Riverside, le quartier de Harlem qui comptait encore des artistes et des membres de l'élite noire. Il y avait aussi des jeunes du programme Prep for Prep, qui voulaient être comme ceux de Jack and Jill mais ne possédaient pas la fortune familiale. Les ados blancs du sud de Gowanus, de Williamsburg ou de Greenpoint étaient un peu plus prolos, ils faisaient du skateboard, ils aimaient acheter des vêtements de seconde main, ou ils allaient voir les matchs des Mets et faisaient la fête dans les lofts de Ridgewood. Leurs tatouages étaient des symboles simples ou des citations de Shel Silverstein en police Courier. Il y avait encore ceux qui restaient sur Fire Island et essayaient de bronzer le long de la côte ou dans le jardin d'un bungalow d'été. Ils avaient été acceptés à Bard ou à Wheaton, et leurs parents possédaient des maisons qui valaient plusieurs millions de dollars.

J'errais dans la salle de réception, le nez dans mon téléphone pour éviter de croiser les regards et devoir reconnaître que j'étais seul, un étranger égaré, un lionceau abandonné par sa troupe. Au mur, il y avait *Slow Dance*, de Kerry James Marshall, son atmosphère noire et ses deux amants qui n'ont d'yeux que l'un pour l'autre ; le contour de leurs corps une tache infinie de fusains. Le tableau semblait trop intime ; je ne laisserais jamais personne te voir avec des bigoudis dans les cheveux et ton peignoir de Rainbow, tirant sur une Newport ; ou Pa après avoir retiré sa tenue de travail, se trimballant uniquement dans son marcel miteux, descendant du cognac chaud jusqu'à ce que le dîner soit prêt. Était-ce de l'art, ce besoin désespéré de se montrer ?

Alors que j'avançais dans un long couloir, j'ai entendu des rires étouffés derrière une porte. Je l'ai poussée pour jeter un coup d'œil.

— Putain de merde ! a crié une fille, me regardant depuis la pièce faiblement éclairée.

— Oh, désolé. Je cherche un endroit pour me poser.

Une forte odeur d'herbe s'est engouffrée dans le couloir.

— Bon, entre alors. Tu laisses la fumée s'échapper.

Je me suis empressé d'entrer et de refermer la porte derrière moi. Je me suis présenté et j'ai salué d'un signe de tête les deux garçons, de jeunes étudiants d'après moi.

— Lana, t'entends ça ? a sorti un des types, en fonçant les sourcils.

J'étais certain qu'il voulait coucher avec elle.

— Ils nous détestent, a répliqué la fille, avant d'inhaler. On est ingrats.

Elle m'a tendu le joint en soufflant des volutes de fumée par le nez. Je l'ai regardé entre ses doigts, ses ongles peints en prune, puis je l'ai pris. Après avoir tiré une bouffée, j'ai toussé à n'en plus finir jusqu'à ce que tout devienne plus doux, jusqu'à ce que les lignes de nos corps déteignent sur l'espace autour de nous.

— Qui ? lui ai-je demandé.

— Nos parents. Des Noirs tellement respectables. Ils veulent tellement notre bien. Ils veulent la blancheur pour nous. Mais ils sont maudits. Les scientifiques disent que c'est dans les gènes. Le trauma épigénétique. Ça signifie que la douleur peut s'installer si profondément en toi qu'elle fait partie de ton ADN. Les traumatismes font partie de ton code génétique.

— On est tous condamnés, ai-je tranché.

Ils jouaient à un jeu à boire. La fumée s'accrochait au plafond et embrumait complètement la pièce. J'ai écrasé le bout du joint sur la table basse en contreplaqué avant de me fondre dans le cuir usé du fauteuil. Mes oreilles bourdonnaient, s'abandonnaient au son des libellules. En fait, j'en avais rien à foutre de ce qu'ils racontaient. Ces étudiants ne pouvaient pas s'empêcher de ressortir le vocabulaire savant et les arguments recueillis dans leur cours obligatoire de sciences humaines, qu'ils utilisaient seulement sur Reddit et pour coucher avec des lycéennes. En revenant dans la pièce principale, j'ai trouvé Naima en train de manger des quartiers de poire à même un bocal.

— Ça va ? lui ai-je demandé, en luttant contre la marée.

— Ouais. Normalement, je les prends en boîte.

— J'ai l'impression de retomber.

— Je suis certaine que tu n'imaginais pas que la nuit allait se passer comme ça.

— Non. C'est sûr.

— Je suis désolée. Mais la fête continue, pas vrai ?

— Eh bah, quelle fête !

— Tu te demandes jamais ce qui se passe dans la tête des autres quand t'es en train de leur parler ? Ça dure à peine une seconde ou deux, mais il y a ce moment où tu peux sentir l'espace que ton interlocuteur et toi essayez de combler. Alors tu commences à te regarder parler, au lieu de te contenter de parler.

— Ouais, même si on te fixe droit dans les yeux.

— Les gens pensent généralement à eux, a repris Naima. À ce qu'ils vont dire après. Le mieux, c'est quand cette mascarade s'arrête et qu'il ne reste plus qu'à inventer l'espace entre toi et l'autre. Alors, c'est vous qui décidez de la fonction du langage.

Une pause : elle étudiait ma réaction. Je n'ai pas bronché. J'avais chaud dans le cou et sous les aisselles, la sueur coulait sur mes épaules. Sous les ampoules rétros et la demi-lune, je ne voyais qu'elle, son regard incertain, et je m'imaginais qu'elle allait se pencher vers moi pour m'embrasser, et que je sentirais le houblon de sa bière dans son haleine, l'huile d'argan dans ses cheveux.

Au lieu de quoi, elle s'est retirée dans l'épaisse forêt de son île. Nabil nous a vus et s'est assis entre nous, la température a baissé d'un coup. Je me suis senti déconnecté, comme si notre rythme avait été bouleversé. Au bout d'une minute, je me suis excusé, avant de me lever du canapé. Une allégeance tacite s'était formée entre nous, que nous avions en quelque sorte rompue. Elle a décidé que je ne voulais ou ne pouvais pas me révéler, même pour un instant, dans l'espace qui nous séparait. Mais qui voudrait être témoin de ça ? Me voir dévoiler une blessure devant elle ?

J'ai franchi des portes coulissantes pour arriver sur une terrasse. Des jeunes, en couple ou en bande, s'y étaient réfugiés au frais. J'étais au-dessus de la terre fumante, qui mourait et renaissait. Le ciel était figé, une masse d'eau morte et immobile. Des lumières blanches serpentaient autour des cadres des fenêtres, des balustrades des balcons ; je ne parvenais qu'à regarder les néons s'allumer et s'éteindre, clignoter, mourir pour renaître. La balustrade était froide sous mes mains. Lorsque j'ai baissé la tête, j'ai ressenti le désir, quelque part au fond de ma gorge, de m'imprégner de la pierre et de la roche. J'aurais juré t'avoir vue dans les lumières en contrebas, un fantôme qui m'appelait.

J'étais meurtri à chaque instant, à vif comme après une éraflure ou une écorchure. Mon corps détestait la façon dont on l'utilisait, la façon dont on le forçait à bouger et à être. C'était douloureux, je grimaçais à l'idée du lendemain, du surlendemain. Mes souvenirs ne suivaient pas une ligne temporelle. Ils étaient tout autour de moi et m'étouffaient. Les tensions surgissaient de partout. Mais elles n'avaient pas d'importance, de toute façon. Rien n'a commencé et rien n'est terminé.

*

Naima et son sac à main ne semblaient pas à leur place dans mon appartement. J'avais envie de prendre mon temps pour me déshabiller au lieu de me désaper rapidement dans le noir. Je voulais que son odeur reste dans ces pièces pendant des jours et des jours, le beurre de karité qu'elle achetait et un doux effluve de vodka.

— Tu as lu tous ces bouquins ? m'a-t-elle demandé, sa main délicate posée sur l'étagère de ma mère.

— Ma mère, oui. Moi, j'en suis à peine à la moitié.

— Parle-moi d'un de ces livres. Un que tu as lu.

Je lui ai raconté celui que ma mère adorait, au sujet de deux filles qui vivent dans un village au creux d'une vallée. Les Blancs habitent les collines où se trouvent les bonnes terres et la vallée est pour les Noirs. Les familles des deux fillettes sont très différentes, mais elles grandissent ensemble. Un jour, elles jouent avec un petit garçon au bord de la rivière. Elles le font tourner très vite. Il lâche la main d'une des filles, tombe dans l'eau et se noie. Les deux amies gardent ce secret. Plus tard, l'une d'elles voit sa mère brûler vive car en allumant un feu à l'extérieur elle a enflammé sa robe. Les gens pensent que la petite est restée là à regarder sans rien faire. Son amie se marie et elle quitte la ville pendant des années. Elle parcourt tout le pays. La ville la déteste parce qu'elle couche avec des Blancs. Et des Noirs. Mais je pense que c'est surtout parce qu'elle est différente d'eux. Sa vie lui appartient. À son retour, elle finit par coucher avec le mari de son amie. Alors celle-ci la déteste à son tour. Juste avant sa mort, elles se réconcilient plus ou moins, et ce n'est pas rien. Lorsque l'héroïne meurt, les habitants de la ville l'enterrent et les gens arrivent en fin de cérémonie pour chanter « Shall We Gather at the River ». À un moment, dans les dernières lignes du roman, la femme sent son amie dans le vent, à la cime des arbres. Et elle pleure.

— Pourquoi elle doit mourir seule ? m'a demandé Naima.

Je suis resté songeur un instant, le bruit de la circulation me parvenant par la fenêtre.

— J'en sais rien.

— Il faut croire que c'est assez commun. Toutes les femmes que je connais…

Elle s'est interrompue, a intercepté son reflet dans la vitre.

— Sinon, j'adore, a-t-elle repris.

— « Ma solitude est à moi. »

— Quoi ?

— C'est un truc qu'elle dit.

— Ma solitude est à moi, a-t-elle répété. Il y a au moins une chose qui m'appartient.

Vêtue d'un pantalon de survêtement qu'elle portait assez bas pour que je puisse voir les coutures de sa culotte rose, Naima s'est assise près de la fenêtre et a roulé un joint dans ce qui ressemblait à une feuille fraîche qu'elle aurait arrachée d'un arbre. Elle était presque aussi sombre que les plis de ses mains, et sentait tout aussi bon. Quand je lui avais prêté les vêtements trop grands, Naima avait ri en les enfilant. Elle était inexorablement attirée par l'autre côté de la chambre, celui de Toya, couvert de doubles pages de magazines, Missy Elliott portant un bandana et une veste en jean ample, Lil' Kim accroupie devant un arrière-plan rose Barbie, des coupures de *Vibe* ou de *The Source*, des portraits glamour de Trina, un 50 Cent torse nu. Des clichés pris avec son appareil photo à vingt dollars, ses matelas empilés recouverts de dizaines d'oreillers, le tout teinté d'orange par les réverbères de la cour en contrebas.

Pendant que nous fumions, j'ai fait couler une douche chaude, la porte fermée et calfeutrée par une serviette. À travers le brouillard, je n'ai pas pu m'empêcher de toucher la peau de Naima, les petits poils de ses bras contre mes doigts. Elle a posé la tête sur mon épaule et j'ai essayé de suivre sa respiration. Elle m'a caressé les bras, en me regardant, puis elle a détourné le regard en riant. Seuls, le monde nous appartenait. Lorsque je l'ai embrassée, elle avait le goût de la terre, du sel du marais sur lequel nous vivions. Je ne l'avais jamais vue aussi nerveuse. Je la sentais tambouriner, comme un pouls battant quelque part sous une étendue d'eau. Dans ma tête, le bruit du tonnerre, une fréquence sanguine enfouie.

— Je suis la première fille avec qui tu sors ? m'a-t-elle demandé plus tard, s'endormant à côté de moi dans mon lit.

Ce n'était pas la première fois qu'on était ensemble, mais je comprenais où elle voulait en venir. J'ai menti et répondu non. Puis je m'en suis voulu de mentir et j'ai dit oui.

Je me suis endormi en écoutant les sirènes dans le lointain, j'ai rêvé jusqu'à ce que j'aie froid. Dans l'obscurité, je croyais voir les feux de route d'un camion ou les lumières d'un vaisseau spatial. J'avais l'impression d'être réveillé, mais je ne pouvais pas bouger. Mon esprit appelait désespérément à l'aide. Tu te tenais au-dessus de moi comme si tu voulais me dire quelque chose, maman. J'avais l'impression que jamais, je ne pourrais te trouver et pourtant tu étais là, cachée juste devant moi. Tu t'es approchée et j'ai senti l'odeur de la semoule de maïs sucrée. Aucun nkisi en vue. J'ai paniqué, mon corps s'est emmêlé entre mon rêve et un royaume froid où je ne pouvais qu'observer en spectateur. Tu m'as souri et le bruit des vagues a déferlé dans mes oreilles. C'était un sourire triste, un sourire qui s'inquiétait pour moi, qui connaissait mon destin mais qui s'inquiétait quand même. Tu voulais redresser ma cravate, amidonner mon col de chemise, me donner à manger avant que je périsse.

La femme aux huîtres

Key, 1990

Comme il a plu pendant tout le mois de septembre à New York, la ville se dérobait sous nos pieds et les immeubles, cachés derrière le brouillard chaud, ressemblaient à des géants perdus qui nous observaient de haut. Lorsque le soleil faisait son apparition, comme ce jour-là, il se réfléchissait sur le verre et le métal, et rendait la ville plus lumineuse. L'accouchement de Treasure serait mon premier à domicile, et mon premier en tant que seule et unique assistante de Carrie. Lorsqu'elle mettrait son bébé au monde, les choses ne dépendraient plus que de nous et du Seigneur. Nous étions au cœur de l'automne et les enfants, en veste colorée, jouaient dans les feuilles qui s'entassaient sur le bord des allées. Nous avions rencontré Treasure et son mari neuf mois plus tôt, dans un café tenu par une famille dominicaine. Ils vivaient juste au-dessus du commerce, dans un appartement aussi délabré que la devanture du magasin. Le couple, qui avait déjà vu plusieurs doulas, a passé Carrie et son CV en revue avant de s'asseoir avec nous. Ils ont sympathisé en échangeant leurs points de vue sur les plats caribéens.

— Le pepperpot, c'est une façon d'accommoder la queue de bœuf en Guyane ? a demandé Carrie, en m'adressant un clin d'œil.

— Non, c'est un mélange de plusieurs viandes, a expliqué Treasure, parmi lesquelles on retrouve de la queue de bœuf, cuite à la perfection avec du cassareep et d'autres ingrédients.

— C'est vrai ?

— Je dis seulement que si les Jamaïcains devaient préparer ce plat, ils le gâteraient en mettant trop de gingembre.

— Oh là, attention ! a prévenu Carrie alors qu'on la taquinait.

— D'accord, j'arrête, a ri Treasure.

Treasure a dit qu'elle nous aimait bien, surtout parce que ses petites manies ne gênaient pas Carrie. Le couple savait ce qu'il voulait, était très direct, et avait déjà élevé un enfant dans une petite maison à Flatbush. Treasure voulait ce que la plupart des gens considéraient comme un accouchement naturel, elle ne souhaitait pas se faire injecter des drogues qui donnaient des bouffées délirantes, elle ne voulait pas être obligée de prendre des décisions concernant une autre vie, ainsi que la sienne, défoncée à mort. Après son premier enfant, elle avait été traumatisée par l'expérience, l'impression qu'un déluge s'était abattu entre ses hanches, une sensation de froid spectral.

— Je sais que c'est pas évident, a admis Treasure. Certaines filles finissent par en avoir vraiment besoin. Mais je ne suis pas sûre que ç'ait été mon cas. Je ressentais les choses d'une autre façon, comme si Junior allait sortir tout seul quand il serait prêt.

J'avais rencontré Carrie un an plus tôt à Manhattan, où elle s'exprimait devant tout un groupe. C'était une sage-femme énergique, au visage de bronze, qui possédait également une certification de doula. La distinction entre les deux professions se situe au niveau administratif ; la sage-femme a plus de responsabilités juridiques au cours de l'accouchement. Carrie a exposé des faits terribles : pendant l'accouchement, les femmes noires ont plus de risques d'être confrontées à des complications et à des problèmes de santé, voire de décéder. Je lui ai demandé pourquoi.

— Je vais te le dire : c'est un problème qui se rapproche de la maltraitance et de ce qui peut en découler. Nous ne bénéficions pas exactement de ce que le secteur de la santé a de mieux à offrir. C'est la raison pour laquelle la plupart des hôpitaux de nos quartiers ont l'air encore pire que celui dans ce film avec Jack Nicholson. Je préfère faire ce que je peux pour qu'une pauvre fille n'ait pas à aller à Brookdale.

— Bon sang, ai-je gémi.

— Ça fait cinq ans que je vis ici, a déclaré Carrie. Tout a changé sauf les urgences.

Notre travail consistait à écouter. Nous devions être attentives aux habitudes et au corps des femmes pour les préparer, même si elles étaient prises en charge par cette connerie systémique. J'avais expliqué à Carrie que j'avais envie d'en faire plus, de m'impliquer dans un travail qui était plus utile pour les gens que gérer des stocks de marchandises. Pendant des mois, je l'ai suivie, je l'ai aidée quand je le pouvais, même si elle était assistée par une autre fille qui avait plus d'expérience que moi. J'avais promis à Mamoune de trouver un métier dans lequel je ne gâcherais pas mes capacités, quelles qu'elles soient. Ce travail, il ne se trouvait pas dans un grand magasin, et ce n'était pas non plus un temps partiel dans un endroit qui finirait par m'engloutir.

Dans l'appartement de Treasure, situé à l'extrémité étroite du boulevard Linden, là où il vient s'écraser contre Flatbush Avenue comme une vague de goudron contre une jetée de béton, je me suis rendu compte que j'étais la seule à l'avoir vu. Nous n'étions qu'à quelques rues du parc, mais je sentais l'odeur des forsythias, j'entendais les oiseaux voler vers les cornouillers. Treasure était allongée sur son canapé, son ventre de femme enceinte ressemblant au tumulus de Cahokia ou de SunWatch, à un autel. Nous étions tous autour d'elle, sa mère, son compagnon et un enfant fantôme, ainsi que Carrie et moi. Treasure fredonnait en souriant et je sentais l'enchevêtrement de nœuds dans ses hanches, ses épaules. Elle était caissière dans une coopérative de crédit et restait debout pendant des heures derrière un guichet. Sous mes doigts sa peau était d'un brun roux ; ses cheveux enroulés dans un foulard faisaient penser à une ruche. Aux murs, elle avait accroché des bogolans du Mali et des batiks, la pochette vinyle de l'album *A Salt with a Deadly Pepa*, des tableaux mal encadrés qu'elle avait trouvés aux puces près de l'aqueduc, de robustes hommes noirs se libérant de leurs chaînes ou soutenant de pulpeuses femmes de couleur parmi les étoiles, ou au centre de la Terre.

Carrie avait apporté l'échographe. L'appareil a vrombi et claqué en se mettant en route. Pendant ce temps, j'ai effectué un prélèvement buccal sur Treasure. Nous allions voir si ses niveaux de glucose et de TSH étaient normaux, ce qui aiderait à déterminer la suite de son accouchement. Les résultats nous préviendraient de la nécessité d'un changement de régime alimentaire et nous indiqueraient si elle allait devoir être alitée en attendant l'accouchement. J'ai recouvert son ventre d'un gel clair avant que Carrie ne commence à déplacer la sonde, la faisant glisser sur sa peau comme si elle essayait de capter un signal.

— Le voilà, a déclaré Carrie, en souriant derrière ses lunettes à monture épaisse, ses cheveux naturels enroulés et presque argentés.

La machine a grondé et clignoté. L'écran affichait une caverne au centre de laquelle se trouvait une sorte de noix de cajou qui voulait s'étirer.

— C'est la plus belle chose que j'ai jamais vue, s'est émerveillé le père.

Il avait l'air d'un gamin, long et beau comme une sauterelle. Treasure a scruté l'écran.

— On ne voit pas grand-chose en fait, a-t-elle fait remarquer.

— Tu plaisantes ? On reconnaît tes yeux, s'est-il émerveillé en montrant une forme sur la noix de cajou géante, et voilà mon nez. Il est parfait !

— Tout à fait.

— Il est grand, a noté la mère de Treasure. On dirait qu'il a hâte de sortir.

— C'est ce qu'il me répète depuis quelque temps, a confirmé Treasure en regardant son ventre.

*

J'ai pris le métro pour rentrer chez moi, dans la périphérie de la ville la plus riche du monde, une tour de Babel en verre, érigée sur un socle de roches et d'os. J'ai traversé des terrains vagues et des casses, des champs de ferraille ou de carcasses d'automobiles séparés par des clôtures rouillées, des lignes de fil de fer barbelé. Sur des kilomètres à la ronde, des installations de traitement des déchets dégageaient une odeur de soufre, et des centrales thermiques crachaient de la fumée par leurs immenses cheminées. Les enfilades de bâtiments présentaient des centres d'hébergement, des pharmacies aux vitres blindées, des hospices et des refuges où les gens avaient perdu la raison, abrutis par des drogues approuvées par l'État, et s'asseyaient au soleil une cigarette humide à la main, le regard vide. Plus loin, il y avait des motels qui s'animaient après une heure du matin, et des filles que j'avais déjà croisées ailleurs, peut-être même fréquentées à l'école, en robe courte et en talons, étaient alignées sur le parking du fast-food White Castle, adressant des clins d'œil aux voitures et vérifiant leur bipeur. Il y avait des maisons de retraite à côté de casses et de décharges. Le centre de contrôle des animaux n'arrivait pas à maîtriser les pitbulls abandonnés qui erraient sur ces terrains. En revanche, ils réussissaient à capturer les opossums et les ratons laveurs, parfois déjà blessés par des voitures ou par des propriétaires de magasins qui les avaient repérés alors que les bestioles se prélassaient devant leurs vitrines.

Genesis m'avait soutenue, surtout quand je n'avais plus été en mesure de payer ma part du loyer. Je me souviens lui avoir annoncé la nouvelle, plusieurs mois auparavant, dans notre T1 au troisième étage.

— Je veux devenir une doula ! avais-je crié au-dessus du grondement de son sèche-cheveux.

— Une quoi ?

Je lui avais expliqué que c'était à peu près comme une sage-femme.

— Ça paie bien ?

— Pas au début. Mais c'était pareil quand j'étais vendeuse chez Macy's.

— Tu sais que je te soutiens quels que soient tes choix, ma belle, m'avait-elle rassurée, mais j'avais bien vu que les fourrures et les chaussures DKNY à talons allaient lui manquer, ainsi que le fait de défiler devant Dee pour lui présenter nos nouvelles fringues, et de le faire rire.

Ça me manquait aussi. Me balader dans Manhattan le samedi soir avec un sac à dos, changer de sapes entre le Roxy, le Fun House et le Studio 61, passer d'un look à l'autre en un clin d'œil ; tout cela me manquait. Dans les allées étroites et tortueuses de la librairie Strand, je me suis renseignée sur les sage-femmes et les accoucheuses. J'ai beaucoup lu au sujet des accouchements à domicile et dans les maternités, et des situations où rien ne fonctionnait comme prévu et où il fallait accoucher dans une laverie automatique ou dans une voiture roulant à toute allure vers l'hôpital.

La plupart des femmes que Carrie et moi voyions étaient célibataires, bichonnées par leur mère ou leur tante, leur sœur ou leurs meilleures amies, des femmes de leur congrégation ou de leur maison de quartier. Certaines avaient un homme qui les maltraitait ; ils les laissaient tomber à tous les niveaux, ne pouvaient subvenir à leurs besoins et s'occupaient seulement de leurs petites affaires – incapables de protéger leur compagne, ils trouvaient refuge dans ce qu'ils pouvaient. D'autres encore appartenaient à des hommes qui les aimaient de tout leur être et si ça n'avait pas été le cas elles auraient tout fait pour regagner leur indépendance.

La façon dont une communauté donne naissance à ses enfants et enterre ses morts est révélatrice. Nous, les doulas, sommes toutes des marqueurs. C'est ce que nous avons été pendant des siècles, faisant bouillir de l'eau, étendant des chiffons, apaisant les jeunes femmes avec des gazouillis et des chuchotements, les épaulant dans cette guerre menée contre leur survie. Nous avons été des mères nous aussi, des sage-femmes et des accoucheuses, les gardiennes du portail humide des générations.

*

J'étais coincée entre les deux extrémités d'un voyage, entre les cris de la naissance et les échos des morts. J'essayais de retracer dans ma tête les centaines d'années qu'il avait fallu pour que le rivage recule, avant qu'il ne soit rempli de décharges qui ont colmaté le fragile substrat rocheux sous elles. J'ai vu les forêts et les fermes se transformer en un réseau urbain désordonné, composé d'immeubles et d'usines brûlant le métal. Cette terre était une peau couverte de croûtes, elle s'ouvrirait et saignerait à nouveau. Je suis arrivée au bout, le monde et ses bords brisés, le rivage vert et rocailleux par endroits. La plage de sable était craquelée, l'eau sombre provenait de la station d'épuration qui, lorsqu'il pleuvait trop fort, déversait son contenu dans l'Atlantique. Les morts ont-ils encore un droit sur ce monde ? Est-il juste que je puisse les voir, ou les entendre avancer à pas feutrés, déplaçant les herbes comme la brise sur la crique ? J'essayais de reprendre mon souffle, mais le vent ne cessait de le repousser dans ma gorge.

— Asseyez-vous, vous avez l'air épuisée, m'a dit Mme Pat et je me suis assise contre une bûche, près d'un feu, sur cette portion de plage grise.

On aurait dit que le sang circulait encore dans ses veines, contrairement à quelqu'un de mort depuis des années, ma guide sur ce rivage. Ma mère et moi avions secouru son fils, qui ne dormait plus devant le centre commercial. Nous avions parlé de lui à l'église où on nous avait aidées à entrer en contact avec les refuges et le système de placement familial. Je lui avais acheté des vêtements, des articles de toilette, et lui avais donné de l'argent pour qu'il aille chez le coiffeur. Mme Pat m'était réellement reconnaissante de tout ce que nous avions fait.

— Il y a quelqu'un ici que j'aimerais que vous rencontriez, a-t-elle déclaré.

Autour de nous, se trouvaient d'autres personnes, toutes noires et argentées sous la lune. Une femme d'une trentaine d'années, plus jeune que Mme Pat, portait une longue robe de style colonial et un tablier en lambeaux. Un garçon, ayant l'air d'avoir douze ou treize ans, était habillé d'un costume de laine déchiré et de mocassins en cuir usés. Une jeune femme, qui alimentait le feu, portait des Converse délavées.

— Vous ressemblez à cette fille que j'ai connue il y a bien longtemps, a dit la femme au tablier.

— Je ne veux pas savoir ce qu'« il y a bien longtemps » signifie pour vous, ai-je soupiré en regardant sa robe.

— Les souvenirs sont un cadeau pour les vivants. Pour moi, le temps est un terrain et je peux regarder tout autour, plisser les yeux et marcher jusqu'à l'endroit où je dois être.

Des libellules volaient de leurs lourdes ailes au-dessus du sable, filant entre les chérubins et les broussailles.

— Cette baie était un pré-salé dans le temps, a poursuivi la femme. De la végétation à perte de vue.

J'ai regardé l'estuaire, le rivage, les Noirs qui attendaient toujours le long de la ligne de goémon. La nuit était un baume apaisant, le bruit de l'eau qui s'écoulait sur la plage rocheuse. J'en oubliais que l'autoroute se trouvait, cachée, à quelques dizaines de mètres derrière moi.

— Mais au nord, il y avait des bois dans le temps. Des hectares de fermes. De la terre fraîche, celle que l'on creuse parfois en pensant que de l'eau pourrait en jaillir, tant elle est fraîche et humide.

— Au nord ? me suis-je demandé tout haut, entendant ma voix tonner. Où ça, à New Lots ?

— L'église au toit noir et pointu là-bas. Elle a été reconstruite à deux reprises. Avant cela, nous devions parcourir des kilomètres et des kilomètres jusqu'à la ville la plus proche, juste pour l'office. Finalement, les fermiers et ceux qui fréquentaient l'église se sont réunis pour créer une ville. Enfin, nous, on ne nous a pas invités.

Elle a jeté un coup d'œil à ses vêtements, à ses mains enflées.

— Vous étiez esclave ?

— On disait des kidnappés. C'était une façon de se leurrer.

— Vous vous souvenez de chez vous ?

— J'étais bien trop jeune, mais ma mère... elle est morte quelques années seulement après ma naissance... je me souviens qu'elle chantait dans une langue de chez nous et que lorsque j'ai été prête à en finir, j'ai fermé les yeux et j'ai entendu le son de sa voix. Je me souviens que les garçons gardaient les moutons et les chèvres, leur ouvraient le ventre et les découpaient pour M. Hendrix. Les fermiers faisaient fortune, mangeaient d'énormes huîtres que nous, les filles, devions ensuite jeter. Les garçons labouraient les champs, s'occupaient des travaux de la ferme. Nous, les filles, restions à la maison. Nous préparions les récoltes pour le marché ou pour le dîner. Nous nettoyions la maison des maîtres, les terrains, nous faisions quelques travaux des champs. M. Lott nous a laissés construire nos propres quartiers. Le logement était petit et bas de plafond pour garder la chaleur. Nous étions une dizaine à y habiter. Il y avait une fille plus âgée que moi, Cara. Elle cuisinait pour nous après le service, le jour où l'église accordait aux Noirs un temps de prière, tous les mois ou presque. Son ragoût était délicieux, elle savait comment tirer toute la saveur des colliers de porc qu'elle y incorporait. Elle faisait aussi de savoureux gâteaux aux graines de carvi. Elle ramassait les coquilles des huîtres que les patrons mangeaient. Dans la maison des maîtres, on la surnommait la femme aux huîtres. Elle savait fabriquer un autel pour ses ancêtres avec des os, du chanvre et les plus belles coquilles d'huître. Elle se souvenait de son village, parlait encore sa langue. Le plus étrange, c'est que chaque soir elle disparaissait après le coucher et revenait dès que la rosée se posait sur l'herbe. En fait, elle parcourait un kilomètre pour rejoindre ce rivage. Son mari croyait qu'elle voulait s'enfuir. Alors j'ai demandé à Cara pourquoi elle se rendait sur le rivage tous les soirs et elle m'a répondu que les ancêtres l'avaient appelée dans un rêve. Ils l'exhortaient à rentrer chez elle.

Je suis restée silencieuse, j'ai laissé ses mots survoler la baie comme du linge à sécher, flottant dans le vent de l'océan. C'était réconfortant à entendre. Je n'étais pas seule. L'histoire viendrait à ma rescousse, me dirait quoi faire.

— Qu'est-ce que ça veut dire alors ? Ce que vous avez trouvé. Ce qui est arrivé à Cara.

— Ça, a-t-elle repris en traçant une ligne dans le sable, c'est l'espace qui sépare les deux mondes. Celui des vivants et celui des morts. Ça, a-t-elle poursuivi en traçant du doigt une autre ligne qui croisait la première comme pour former une croix ou un X, c'est le pont qui les relie. Un carrefour. C'est une connexion puissante.

— Et ?

— Ce n'est pas par erreur que les vivants et les morts se rencontrent. Ce n'est pas une coïncidence que tu puisses voir les deux. Peut-être que tes réponses te précèdent, ce qui semble être souvent le cas.

Les bébés sont très actifs dans le ventre de leur mère. Ils urinent, ressentent du plaisir. Ils pleurent. On ne les entend pas parce qu'il se passe tellement de choses, mais ils pleurent. Ça me rend triste. De savoir que tu ne connaîtras jamais la paix.

*

Treasure s'est couchée sur le côté tandis que je pétrissais les muscles du bas de son dos. Examen de dernière minute pour la prééclampsie. Les assistants lui ont prélevé du sang et de l'urine et nous ont fait patienter pendant des heures.

— C'est sur les conseils du docteur, a répété l'infirmière.

Il y avait de la déférence dans la façon dont elle prononçait le mot « docteur » en tirant sur la fin. Autour de nous, des gens laissés sans surveillance sur des lits d'hôpitaux dans les couloirs. Des chambres avec des rideaux en plastique donnaient une fausse impression d'intimité. Les salles d'attente débordaient, les bancs remplis de gens qui me ressemblaient. La valse des appareils, le murmure des médecins, les gémissements des malades, le souffle court des proches qui attendaient sur les bancs et debout le long des murs, près des distributeurs automatiques mal éclairés. La poussière s'accumulait dans les coins, jaunissait les machines, les comptoirs et les lits. Le mari de Treasure avait apporté un radiocassette sur lequel il passait de la musique de méditation, noyée dans la frénésie de la maternité. En fin de compte, il est descendu dans le hall d'entrée à la recherche d'écouteurs.

Lorsque le *Post* a fait état d'un décès dans l'est de New York et a mentionné le centre médical de Brookdale, nous avons tchipé. Cela faisait longtemps que nous étions au courant de la situation. La façon dont ils refermaient les gens en oubliant de la gaze ou des instruments chirurgicaux à l'intérieur des corps, dont ils diagnostiquaient mal les patients pour des raisons de commodité ou de coût : ils laissaient souvent sortir les malades dans un état plus déplorable qu'à leur arrivée. Voilà ce que nous fournit l'État. Au bout d'un moment, un médecin s'est approché et a pris Carrie et le mari de Treasure à part.

— C'est vraiment très bien quand les femmes ont avec elles quelqu'un qui s'y connaît, m'a confié une infirmière d'un certain âge, celle que nous avions vue le plus souvent. Ça nous facilite la tâche.

Il existait d'autres médecins que celui que nous avions rencontré pendant des mois. J'étais irritable, plus que d'habitude. J'entendais par à-coups, comme si j'avais de l'eau coincée dans les oreilles. Des étudiants en médecine entraient et sortaient en groupe, griffonnant quelques mots dans des classeurs et sur des blocs-notes, observant les patients comme s'ils se trouvaient derrière une vitrine. Je sentais un murmure gonfler sous le silence, sous la transpiration et la mise à nu.

Lorsque Treasure s'est mise à crier, je l'ai à peine entendue. Les infirmières l'ont entourée, mais j'ai perçu un autre gémissement, un cri si aigu que j'ai reculé. Ce n'était pas Treasure. Ce n'était pas les centaines de femmes présentes dans le service, toutes à un stade de l'accouchement et à un niveau de douleur différents. C'était un son qui semblait venir de partout, engloutissant les machines, la salle des infirmières, les étudiants en médecine et le froissement de leurs blouses. On aurait dit le cri d'une femme, ou peut-être d'un enfant, qui se battait pour être entendu. Ça me faisait mal alors je me suis bouché les oreilles. Je me suis cognée contre un chariot de service, et j'ai entendu le bruit des instruments qui tombaient d'un plateau. L'infirmière d'un certain âge, ralentie par ses pieds gonflés, en a eu assez de me voir sur son chemin. Elle m'a énergiquement dirigée vers la porte et le couloir.

Je tirais la gueule en passant devant des salles de tri, tout en me tenant à l'écart de la salle des infirmières. Une sensation m'a traversée, un frisson ou une faiblesse momentanée, comme si j'avais vu quelque chose que je n'aurais pas dû voir. Carrie pensait certainement que je n'étais pas de taille. Dès que la pression a commencé à se faire sentir, je me suis effondrée, et une salle pleine de professionnels de santé pouvait en témoigner. De toute façon, ils pensaient depuis le début que je n'avais rien à faire là. Treasure ne serait pas seule, elle aurait simplement une aide de moins concentrée sur son bien-être.

Un obstétricien se tenait à quelques pas de moi, en compagnie d'un jeune résident. J'ai surpris leur conversation au sujet des médicaments déclencheurs de l'accouchement ; le jeune se demandait s'ils avaient quelque chose à voir avec la force soudaine des contractions de sa patiente. J'ai finalement réussi à m'asseoir, ignorant la démangeaison causée par le vinyle déchiré du banc.

— Qu'est-ce qui t'est arrivé ? m'a demandé Carrie en surgissant de la porte à double battant.

— J'ai cru…

Qu'est-ce que j'avais cru ? Je n'en étais plus certaine à présent.

— Quand il se passe plein de choses, ça peut devenir éprouvant. Je me suis dit que tu faisais une crise de panique.

— Non, je vais bien, désolée. J'ai eu une absence.

— Treasure est en train d'accoucher. Il faut la faire sortir et commencer les préparatifs.

— Alors, on quitte l'hôpital avec notre patiente en plein travail ?

— Eh bien, elle ne veut pas accoucher ici… Je ne fais que répéter ses propres mots, a-t-elle précisé avant de pousser un grognement.

Elle a posé la main sur mon épaule et j'ai senti le savon antibactérien qu'elle utilisait en permanence.

— Écoute, rentre te coucher, m'a-t-elle dit. Je m'occupe d'installer Treasure chez elle.

J'ai acquiescé. Je me suis rendu compte que je ne savais pas grand-chose d'elle, que j'ignorais quasiment d'où elle venait et si elle avait une famille qu'elle retrouvait le soir. Quelques aides-soignantes et un médecin ont sorti un lit vide et Carrie s'est glissée à travers la porte à double battant avant qu'elle se referme.

*

Tenant un bouquet de sauge à la main comme un sceptre, je me suis assise dans mon fauteuil. Mme Pat se tenait près de la fenêtre. Elle était souvent avec moi, apparaissant de son propre chef. Elle s'agitait dans tous les sens, cherchant l'enfant-fantôme dans toutes les pièces. Il était toujours avec Treasure.

— Il est parti, Mme Pat, ai-je crié.

— Vous pouvez me réexpliquer ?

— J'ai craqué au boulot. En pleine salle d'accouchement. On a dû me faire sortir comme une enfant. Et si ce travail n'était pas pour moi ? J'ai entendu ce cri, mais ça ne pouvait pas être une seule personne qui faisait un tel raffut. Je n'arrivais pas à savoir si c'était une mère qui accouchait ou quelqu'un en train de mourir.

— C'était peut-être les deux, a affirmé Mme Pat. Ça pouvait être toutes les naissances et toutes les morts à la fois. Vous vous placez entre la vie et la mort, vous allez forcément en ressentir les effets.

— On devrait nous donner un manuel pour comprendre tout ça.

— Il vous faut un autre avis.

— La fille aux huîtres, ai-je pensé à voix haute et la vieille dame a acquiescé.

— Partez à sa recherche, vous pouvez toutes les deux voir à la croisée des chemins. Vous partagez ce don.

— Ce ne serait pas plutôt une malédiction ?

— Je ne serais pas là si c'était le cas.

— Vous avez peut-être raison, ai-je dit en souriant à l'idée qu'elle me tienne compagnie. Votre amie a parlé d'une église. Elle y cuisinait, je crois.

Mme Pat a haussé les épaules. Elle est restée près de moi, me souriant depuis la fenêtre pendant que j'essayais de m'endormir, les lumières des voitures la traversaient. Finalement, j'ai repoussé les draps couleur jade et enfilé mes bottes.

*

Je me suis assise dans le parc en face de l'église, un vieux monument hollandais construit sur deux niveaux au-dessus desquels se dressait un toit pointu. Elle ne semblait pas à sa place, une épine de chêne au milieu des tours de brique et du réseau de béton. Un homme faisait les cent pas devant l'arrêt de bus. Il me rendait nerveuse ; je n'étais pas sûre que le bus circulait si tard. J'étais pourtant là, aux heures les plus sombres de la nuit, dans une aire de jeux, à regarder une église et un cimetière jonché de pierres tombales et de mottes d'herbe éparses. Le cimetière était petit et semblait à l'abandon. Il s'étendait sur des dizaines de mètres, en direction de la rue Barbey. On pouvait deviner qui avait possédé des terres ou était mort riche ; on voyait quels Blancs n'avaient pu s'offrir qu'une modeste pierre tombale. Puis, dans la partie arrière de l'enceinte, de temps à autre, un homme ou une femme noirs avaient été enterrés sous une simple stèle, au milieu de la nuit, à l'abri des regards indiscrets des Blancs.

Le bus circulait à cette heure de la nuit. Cette paranoïa était de mon fait. Il n'y avait pas de lune en vue, le ciel était une prune amère. Tout autour de moi, la lueur acide des réverbères dans les rues, des fenêtres d'immeubles allumées de façon aléatoire. C'était stupide : j'espérais trouver une femme morte il y a plus d'un siècle, en priant pour qu'elle sache pourquoi j'avais ces visions. L'aire de jeux n'était que chaînes et rambardes décolorées, les cadres en acier apparaissant sous la peinture écaillée comme une coupure profonde. Le vent sec poussait doucement les balançoires qui gémissaient, leur siège en caoutchouc oscillant d'avant en arrière. L'homme à l'arrêt de bus m'a de nouveau regardée, cette fois-ci plus intensément, conscient que nous avions établi un contact visuel. Ses yeux ne brillaient pas à la lumière, ils étaient noirs avec un reflet plutôt statique. J'ai retenu mon souffle. Comme une image floue, une lueur terne provenait du portail de l'église. Une autre personne se tenait près d'une tombe. Deux autres encore près des marches de la bibliothèque toute proche. Ils avaient les mêmes yeux inexpressifs et portaient des habits vieux de plusieurs centaines d'années, comme la femme du rivage.

— Je suis à la recherche de la fille aux huîtres, ai-je lancé à la rue déserte… ou de la femme. Comme elle préfère.

L'homme à l'abri de bus n'a pas paru surpris et s'est contenté d'acquiescer discrètement. S'il la connaissait, il savait certainement de quoi elle était capable.

— Vous partagez la même malédiction, a-t-il répondu.

Sa voix avait un timbre caverneux.

— Vous voulez dire le même don ? ai-je suggéré.

Il est resté silencieux. Je me suis levée du banc pour marcher doucement vers le portail. L'homme est resté à sa place.

— C'était mon épouse. J'ai vu ce que ça lui a fait.

— Pourquoi elle prenait la direction de l'océan toutes les nuits ?

— Cara était… Cara est, était et sera. Je n'ai jamais su pourquoi. Elle était bien plus que ce qu'elle croyait. Je pense que l'océan devait le lui rappeler. Quand on s'est éloignés de cette foutue ferme, j'ai espéré qu'elle allait s'en sortir. Mais on ne peut pas vraiment se débarrasser d'un truc pareil, ne pas être en pleine possession de son corps. C'est comme le sable ou le charbon, ça reste avec vous, dans vos cheveux, dans vos oreilles, entre vos orteils. La naissance de notre fils l'a aidée. La vie avait de l'importance.

— Elle ne vous a jamais dit ce qu'elle voyait ?

— Quand je suis rentré à la maison un soir, elle était assise dans un coin de la pièce, les mains sur les oreilles. Notre fils devait être mort depuis quelques heures. Lorsque je lui ai demandé si elle le savait, elle a répondu qu'elle l'avait entendu pleurer pendant des heures et des heures. Elle l'entend encore pleurer. Nous ne pouvions pas l'enterrer au cimetière, alors nous l'avons fait ici. Là où vous êtes assise, c'était de la terre à l'époque. On a dit quelques mots, mais je voyais bien que ça ne tournait pas rond. Quand j'ai passé mon bras autour d'elle, j'ai senti qu'elle était en train de se pétrifier. Elle était comme une coquille vide. Son âme avait disparu. Un jour, elle est partie, elle aussi. Personne ne l'a revue. Elle ne savait pas quoi faire des vivants. Elle ne voulait plus rien avoir à faire avec eux. Je crois qu'elle est descendue sur ce rivage. Un jour, il l'a appelée et elle est partie.

J'ai contourné la grille du parc et me suis retrouvée au milieu de la rue. J'ai compris que les morts m'entouraient à présent. Ils m'observaient avec curiosité, le regard lumineux, leurs yeux marron brillants comme si des larmes allaient en jaillir.

— Et elle est où maintenant ?

Le mari a jeté un œil en direction de son camarade près de la porte de l'église. Il a fait un signe de tête et la porte s'est ouverte d'elle-même. Il s'est alors tourné vers moi.

— Elle vous attend.

La chapelle était haute de plafond et, sous son clocher et son toit, le bardage en bois blanc délavé avait été repeint à maintes reprises. Les grandes fenêtres en ogive se composaient de vitraux qui dataient de la dernière décennie. On avait laissé des brochures sur les bancs, rangé des bibles dans le dossier des chaises. Le dimanche, une sorte de service religieux avait encore lieu dans la chapelle. Près d'un banc, un escalier descendait vers un sous-sol. C'était comme une sorte de refuge : quelques hommes, l'air franchement épuisé, se tenaient penchés devant une porte latérale. Ils taxaient des clopes, cachaient leurs mains, tressautaient et tremblaient. Ils m'ont fixée quand je suis passée devant eux, sans savoir si j'étais réelle ou non. Tout les hantait.

*

Lorsque j'ai franchi une autre porte située au bout du sous-sol, j'ai eu l'impression que la pièce derrière se prolongeait au-delà des murs de l'église. Même si j'étais sous terre et qu'il était environ trois ou quatre heures du matin, le soleil brillait à travers une fenêtre. Une femme cuisinait près d'un fourneau quelque part au loin. Bientôt, le soleil m'a submergée. La pièce donnait sur le quartier, je pouvais voir les marais s'étendre sur des kilomètres. Une terre arable molle, des champs humides, une zone boisée. Par-dessus les immeubles et les cités HLM, les usines et les terrains brûlés, les voies ferrées et les décharges, le paysage se construisait et se reconstruisait à l'infini.

— Et quand vous versez les libations, a soudain déclamé une femme, chacun de vos doigts indique le chemin que j'ai emprunté.

Elle s'est tournée vers moi : son visage de jeune fille, brun comme un chêne, était drapé d'un brouillard argenté. Il couvrait ses yeux et, lorsqu'elle parlait, ses pupilles semblaient se démultiplier. Quand la brume se dissipait par endroits, Cara semblait parfaitement normale.

— Qu'est-ce que c'est ? ai-je demandé en regardant par la fenêtre.

— Le monde dans lequel vous êtes née n'est qu'une version de la réalité, mais ce n'est pas une surprise pour vous, n'est-ce pas ? Il y a le destin, mais ça, personne n'en est sûr et certain. Le corps n'est qu'un rituel, une série de principes et de pratiques pour atteindre un résultat prédestiné. Nous naissons, vivons comme nous le pouvons et finissons tous par mourir, pour ensuite vivre l'éternité.

— Je ne veux pas de ça ! ai-je crié. Comment puis-je vivre ma vie quand tout ce que je vois, c'est la mort ?

— Même si vous ne la voyiez pas, il y aurait toujours quelque chose pour vous la rappeler, a-t-elle déclaré.

Derrière elle, le paysage se transformait de nouveau ; de l'immensité verte ont émergé des amas de briques et de pierres qui se sont métamorphosés en tours. Les bois et les marais ont reculé et pourri, encerclés par des clôtures métalliques et des terrains vagues. J'aurais juré pouvoir discerner le sang versé au fil des époques, coulant sous le quartier comme une rivière. L'endroit était sa propre nécropole. Et Cara de poursuivre :

— Qu'est-ce qu'un cimetière, sinon un endroit pour les vies et les morts à venir ? Elles communient en un lieu, tentent de franchir une frontière ou un abîme qui n'existe pas vraiment. Vous êtes confrontée à la mort tous les jours et, à force, vous ne la remarquez plus.

Mes cuisses, mon ventre, ma nuque et mon dos étaient trempés de sueur. Un vent soufflait depuis la baie de Jamaica, la première brise d'été de l'année. J'ai pensé aux milliers de personnes enfermées dans des tours, aux lumières de leurs fenêtres. Je me demandais qui avait été englouti sous cette terre ? Dans cette eau ? J'ai pensé aux décennies que nous avons passées à essayer de reconstruire ce qui avait été détruit bien avant notre arrivée.

— Dites-moi, ai-je soufflé finalement d'une voix rauque. C'était quoi ce cri ? Celui que j'ai entendu avec ma patiente qui accouchait.

Cara semblait ravie. Elle m'a répondu :

— Vous êtes plus puissante que vous ne le pensez. Chez les Yorubas, on parle du monde visible et du monde invisible, des voyageurs qui se tiennent à l'orée des deux. Les enfants sont souvent ceux qui se faufilent le plus facilement entre les fissures. Les Yorubas appellent les enfants qui subissent un tel sort des abikus, ce sont des esprits qui se logent dans un hôte, et naissent et renaissent sans fin.

— Une dernière chose, ai-je ajouté en regardant le soleil décliner et la terre parcourir un nouveau cycle temporel. Votre fils. Vous l'entendez encore ?

— Oui. Je les entends tous.

Lorsqu'une femme enceinte attend une fille, son fœtus porte déjà en lui des ovules en devenir. Cela signifie que le corps d'une mère peut contenir la possibilité de trois générations distinctes. Nous sommes toujours venues par groupes de trois.

*

J'ai frappé à la porte de Treasure et son compagnon m'a serrée dans ses bras. Il m'a ensuite conduite dans le salon, où Treasure était allongée sur le canapé, à faire des exercices de respiration pendant que sa mère lui massait les pieds. Elle tenait son ventre comme un agriculteur tient la terre, un monde entier dans sa main. Carrie est arrivée peu après moi et nous avons commencé à nous installer. La maison sentait le nag champa et l'écorce de vanille, elle était éclairée par des bougies tandis que l'encens se consumait lentement dans un coin. Une chaîne stéréo diffusait un morceau de Luther Vandross, « Love Won't Let Me Wait ».

— Comment ça se fait que je me sente si bien ? a demandé Treasure, assise sur les toilettes froides en porcelaine.

— C'est ainsi que les Égyptiennes de l'Antiquité accouchaient, lui ai-je rappelé. Dans cette position. Et bien d'autres femmes indigènes.

— Assises sur des toilettes en or, a dit Treasure.

— Tu es une reine, ai-je reconnu.

Pendant que sa mère et son compagnon s'occupaient à tour de rôle de ses pieds, je lui ai massé les épaules, puis le bas du dos, en exerçant une légère pression. Une fois l'opération terminée, Treasure a fait ce dont elle avait besoin : elle a traversé le salon de long en large, s'est étirée près de la cuisine, puis s'est penchée en avant et accroupie dans la salle de bains. Son corps lui commandait de se déplacer dans l'espace, de hurler dans l'embrasure des portes, de remplir les couloirs de rire. Pendant ce temps, son partenaire et moi avons rempli d'eau chaude une baignoire gonflable.

Carrie est revenue et a chuchoté à Treasure :

— Écoute, ma belle, tu en es à huit centimètres, là. Je pense que tu peux arriver à dix. Si ça te fait trop mal, tu le dis.

— Tu crois ? a demandé Treasure, tentant de respirer à travers l'intense vague de douleur.

— Tu connais tes limites.

— Oui… Ah ça me fait mal…

Carrie était une fleur plantée dans la terre de la forêt, frôlant l'écorce d'un arbre, douce et rassurante. Elle roucoulait à l'oreille de la jeune femme, lui rappelait la merveilleuse vérité du corps, l'utérus dont la taille pouvait atteindre plusieurs centaines de fois son volume initial.

— C'est vraiment remarquable, tu ne trouves pas ? a-t-elle soufflé à Treasure. Tu es vraiment formidable.

Enfin, le moment venu (son corps lui avait indiqué que son fils allait arriver), elle s'est glissée dans la baignoire, son partenaire derrière elle. Il a tenu les hanches de sa compagne comme je le lui avais montré. Nous avons tous encouragé Treasure, nous avons pleuré avec elle, sa mère lui a serré la main et je lui ai chuchoté qu'elle se débrouillait très bien. Carrie était accroupie à l'autre bout de la baignoire, les mains dans l'eau, et un sourire lumineux est apparu sur son visage habituellement stoïque. Je pouvais voir la tête du garçon et j'entendais des gémissements, ceux d'une mère et de son enfant.

Et si nous naissions avec tout ce que nous savons au moment de mourir ? Et si la naissance et la mort n'étaient pas les deux extrémités opposées d'une ligne droite, mais le même point sur un chemin sans fin ? Nous considérons la période qui précède la naissance (avant l'existence des cellules, du sang et du corps) et celle qui suit la mort (après l'existence des cellules, du sang et du corps) comme étant la même chose : le néant. Alors on viendrait de ce vide, de cette absence… qui ne peut absolument pas être une absence, car comment quelque chose pourrait-il naître de rien ? Mon fils, peut-être que toi et moi sommes issus du même royaume, du même puits vide, et que tu es allé dans un sens et moi dans l'autre, sur un chemin qui me ramènera finalement à toi. Et si le néant d'où nous sommes nés était le même que celui dans lequel nous mourrons ? Et si ce n'était pas du tout le néant ? Et si c'était plein et infini, un moment d'aséité par-delà le temps et les nations ? Et si je savais que je te reverrais dans l'éternité ?

Le bébé de Treasure est venu au monde dans une éclosion chaotique, il est sorti d'une grande bouche de pétales charnus, et j'ai pleuré d'émerveillement. Le garçon était pâle et violet, la peau débarrassée du liquide amniotique. Treasure a crié, en sueur dans la baignoire d'eau chaude, puis a attrapé la tête du bébé alors qu'il glissait dans l'eau. Elle a tenu son fils contre son ventre, puis contre sa poitrine, angoissée pendant les quelques secondes où Carrie et moi avons nettoyé le garçon du mieux possible. Il a gémi, lourd et lisse comme un organe. Le petit a gazouillé de soulagement, et Treasure a couvert son bébé de larmes, lui a embrassé l'oreille en lui chuchotant des mots doux. Une heure plus tard, elle allaitait son fils pour la première fois, chez elle, entourée de sa famille.

— Cameron, a-t-elle dit.

Le bébé murmurait dans la poitrine de sa mère, les yeux fermés et les cheveux collés. Bientôt, il allait pleurer dans la nuit. Il aurait plusieurs bouches.

Le Lazare noir

Colly, 2009

Raven m'a invité à venir assister à sa représentation dans la salle de jeux humide, à l'arrière de la maison de quartier. Elle m'a informé que ce soir-là elle reverrait sa tante pour la première fois depuis des années. Je lui ai demandé si elle avait besoin que je l'accompagne, mais elle était déjà très occupée. Ses élèves, vêtues d'un haut vert vif, se tenaient en rangs désordonnés tout en faisant un exercice de respiration. Il a fallu un certain temps à Raven pour calmer les filles, excitées par le sucre et les bavardages. Je me suis assis au fond de la pièce, à moitié concentré sur mon téléphone portable, à moitié en train d'écouter sa voix, du tamarin à mes oreilles. Son Sidekick s'allumait dans son sac toutes les deux minutes, vibrant sur la chaise à côté de moi.

— Toutes les merdes accumulées pendant la journée, leur expliquait-elle, le petit morveux qui a dit que vous étiez trop noire, le professeur qui a décrété que vous ne feriez rien de votre vie, toutes ces conneries-là, elles s'incrustent dans votre corps. Elles vous font vous sentir encore plus mal. Débarrassez-vous de ces tensions en vous étirant. Vous sentez qu'elles se délient ? Maintenant, inspirez. Retenez votre respiration. Puis expirez. Vous sentez tout ce poids en moins ? Maintenant, secouez-vous, libérez-vous…

Une dizaine de petites filles se sont étirées et ont secoué leurs membres, incapables de s'empêcher de rire.

— … inspirez comme si vous étiez plus grandes que votre corps. Expirez jusqu'à ce que vous ne soyez plus qu'un coquillage sur la plage, complètement immobile, avec l'eau qui s'éloigne de vous. Vous vous souvenez de cette sensation ? Quand la mer se retire alors que vous avez les pieds dans le sable ? Et que vous avez l'impression de reculer ? Laissez-vous emporter par cette sensation jusqu'à ce que vous vous sentiez disparaître, flottant sur…

Elle les a laissées quelques minutes les yeux fermés pour fouiller dans son sac (vérifiant son téléphone, elle a grogné), puis elle a mis un CD. Plusieurs morceaux s'enchaînaient, tout en basses assourdissantes et en voix compressées. La principale difficulté pour les filles consistait à se souvenir de la chorégraphie. Certaines danseuses étaient presque synchros, mais la plupart hésitaient entre deux mouvements, se regardant les unes les autres ou cherchant Raven du regard pour être guidées.

— Dis-moi ce que t'en penses, m'a demandé Raven au bout d'une heure de cours, alors qu'elle s'asseyait à côté de moi, trempée de sueur.

— Les parties dont elles se souvenaient étaient bien.

Une petite fille m'a regardé avec insistance, ses nattes tressées tenues par des barrettes fluo, sa bouche colorée en vert par des bonbons.

— Comment tu t'appelles, toi ? lui ai-je demandé.

— Quay.
— Moi, c'est Colly.
— T'es le copain de Mlle Raven ?
— Non, ai-je bredouillé. Un jour, qui sait ?
Raven n'a pas essayé de cacher son sourire.

*

Si vous continuiez à marcher sur Stanley Avenue, ou Wortman Avenue, après Ashford ou même Barbey Street, au niveau des usines de plastique et de voitures qu'on traversait parfois à vélo, vous pouviez encore entendre les scies électriques découper l'acier. Au numéro 857 de Schenck Avenue, le bord du toit était entouré de rambardes, ce qui n'était pas le cas au 797. Le réservoir d'eau rouillé situé au sommet du 2147 avait été tagué sur le côté, des lettres peintes en forme de bulles écrivaient le mot FOOT. La terre est un bois de chauffage qui brûle jusqu'à ce que la fumée soit assez épaisse pour me posséder. Des odeurs acides m'assaillaient, la pluie formait une brume près du trottoir. Si je pleurais, quelqu'un le remarquerait-il ? Même les arbres jouent un rôle ; ils laissent tomber leurs branches en signe de résignation, se dressent vers la lumière. La ville a la couleur des os blanchis par le soleil. Mon anorak me donnait l'impression que des fleurs s'enfonçaient dans mes bras et le long de mon torse. La neige dérivait de biais, chaque flocon était un murmure sur la peau ; il y en avait des milliers. L'association des locataires occupait le hall de mon immeuble tandis que j'attendais l'ascenseur.

Au-dessus des boîtes aux lettres, se trouvait une note :

À L'ATTENTION DES HABITANTS DE LA CITÉ
BLVD & LINDEN

COMME NOUS N'AVONS PAS DE CONCIERGE,
NOUS ALLONS DEVOIR NETTOYER
NOTRE PROPRE QUARTIER

SI VOUS AVEZ DES SACS D'ORDURES
DANS VOTRE IMMEUBLE,
FERMEZ-LES BIEN & DÉPOSEZ-LES SUR LE TROTTOIR
(JE SAIS QUE PERSONNE NE VEUT FAIRE ÇA)

DISCUTEZ AVEC VOS VOISINS DE PALIER,
NETTOYEZ LES PARTIES COMMUNES CHACUN
VOTRE TOUR, BALAYEZ, PASSEZ LA SERPILLIÈRE
& FAITES TOUT CE QUE VOUS POUVEZ
EN ATTENDANT QUE NOUS PUISSIONS EMBAUCHER

INSTAURONS UN JOUR DE NETTOYAGE DE LA CITÉ,
QUE NOUS CHOISIRONS ENSEMBLE

REPRENONS POSSESSION DE NOTRE QUARTIER

— Qu'est-ce qui se passe ? ai-je demandé à Mlle Moore.

— Les employés de l'Office du logement sont partis, m'a-t-elle répondu. Ils ne sont pas payés comme il faut. Ça fait déjà un moment que l'Office ne veut plus envoyer personne pour réparer quoi que ce soit, et maintenant il ne peut même plus assurer l'entretien.

— La Nycha[1] n'a plus d'argent, a expliqué Mlle Morales. Elle n'a pas encore répondu à ta demande… Et il y a des milliers d'autres cas. Tous en attente. Les entreprises de réparation auxquelles elle a fait appel vont l'assigner en justice.

— Pourquoi ? ai-je demandé, perdu.

— La Nycha ne les payera pas non plus.

— Nous allons donc créer un petit groupe d'embellissement du quartier, a déclaré Mlle Moore. Nettoyer la cité. Et la remettre en état.

— Moi, je passe toujours le balai dans le couloir à mon étage.

— On a besoin de jeunes pour sortir les ordures.

— Bien sûr, ai-je menti. Laissez-moi le temps de poser mes affaires.

— D'accord, mon grand. Tu sais où nous trouver.

*

De l'autre côté de la cour, Tristan, son jeune cousin et Zaire se tenaient au pied de son immeuble – un obélisque enraciné dans la terre. Tristan s'était étoffé depuis qu'il m'avait fait renvoyer de l'école. Des fils de fer clouaient le bec à son cousin : il s'était cassé la mâchoire à cause du recul d'un .45 que son frère l'avait laissé utiliser un soir sur leur toit. Ils se cachaient sous l'auvent rouillé et parlaient les mains calées dans la ceinture. Zaire portait des gants de travail. Je m'étais attendu à ce qu'il se range à mes côtés, contre Tristan.

1. La Nycha, ou New York City Housing Autorithy, est une agence publique en charge des logements sociaux pour la ville de New York.

Il avait essayé au début, mais c'était difficile d'éviter les gens quand tout le monde était l'ami d'un ami et se connaissait depuis l'école maternelle. Quand Tristan m'a aperçu, il m'a regardé fixement, les sourcils froncés et la mâchoire ouverte, comme s'il voulait dire quelque chose. Je l'ai ignoré et j'ai bougé mes fesses à l'intérieur.

Une fois chez moi, je me suis débarrassé de mon sac à dos et de mon manteau en un seul geste, puis j'ai laissé tomber une pile de courrier sur le bureau. Des factures pour mon père, des offres de cartes de crédit, des brochures universitaires qui m'étaient adressées. Les cloques de peinture le long du plafond du salon se multipliaient : c'était dû à une fuite du toit. J'ai passé mon deuxième appel à l'Office du logement en deux semaines, je suis tombé sur une pauvre dame qui avait l'air épuisée. « Nous vous envoyons quelqu'un dès que possible », m'a-t-elle affirmé, exactement comme un homme tout aussi fatigué me l'avait promis une semaine plus tôt. J'ai voulu allumer la cuisinière, mais je n'ai pas dépassé le stade où la flamme était censée prendre. Le système électrique faisait *tic-tic-tic*. J'ai inspiré un grand coup et j'ai senti le gaz au fond de ma gorge. Le bruit me rappelait le matin de Noël, quand je te réveillais et que tu mettais la cafetière sur le feu. C'était vraiment dur pendant les vacances. En général, j'accompagnais Pa chez ma grand-tante pour le dîner et je passais le reste du temps chez Nanou.

Je le dis à n'importe qui, sans détour. Tu n'as jamais été : (1) une imbécile, (2) quelqu'un avec qui jouer ou, bien sûr, (3) une copine. Des semaines avant Noël, j'essayais de me faufiler dans ton placard lorsque tu étais occupée dans la cuisine ou que tu avais fermé la porte de la salle de bains. Je n'y trouvais que des poupées pour ma nièce ou des fringues Old Navy pour mes cousins. « Qu'est-ce que tu penses de tes cadeaux ? » me demandais-tu. J'étais contrarié par les merdes que j'avais vues dans le sac du placard, mais je n'étais pas prêt à admettre que j'étais allé fouiner et que j'étais incapable de me maîtriser. Ça t'amusait de me voir jouer ce jeu, tu as même ri quand j'ai tout nié. Tu m'as passé la main dans mes cheveux.

À cette période de l'année, tu nous emmenais voir Manhattan, où le coucher de soleil était aussi rouge que le sumac qui pousse le long des broussailles. Puis la nuit tombait, la lumière des réverbères se répandait à nos pieds. On regardait la patinoire de la 53ᵉ Rue, on observait des enfants et leurs parents ou des couples sculpter la glace avec leurs patins. Vue d'en haut, la patinoire ressemblait à un manège, chacun patinant le long de la balustrade en bronze pour garder son équilibre dans un grand ovale en mouvement permanent. Les plus courageux s'aventuraient au centre, glissaient en arrière ou patinaient sur un pied.

L'arbre devait mesurer au moins vingt mètres de haut, un pin robuste drapé de velours et de lumières. Je ne pouvais pas en discerner le bas à cause de la foule. Tout ce que je pouvais faire, c'était regarder le haut de cet épicéa que la ville avait probablement fait venir du nord de l'État ou du Canada, de l'une de ces grandes forêts où tous les arbres semblent pousser jusqu'au ciel. Il vivait à présent dans une autre forêt, constituée de béton armé et d'acier, que l'immeuble Rockefeller dominait. Dans le Toys "R" Us situé à 800 mètres au sud sur la Septième Avenue, tu prenais tout ce qu'on te montrait. On n'en a jamais abusé ; avec Toya, on décidait ce qu'on voulait pour Noël des mois à l'avance. Une fois, tu m'as acheté une Nintendo toute neuve, pour ma plus grande joie. L'année précédente pourtant, je m'étais imaginé qu'on ne pourrait plus jamais rien s'offrir. Cette année-là, tu étais tendue pendant la recherche de nos cadeaux. Les files d'attente étaient longues derrière nous. Une femme achetait pour ses enfants les poupées American Girl de chaque couleur et leurs différentes tenues. Faute de place dans son chariot, elle tenait à la main les boîtes qui s'empilaient jusqu'à lui cacher le visage.

— Merci de faire vos achats chez nous, a lâché la vendeuse à la caisse. Ce sera tout ?

Tu as acquiescé et lui as tendu une carte bancaire, tandis que Toya comparait la taille de son pied au tien, sa petite botte en fourrure à côté de ta chaussure toute saison. J'ai décidé de me faufiler entre vous pour placer mon pied entre les vôtres.

La caisse a couiné et la vendeuse t'a rendu ta carte. Ses yeux se sont posés sur Toya et moi, avant de revenir vers toi.

— Je suis désolée, ça ne passe pas.

— Attendez, ça ne doit pas être la bonne, as-tu dit en fouillant frénétiquement dans ton sac à main.

La femme aux boîtes derrière nous a soupiré, basculant son poids d'une jambe sur l'autre. J'ai regardé ton corps se contracter. La caisse a enfin émis un signal d'approbation, alors tu as saisi nos affaires, puis tu nous as traînés aussi vite que possible dans le froid. J'ai tiré une bouffée sur ma fausse cigarette, j'ai soufflé de la vapeur dans la nuit. Dans le métro, on était silencieux, serrés les uns contre les autres dans la rangée que nous occupions. Toya écrasait les boutons de sa Game Boy.

Je gigotai toute la nuit en attendant qu'il soit un peu plus de six heures du matin. C'est à ce moment-là que généralement, je te harcelais pour que tu sortes de ton lit et me montres mes cadeaux. J'avais hâte d'entendre le tube « Silver Bells » de BeBe et CeCe Winans, ou ces albums de Noël avec Tom Petty et Run DMC, sortis par Interscope. On mangeait du poulet rôti acheté au supermarché, du chou cuit avec des colliers de porc, du riz aux haricots noirs, et des patates douces qui répandaient une odeur d'érable dans tout l'appartement. Toi et Tata Genesis, vous teniez bon et me laissiez croire toute la journée que je n'avais pas reçu les cadeaux que j'avais demandés. Puis, alors que je ne m'y attendais plus, vous sortiez un grand sac rempli de tout ce que j'avais commandé. Toya et moi, on comparait nos trésors avant de se retirer dans notre coin avec nos cadeaux, jusqu'au départ de Tata.

Le *tic-tic-tic* de l'allumage du gaz m'a ramené à la réalité et j'ai fixé ma main – un élément étranger, partant dans plusieurs directions, qui palpitait sous mes yeux. Au bout d'un moment, elle s'est animée, a tourné le bouton de la cuisinière pour l'éteindre. J'étais dans les vapes. J'ai regardé autour de moi. La pièce semblait avoir été lavée à la saumure et j'ai compris que personne ne récurait plus les murs et les sols, ni ne cirait le parquet pour que l'appartement paraisse moins miteux. J'étais incapable de m'occuper de quoi que ce soit. Est-ce qu'on peut changer ? Les gens qui étaient là bien avant qu'on m'apprenne que le temps pouvait nous échapper défilaient devant moi. Un horizon sans fin.

J'avais besoin de réponses, alors je me suis tourné vers mes parents. Plus précisément vers toi. Je me suis posté devant ton étagère. J'ai survolé les livres, sauté les pages vierges. J'ai regardé sous le meuble et derrière, la poussière en suspension me rentrait dans les yeux. Je suis allé voir ton armoire. J'ai dérangé les vêtements que Toya n'avait pas pris, secoué les bacs remplis de trucs que tu avais conservés, le classeur était au fond. L'ordre de cérémonie de tes obsèques était rangé avec les demandes d'indemnisation. Une bible s'ouvrait sur le psaume 27. Deux billets de cinquante dollars décolorés marquaient la page. Dans ton éloge funèbre, quelqu'un avait écrit des choses comme « une personne bienveillante et aimante » et « sacrifice et persévérance ». Je n'y avais jeté qu'un rapide coup d'œil le jour de tes obsèques. Lors des derniers hommages, j'ai continué à te regarder jusqu'à ce que ton image soit gravée dans ma mémoire. Je n'arrivais pas à comprendre. Ton petit corps était figé comme celui d'une poupée et, le souffle court, j'aurais voulu rester devant toute la matinée, pourtant j'ai avancé à ma place, rejoignant la famille en deuil.

Je me suis assis en compagnie de mots, de paragraphes qui retraçaient parfaitement ta vie. J'ai trouvé un marqueur dans une tasse sur une étagère de la cuisine et j'ai noirci ce que je ne connaissais pas de toi. Ainsi, je pouvais te reconnaître.

KEY [redacted] fille de Virgil et Audrey [redacted] est née le 25 avril [redacted] à Brooklyn, New York. [redacted] dévouée [redacted]

[redacted] son quartier [redacted] après [redacted] à la recherche [redacted] le monde [redacted] sans relâche [redacted] et [redacted] avec les couleurs [redacted] de ses propres mains [redacted] blues [redacted] Ella [redacted] et Mahalia [redacted] un chœur [redacted] l'humour [redacted] Son rire [redacted] sacrifice, [redacted]

[redacted] dans la mort [redacted] chez
elle [redacted]
ancestrale. [redacted] laisse [redacted]
avec le Seigneur, [redacted]

J'ai continué à fouiller dans le placard de mes parents, j'ai vidé des boîtes jusqu'à ce que le sol soit couvert d'objets épars. J'ai trouvé le pistolet de mon père sous le lit où ma mère est morte. Je me souviens qu'un jour, l'arme était tombée de tout son poids contre le faux plancher. Elle brillait, éclatant au clair de lune, argent patiné, la crosse éraflée. Je l'ai ramassée à deux mains, effrayé à l'idée de la tenir autrement qu'avec une poigne de fer. Plus fort encore. Je l'ai pointée vers l'autre côté du couloir.

Dans ton album photo, je t'ai vue enfant, avec déjà le même regard sagace que je t'ai toujours connu. Tu étais avec ton père, Virgil. Tu devais avoir huit ou neuf ans, deux couettes tressées tenues par des barrettes. Un sourire où il te manquait une dent du bas. Tu ne pouvais pas le savoir, à l'époque : tu ne connaîtrais jamais la paix, tu n'arriverais jamais à te débarrasser de tes blessures, quand le saignement s'arrête et qu'une nouvelle peau translucide se forme. Tes cicatrices ne deviendraient jamais rugueuses puis imperceptibles, de simples marques d'une ancienne blessure.

Peut-être qu'après la photo mon grand-père a acheté des granités et que vous les avez avalés enveloppés dans la brume fraîche de l'étang. La glace fondait à travers les cônes en carton, vous laissant les pouces et les poignets poisseux de sirop rouge ou bleu. Près de l'extrémité de la berge, des canards roucoulaient entre eux, surfant sur un léger courant. Je ne savais pas si le vent que je ressentais provenait de cette photo ou du temps que nous avions passé ensemble, toi et moi, à dévorer nos granités au bord de l'étang, en essayant de ne pas nous mettre du sucre plein les doigts. Je n'arrivais pas à faire la différence entre ce que je goûtais, ce que je ressentais à présent et ce que tu avais pu vivre. Pour moi, c'était une seule et même chose.

Des photos colorées de toi lors d'événements ayant eu lieu dans le quartier : des collectes de nourriture, des levées de fonds organisées par l'église, des soirées cinéma à la maison de quartier, un rassemblement à l'ancien bureau de poste sur Pennsylvania Avenue. Une photo de toi avec des femmes importantes, posant devant la bibliothèque de New Lots. Au verso, tu avais écrit « African Burial Ground ». En regardant le vieux cliché, une chose m'a sauté aux yeux. Derrière toi, ces gens discutaient, et parmi eux, j'ai reconnu un visage. On le voyait maintenant sur des affiches qui demandaient aux gens de voter pour lui en novembre. Comment as-tu connu ces personnes ?

Moi, je ne te connaîtrai jamais, je ne vieillirai pas à tes côtés. Tu ne seras jamais ma meilleure amie, ma confidente. Tu ne me connaîtras jamais en tant qu'adulte indépendant, en tant qu'homme libre, tu ne verras jamais qui je serai devenu dans ce monde. Je ne saurai jamais qui j'aurais pu être maintenant que tu n'es plus là pour me le montrer ; j'aurais pu être quelqu'un d'autre. J'ai vraiment du mal à me débrouiller. Tu as bien dû laisser un indice derrière toi si tu savais que tu allais m'abandonner. Tu devais bien le savoir, tu as dû prévoir quelque chose pour ce moment précis.

Cette photo-là date de l'époque où tu m'as eu. J'étais dans tes bras et Toya, toute petite, rampait contre ta jambe. Tu étais à côté de Tata Genesis et d'une autre femme. À côté de cette personne, il y avait un petit garçon, les lèvres boudeuses et les yeux fixés droit sur l'appareil photo. Il ne souriait pas. Tout ce beau monde se trouvait dans une clairière verdoyante du Sud, peut-être la maison de Tata en Géorgie. Quand j'ai téléphoné à Genesis, elle parlait par-dessus le lave-vaisselle en marche et son émission de télé-réalité préférée, *Flavor of Love*.

— Pourquoi tu appelles si tard ?

— Je suis en train de parcourir les affaires de ma mère. J'avais besoin de te poser des questions au sujet d'une photo que j'ai trouvée.

J'ai essayé de la lui décrire.

— Oh, c'est Treasure. Elle et ta mère se sont perdues de vue. C'est certainement pour ça que tu ne te souviens pas de Cameron.

— Tu sais pourquoi elles se sont brouillées ?

Il y a eu un silence à l'autre bout du fil. J'ai entendu ma tante baisser le son de la télévision et changer le téléphone d'oreille.

— Key était… Elle s'est mis la pression. Elle ne savait pas qu'il y a des choses sur lesquelles on n'a aucune prise. Elle a plus ou moins endossé la responsabilité de la mort de Cameron, alors que ce n'était pas de sa faute.

— Attends, ce gosse est mort ?

— Oh, mon grand, sois respectueux. C'était l'ami de mon fils.

— Désolé. Pourquoi maman a voulu assumer une chose aussi terrible ?

— Elle savait que ça allait arriver, et ça n'a pas loupé. Ne me demande pas comment elle était au courant, parce que je n'en sais rien. Je n'ai jamais compris.

— Tata, c'est complètement absurde comme histoire.

— Écoute…

— Tu peux me donner le numéro de Treasure ?

— Non, Colly. Ce n'est pas une bonne idée. Elle a tourné la page. Je vais bientôt venir te voir, mon grand. On pourra parler.

Elle a raccroché. Une alarme de voiture s'est déclenchée dehors, le son s'est écrasé contre les fenêtres. J'ai abandonné le bazar que j'avais remis dans le placard de mes parents pour m'asseoir dans le salon et allumer mon ordinateur. Le bourdonnement bleu m'a submergé. Mes yeux étaient à vif, asséchés par l'écran. Est-ce qu'on peut changer ?

*

On faisait un bruit d'enfer dans le métro. Raven rejouait une scène de film, criant par-dessus le bruit. Le grincement du métal me faisait mal aux molaires, le froid aussi. J'ai passé les doigts dans mes cheveux emmêlés. C'était le printemps. Le soleil commençait à descendre et les réverbères s'allumaient à l'unisson. Raven pianotait furieusement sur son Sidekick. Quand j'ai jeté un coup d'œil, j'ai vu le nom de Zaire. Un sans-abri s'est mis à chanter, rivalisant avec le brouhaha du wagon. Il faisait rebondir contre sa jambe un gobelet en carton contenant quelques pièces de monnaie, comme un tambourin, et avançait dans la rame en boitant, d'une démarche qui m'évoquait une voix traînante.

On est descendus du métro à Court Street, on a traîné devant les commerces sur Fulton, les trottoirs illuminés par les vitrines des magasins. Des vendeurs avaient installé des tables le long des trottoirs et proposaient des encens et des cristaux, des livres autopubliés ou fabriqués chez un petit imprimeur local, des pierres et des bijoux en fil de cuivre ou en argent, des portants entiers de robes et d'écharpes. La nuit m'enivrait de sa musique, me faisait flotter à travers l'encens et les gaz d'échappement.

On s'est retrouvés sur l'esplanade qui surplombe l'East River, une nappe d'huile noire sous la lune blanche. En contrebas, une voie rapide étouffait le bruit de l'eau. Je me suis assis à quelques mètres de la promenade, me précipitant vers les bancs pour trouver une place. Raven s'est dirigée seule vers la balustrade et a regardé le rivage de l'autre côté du détroit, Manhattan comme autant de collines de lumières et de miroirs.

— Ma tante m'a contactée, m'a appris Raven. Elle veut me voir. C'est elle qui m'a placée dans une famille d'accueil. Je ne sais pas si je peux encore la regarder dans les yeux.

Elle m'avait toujours parlé de son séjour en foyer. Son frère avait sept ou huit ans de plus que nous, il nettoyait les tunnels du métro. Leur père était à Elmira et leur mère est décédée lorsque Raven avait six ans. Après quelques années chez leur tante, ils ont tous deux été pris en charge par les services de l'enfance. La sœur de leur mère ne se voyait pas élever des enfants à l'époque, elle avait ses propres démons. Raven s'était sentie abandonnée à la suite de cette décision. Le placement en famille d'accueil était un coup de dés, mais tout valait mieux que le foyer. Son premier souvenir, ou en tout cas ce qu'elle pensait être son premier souvenir, c'était sa mère qui lui chantait une chanson et la pluie qui tombait à verse dehors.

— Donne-lui une chance, lui ai-je conseillé. Pour mettre tout ça derrière toi.

— La première fois où j'ai essayé de la revoir, je n'ai même pas réussi à frapper à sa porte. J'ai attendu une demi-heure dans le hall de son immeuble sans me résoudre à monter. Je n'arrêtais pas de penser au dernier jour où je l'avais vue, et à la femme à l'odeur d'huile essentielle boisée qui m'avait emmenée avec elle.

— Un jour, tu seras prête. Ça prendra le temps qu'il faudra.

— Et si je n'étais jamais prête ?

— Alors tu seras vieille et angoissée, ai-je plaisanté.

Elle a ri ; la mélodie s'est accrochée au vent, s'est envolée au-dessus de la circulation, au-dessus des vagues, avant de s'écraser. Elle a fait basculer Raven qui s'est retenue dans mes bras puis a levé les yeux vers moi. Mon corps était chaud et je sentais l'odeur de mes aisselles, une douceur emportée par le vent de la rivière. Raven se tenait dans la lumière du soleil descendant, sereine, regardant les ferries scintillants, le pont de Brooklyn.

*

De retour sur le devant de la cour, on buvait dans des gobelets en polystyrène provenant de l'épicerie. On mélangeait du cola C&C avec de l'alcool que le frère de Raven avait acheté et ça donnait une bonne mixture sucrée et épaisse comme du sirop ou une pâte collante qui me réchauffait le visage et le bout des doigts. Des voix volaient d'une fenêtre à l'autre, résonnaient au-dessus de nous. On a suivi le son. Tous les gens qu'on voyait se dirigeaient vers le parc, ayant capté la rumeur dans le vent ou l'éther. Il devait y avoir au moins une vingtaine de personnes. Un match amical s'était transformé en échange d'insultes. On pouvait sentir une tension certaine : des regards croisés, des rires mélangés à des paroles étouffées, une attente anxieuse. Tristan se trouvait assis sur un banc près de l'épicentre, tandis que son cousin faisait les cent pas devant lui.

J'ai laissé Raven s'asseoir sur le seul banc libre et j'ai regardé l'aire de jeu se transformer lentement. Des lycéennes, au milieu d'un pas de danse, tentaient de reconstituer une chorégraphie de mémoire et à l'aide de ce qu'elles pouvaient trouver sur YouTube. Deux femmes étaient en pleine conversation derrière les capotes des poussettes de leur bébé et observaient, tandis qu'une fille plus âgée que moi poussait un petit sur une balançoire. Près de la rencontre improvisée, loin de Tristan et de son chœur, des gens faisaient une partie de basket pour de l'argent. Il y avait un jeune de mon âge, trapu, avec des tatouages mal faits sur l'avant-bras et la poitrine. Son visage était rond, quelconque, on y lisait comme dans un légume ouvert. Il s'est dirigé vers la sortie du parc, a traversé le terrain l'oreille collée à un gros téléphone Nokia. Une alarme de voiture s'est déclenchée.

J'ai vu que Zaire nous observait depuis l'autre côté du parc, au milieu du vent qui agitait les tilleuls, les cigales qui ronronnaient. Au-dessus de la tête, il portait un masque de Scream qu'il a abaissé devant son visage en marchant vers nous. Lorsqu'il s'est approché du garçon tatoué, il marchait penché en arrière et a surpris sa victime d'un coup de poing en pleine figure. Un claquement humide, la mâchoire s'est brisée. Le gamin s'est plié en deux, le sang se mélangeait à la terre et se répandait comme une rivière. Zaire s'est baissé et a de nouveau cogné. Sa main frappait comme on bat un tambour, faisant gicler le sang de la tête de son adversaire. Pendant un moment, le garçon n'a pas bougé, une nature morte de chair prune. Les autres garçons ont commencé à monter en pression les yeux rougis par le malt et le fait d'avoir maudit le ciel. Tristan a gueulé de son côté et le groupe lui a répondu. Ils se sont rapprochés de Zaire et ont crié son nom en signe de victoire. Il était en train de disparaître dans la foule, happé de toutes parts. Pourtant, il a réussi à se détacher de la masse. Une fois qu'ils l'ont lâché, ils se sont mis à poursuivre les membres du gang rival qui s'enfuyaient à toute vitesse. À ce moment-là, Zaire avait déjà disparu, en direction des aciéries et des entrepôts. Je me suis éclipsé de la même façon.

*

Le bord du monde. De l'autre côté du cinéma, à l'est des gratte-ciel et du dépôt ferroviaire abandonné, il y avait une série de rues sans trottoirs. J'ai traversé le boulevard à huit voies et me suis discrètement avancé vers cet endroit. Il y avait une pente raide, le chemin menait sous la terre et le béton. Des palissades couraient le long de l'herbe, des barrières rouillées, bardées de graffitis et tordues, sortaient des broussailles au milieu des arbres bancals. Des bruits de pas derrière moi m'ont fait sursauter, alors j'ai tourné la tête. Des chevaux. Deux cow-boys, aussi noirs que l'enfer, m'ont regardé en passant. Leurs montures à la robe rouge terre trottaient le long de la glissière de sécurité centrale de l'autoroute.

Des maisons sans doute blanches à une époque avaient bruni, tandis que d'autres affichaient un violet délavé ou une couleur pêche passée. Certaines avaient l'air totalement abandonnées, la végétation sortait de leur porte et de leurs fenêtres condamnées. D'autres avaient disparu, ne laissant derrière elle que leurs fondations en béton au milieu de touffes de vieux gazon. Les mauvaises herbes, les arbustes et les ronces envahissaient les clôtures en acier. Des volées d'oiseaux partaient des cyprès pour se poser sur les fils téléphoniques, leur chant résonnant dans l'air mort. Les trottoirs avaient disparu, ne laissant que l'asphalte et les broussailles sauvages. Les maisons où vivaient encore des gens avaient un jardin ou un bosquet plein de marguerites. Au bout de la rue, une baraque faisait office de garderie. Les enfants qui en sortaient se dirigeaient vers leurs parents, roulaient en tricycle en décrivant des cercles irréguliers.

The Hole était un quartier proche de la nappe phréatique, pratiquement sous le niveau de la mer. Il retenait l'eau comme une cuvette et était inondé en permanence. Des familles y vivaient jusqu'à ce qu'elles n'en puissent plus, passant souvent des mois sans eau potable ni système d'évacuation viable. Elles emballaient alors leurs affaires et se réfugiaient ailleurs, loin de là. La Ville ne savait pas dans quel sens découper le quartier et n'arrivait pas à décider s'il faisait partie du Queens ou de Brooklyn, s'il se trouvait à Lindenwood, à Ozone Park ou à East New York. Le plus probable, c'est que personne ne voulait en assumer l'entretien, ni endosser l'échec lamentable vis-à-vis de ses habitants.

De grandes étendues de roseaux en fleur. Une Lincoln grise, sans vitres, nageait dans une fosse pleine de boue et d'eau stagnante. Au-dessus d'elle, un saule s'étendait, des vrilles vertes s'étiraient dans tous les sens. J'ai marché jusqu'à la terrasse couverte d'une maison en train de couler. Elle était encore humide, des moisissures malmenaient l'isolation à l'intérieur des murs, les coins du plafond, les lattes du plancher. Des guêpes s'agitaient au-dessus de la terrasse, des nids devaient se trouver quelque part à proximité. À l'intérieur, je me suis glissé dans un salon-cuisine qui donnait sur un escalier fendu par le milieu. J'ai jeté un coup d'œil dans la cage d'escalier, par-dessus la rampe fissurée, sur un palier sombre inachevé. Des ombres ont filé en vitesse sur le mur. J'ai cru entendre des pas. Je me suis dit que j'étais en train de violer l'intimité de quelqu'un… quelqu'un que je ne pouvais pas voir, un moment du passé que je venais de percuter.

Cette fois, les pas étaient réels. J'ai fait demi-tour et j'ai quitté la maison, je suis sorti sur la véranda où j'ai retrouvé Zaire. Il fixait mes pieds, de la fumée s'échappant de ses doigts. Il a tiré sur une braise incandescente qui a rougeoyé avant de se transformer en cendres.

— Chouette baraque, ai-je déclaré.

— J'avais envie de mater un film. Je suis venu ici. Ma famille avait l'habitude de venir voir les chevaux de temps en temps. Je n'ai jamais vraiment apprécié l'odeur.

Il m'a passé le joint, qui répandait un parfum enivrant et doux.

— Les flics ne viennent jamais ici. Personne ne vient ici. Tout le monde fait comme si le coin n'existait pas. Ils enterrent des corps ici. La mafia. Les gangs. Les flics. Dans les décharges, le long de la côte. Tout le quartier est un immense cimetière. Une fosse commune. Qui peut vivre ici ?

La fumée était chaude dans ma bouche, ma gorge et me faisait tousser à en cracher mes tripes. Le sang m'est monté à la tête.

— Il m'a dit qu'il pouvait nous aider.

Zaire a tiré une taffe. Il parlait de Tristan.

— Mon père en a besoin.
— Alors c'était une épreuve initiatique ?
Il n'a pas répondu. J'ai regardé ses yeux comme des vitres noires et j'ai vu des lumières s'y refléter, peut-être celles des maisons ou du restaurant de l'autre côté de la route à six voies. Un avion gravait son sillon dans le ciel, en direction de JFK, son moteur déchirant l'air comme un coup de tonnerre.

*

Le chagrin était envahissant. De la taille d'une grosse planète, avec une lune et des étoiles, gravitant autour d'un soleil. Une présence pas évidente à supporter. Zaire et moi, on a regardé *Juice* et *Paid in Full* pour la cinquantième fois environ ; on passait les DVD piratés à l'alcool lorsqu'ils sautaient. Lui s'est endormi dans le canapé dès que sa tête a basculé en arrière. Les étagères ont tremblé quand quelqu'un a claqué sa porte dans le couloir et martelé le sol à la manière d'un régiment quittant l'immeuble. Mon estomac a poussé un cri. J'ai fermé les yeux, essayé de l'ignorer. Au creux de mon ventre vide béait un trou qui me menait vers le néant. Ce trou m'a fait prendre conscience de mon corps et de ses manques, m'a permis de réaliser à quel point je négligeais mon enveloppe charnelle. Ça m'a poussé à me mettre devant un miroir ; j'ai passé mes mains sous mon T-shirt, les ai fait glisser sur mon ventre. Mes côtes ressortaient comme la carcasse métallique d'un vieux micro de Frank Sinatra. Mon ventre a de nouveau gémi, cette fois on aurait dit une source souterraine. Le trou ne menait nulle part – le noyau fissuré d'une planète. Sur mon bureau, j'ai parcouru les liens sur la page de Naima. Son blog était constitué d'essais et photos de galeries d'art :

*Dans son essai intitulé « La logique du modernisme », Adrian Piper affirme que l'art européen/occidental possède quatre propriétés interconnectées : la nature appropriative, la conscience de soi, la conscience sociale et le formalisme. Elle affirme que le formalisme, et plus particulièrement le formalisme greenbergien, n'a pas cherché à usurper les autres propriétés jusqu'à ce que l'on atteigne l'atmosphère culturelle de l'Amérique d'après-guerre du XX*e *siècle, où il devient le fondement d'un argument qui souhaite limiter la fonction sociale de la culture visuelle, un médium extrêmement puissant, par des méthodes de dévalorisation et de différenciation. Il devient l'appendice théorique de « l'art pour l'art », dans l'obsession de ses qualités formelles et de sa composition. Une dichotomie se crée entre ce qui est considéré comme le grand art et les arts mineurs.*

Le formalisme, comme le décrit Piper, « est une conséquence directe de son caractère appropriatif », puisque la valeur est placée autour d'un contenu qui semble plus abstrait, désintéressé et détaché de toute signification. Les propriétés formelles sont devenues le contenu, au lieu que la valeur soit dérivée de ce que les propriétés formelles représentaient. Cependant, ce détournement conscient du sens présuppose que notre « principale préoccupation cognitive en tant qu'êtres humains, quel que soit le contexte culturel, est de discerner le sens ». La plupart des choses que nous pensons définir ou dont nous pensons tirer un sens sont déjà organisées au sein d'une structure institutionnelle dotée de pratiques et d'objectifs inhérents.

C'est la raison pour laquelle les œuvres de la diaspora sont souvent négligées par le sérail, en raison de leur agenda social présumé, et sont donc considérées comme de la propagande, ou comme n'étant absolument pas de l'art. La rationalisation selon laquelle le contenu politique est incompatible avec « l'objectif supérieur de l'art » a agi comme une forme d'autocensure parmi les artistes. Il s'agit d'un programme politique qui entrave « l'instrument le plus puissant du changement social – la culture visuelle… » et qui rappelle le maccarthysme et le discours de l'époque à laquelle Piper écrivait, c'est-à-dire des années 1980 au début de…

J'ai entendu des sirènes dehors, une plainte qui s'est rapprochée jusqu'à ce qu'elle m'enveloppe. Puis elles ont disparu. La télévision diffusait un bleu moite. C'était dur, on aurait dit de l'aluminium, et les yeux me brûlaient dans l'obscurité. CW était allumée, le journal du soir. La chaîne s'appelait UPN avant. « Les infos d'Un Petit Nègre », disait mon père en plaisantant. La 9 était censée s'adresser aux Noirs. Ce soir : des associations du Bronx luttaient contre un promoteur privé qui avait racheté la Kingsbridge Armory. Hausse des prix du pétrole. Le parti démocrate était ruiné. En Californie, un panel de trois juges pourrait se pencher sur la question des prisons surpeuplées et libérer des dizaines de milliers de détenus, principalement des Noirs et des Hispaniques. Mlle Moore ne cessait de répéter que notre système scolaire public corrompu était de mèche avec les prisons privées. Elle disait que le nombre de lits en taule était basé sur les résultats scolaires, et ce dès le primaire. Je ne savais pas que les prisons pouvaient être privées.

Quelqu'un à l'étage n'a pas retenu sa porte et ton étagère a encore tremblé. J'ai tiré un livre du milieu, l'ai débarrassé d'un coup de main de la poussière et des morceaux de sciure. Je l'ai ouvert, et j'ai relu *Les Mangeurs de sel* à la lumière de ta lampe de chevet préférée. Au plafond, les ombres ont pris des formes indescriptibles. J'ai eu froid à nouveau, mon visage s'est couvert de sel et j'ai senti que tu étais proche. Je ne savais pas où, alors j'ai fouillé l'appartement, jeté un coup d'œil dans ta chambre. Rien. De retour dans le salon, j'ai tendu les mains pour me frayer un chemin à travers l'obscurité. Quand je suis passé devant un miroir, j'ai vu un scintillement argenté. Pourtant il n'y avait personne, à part Zaire. Depuis le clic-clac, il m'a regardé, les yeux écarquillés puis a bâillé avant de se recoucher, tout habillé sous sa couverture.

*

Ce premier samedi d'août, pour Boulevard Day, ils ont coupé l'avenue Van Siclen entre Ashford et Stanley ; il y avait des voitures de police et des barrages routiers avec des flics en patrouille aux carrefours. Presque tout le monde s'affairait devant un barbecue et, entre l'association des locataires et la maison de quartier, Zaire et son père, les dizaines de familles qui faisaient des grillades devant leur porche, sur les trottoirs, derrière les barrières de la cour de récréation, un nuage de fumée et d'épices flottait dans l'air au-dessus de nous tous.

Zaire, parti le matin et revenu à midi, était en train de s'escrimer contre ma porte d'entrée. Il passait plus souvent chez moi. Il avait soudain de l'argent à donner à ses parents, à qui il a expliqué qu'il avait trouvé un travail après l'école pour les aider. Il gardait une balance chez moi, débarquait avec des sachets d'herbe coincés sous l'élastique de son caleçon. On restait éveillés toute la nuit, l'appartement embrumé par la combustion des feuilles à rouler, à regarder des films, à raconter des histoires ou à regarder des filles sur Myspace et ce nouveau truc appelé Facebook. De temps en temps, il répondait sur son téléphone à clapet et se levait dans l'obscurité, sa tête immense recouverte d'ombres sous la lumière bleue, puis il glissait jusqu'à la porte et disparaissait des heures. Je m'attendais à d'autres éclats de violence, à ce que le soleil déchire le ciel.

Dans la rue, des gamins faisaient du vélo ou se couraient après, entraient et sortaient subrepticement du champ de vision de leurs parents. Ils caressaient des chevaux amenés du ranch situé à moins d'un kilomètre de Linden, près du cinéma, là où le terrain était devenu marécageux et où des cow-boys noirs (qui possédaient six ou sept chevaux) l'entretenaient pour qu'il reste vert. Des enfants un peu plus âgés sautaient dans un grand château gonflable en s'élançant aussi haut que possible. Il avait été apporté par M. Magic, un type dont la publicité à la télévision locale l'avait rendu célèbre auprès des petits. Ces derniers se faisaient peindre le visage ou riaient de ses sculptures de ballons. Nous, les enfants les plus âgés, on se retrouvait près de la fumée des grils, autour des terrains de sport et sur des bancs le long des trottoirs. Ceux qui avaient le permis zonaient près de leur voiture garée, à écouter la radio ou à enchaîner les mixtapes qu'ils s'étaient procurées près de Jamaica Avenue ou de Broadway. Plus tard, ils se retrouveraient dans un petit appartement où tous les meubles seraient entassés dans le fond. Les gens entreraient et n'en sortiraient que pour taper des clopes sous la lune inclinée. Je n'avais pas vu Raven de toute la journée. Une heure avant que ses filles se produisent, elle m'a confié être anxieuse. Elle n'était pas sûre que son spectacle soit assez bon, ni que ses élèves aient bien intégré leur chorégraphie.

Puis le moment est arrivé… les filles se balançaient et s'agitaient tandis que Raven essayait de les canaliser. Quand c'était impossible, elle leur disait de respirer avec elle, d'inspirer et d'expirer jusqu'à ce que la musique commence et qu'elles se mettent à compter. Dans leur danse, leurs corps devenaient des papillons et des taureaux, parlaient au bleu des rivières, adressaient des signaux au ciel, rebondissaient en harmonie. Certaines filles oubliaient leurs mouvements mais gardaient le rythme, déjà prêtes à enchaîner le pas de danse suivant. Raven souriait à celles qui la cherchaient des yeux avec insistance. Les autres s'en tiraient haut la main et regardaient le public ; Quay avait les paupières fermées comme si elle était seule dans sa chambre. À la fin, tout le monde a applaudi, sifflé et braillé tandis que les gamines souriaient, triomphantes, et se balançaient timidement, les mains derrière le dos. Quay a fait une révérence, comme si elle en avait l'habitude. Les enfants ont tous couru vers leurs parents et Raven est allée parler au directeur de la maison de quartier. Je suis resté jusqu'à ce qu'elle ait fini. Entre-temps, Zaire s'était éclipsé, il avait probablement retrouvé une connaissance dans la foule.

Le diable n'a pas besoin d'aide

Key, 1990

Pendant des années, Vladimir Nabokov a consigné ses rêves par écrit. Le matin au réveil, il les notait sur les pages d'un journal ou sur ce qui lui tombait sous la main. Il voulait suivre leur évolution sur des jours et des jours, observer les thèmes récurrents, la façon dont ils se manifestaient dans la réalité, toutes les contradictions. Il a rêvé qu'il couchait avec sa sœur, je ne suis pas certaine de savoir ce que cela dit de ses thèmes de prédilection, mais les rêves peuvent être un patchwork de souvenirs et de prémonitions, une prolepse dans le temps, capable d'apposer ce qui était à ce qui est et à ce qui sera. Le temps ne se déplace pas dans une seule direction, mais il tourne en boucle comme la bobine d'une cassette qu'on enroule avec le capuchon d'un stylo, de manière récursive. Pavel Florensky a parlé des « deux mondes – le visible et l'invisible », de la façon dont « la frontière de leur contact surgit inévitablement. Elle les divise tout en les unissant. »

Ce jour-là, je me suis vue en train de faire des choses habituelles : des trucs pour le boulot, des trucs pour Mamoune et sa soirée jeux à la maison de quartier, avec au loin l'eau qui coulait sur la vaisselle, le jazz insipide au téléphone pendant que j'attendais de parler à quelqu'un de l'assurance maladie au sujet de mes mensualités. Par contre, je n'ai pas senti mon sang affluer au niveau des mollets après avoir gravi les marches amenant aux voies surélevées. J'ai seulement entendu le métro passer comme à travers une bouteille, le nez et les oreilles bouchés. Il me manquait des morceaux, des moments qui ne semblaient pas liés entre eux, mais j'étais là de toute façon, mon corps, un pont entre les occurrences. Je ne me souviens pas du trajet, mais je me rappelle être descendue du métro à la station Van Siclen. Je ne me souviens pas d'avoir parlé à un conseiller au téléphone, mais je me souviens de la musique, de raccrocher et que la vaisselle soit faite. Je me suis demandé où étaient passés ces moments perdus, s'ils m'appartenaient. M'emmenaient-ils ailleurs et laissaient-ils mon corps se débrouiller seul, zigzaguer vers son destin ?

J'ai fait des courses pour me changer les idées, en baskets et les cheveux attachés. Je suis descendue du métro quelques arrêts avant ma destination, à la station Rockaway Avenue, pour le plaisir de déambuler sur Pitkin. J'ai sautillé de vitrine en vitrine. Les filles arboraient leur nom en petits diamants autour du cou et sur les oreilles, achetaient des jeans de la marque Guess et se tatouaient le prénom de leur mère ou de leur fille sur le haut du dos, sur le cou. Des garçons du quartier, du fin fond de Brownsville, gardaient deux bipeurs sur eux, portaient d'imposants cuirs et vendaient du crack depuis la maison de leur oncle ou de leur *tía*. Au carrefour, la seule banque coopérative à des kilomètres à la ronde. La rue s'est transformée en marché, des chariots ambulants et des vendeurs peuplaient les trottoirs de la grande avenue. Des inconnus pouvaient partager un moment sur les stands, convenir du prix de cassettes pirates ou de flacons d'eau de Cologne directement tombés du camion. Les gens se regroupaient ou passaient leur chemin. Ils portaient au choix : un superbe sweatshirt bleu des New York Rangers, un polo Ralph Lauren, une casquette des Jets, une gavroche rétro, un chapeau Kangol, une jupe en daim descendant jusqu'aux genoux, un costume en velours ou seulement un pantalon de costard avec l'ourlet jusqu'à la cheville, un pardessus ou un sweat tout simple, un chemisier en soie à motifs floraux ou un col roulé qui s'arrête au ras de la mâchoire. Des Penny Hardaway ou des Fila blanches. Les Nike Pippen avec AIR sur le côté, ou les Griffey avec la bulle en dessous. Parmi les vieux briscards en Lincoln, les syndicalistes en triste Hyundai, les ouvriers dans leur Ford, il y avait des Range Rover et des 4Runner carrées avec des jeunots accrochés à leurs flancs. Le B13 a bruyamment expectoré, relâchant ses gaz d'échappement le long des trottoirs inclinés. On entendait le Q8 au loin, un grognement sourd à deux rues de là.

Je me suis dit que j'allais surprendre mon bien-aimé en arrivant un peu plus tôt que prévu. J'ai fait quelques courses au supermarché pour nous préparer un bon repas. J'étais sûre de réussir mon coup avec des légumes verts et ce que le gentil monsieur au comptoir débitait ce jour-là, vendu à la livre. De la bavette, en l'occurrence. J'avais besoin de m'échapper, et choisir un plat parmi toutes mes recettes me paraissait une occupation à la fois méticuleuse et douloureusement séduisante. Mais attention à ne pas trop le gâter non plus ; pas question qu'il pense que j'allais lui faire des petits plats tous les jours. Il m'avait laissé une clé un peu plus tôt et je n'en avais guère profité. En ouvrant la porte, j'ai laissé tomber les courses que je nous avais achetées pour l'occasion.

Dante agonisait dans le canapé devant moi, ses membres repliés s'étiraient dangereusement. Je l'ai vu vomir, essayer de parler, mais tout ce qui sortait, c'était le gazouillis d'un liquide, une noyade fiévreuse dans les profondeurs d'un cénote, d'un puits enfoui au fin fond d'une grotte. Je suis restée sans bouger pendant un long moment. Ma bouche s'asséchait, un nœud se serrait autour de ma gorge. J'ai prononcé difficilement son nom, je l'ai craché comme de la poussière. De l'eau a jailli des parties tendres de mon corps ; sous mes bras, au creux de mes reins, aux coins de ma bouche. Jeune et mourant si vite – des caillots s'accumulaient autour de la blessure, de la chair et du sang partout. Une de ses joues était déchiquetée, la grande mâchoire que j'avais embrassée et sur laquelle j'avais passé le bout de mes doigts était à présent tordue, couverte de sel et de sang frais, qui coulait le long de son visage, de son cou, de mes mains, s'infiltrant à travers sa chemise froissée. Les molaires au fond de sa bouche avaient explosé. Ce qui restait, c'était des morceaux, de minuscules éclats tachés de rouille, et quand je touchais Dante il grimaçait douloureusement en montrant les gencives. La sueur et les larmes, mêlées au rouge sombre qui dégoulinait de son bouc, avaient transformé son visage en un masque lisse. Je regardais les lésions de la peau, celle de son épaule et sous son col, de la taille d'une pièce de dix cents. J'avais la gorge sèche, mais je ne faisais que répéter son nom, encore et encore, sans personne pour me soutenir. J'essayais d'apaiser ses gémissements, regardais ses yeux entourés de rose, les larmes qui coulaient le long des fissures de sa peau plissée. Elles rejoignaient le sang comme pour former une muselière de cuir lisse. Une sirène m'a sortie de ma torpeur et je me suis précipitée sur le téléphone. Il ne tenait pas entre mes mains, glissait dans le creux entre ma joue et mon épaule. J'ai appuyé sèchement sur les touches, les ai maculées de sang. « Allô, les urgences ? Il y a, j'ai besoin, vous pouvez ? 897 Schenck. La victime ? Oui, il est… » Je me suis tournée vers lui.

Rien. Le canapé était vide, tout était tranquille. J'ai lancé les bras dans le vide devant moi. L'endroit où gisait Dante était dépouillé du corps expirant dont je me sentais encore couverte. Le téléphone qui avait rempli la pièce de cris lointains jusqu'à ce que la communication soit coupée m'a semblé bien inutile alors que, m'échappant des doigts, il frôlait ma jambe.

J'ai vomi dans les toilettes. Une bile épaisse m'a projetée au sol, m'a forcée à me tenir à proximité de la cuvette, où je faisais un bond à chaque tremblement. Des hoquets violents m'ont noué l'estomac et serré les côtes. Lorsque la dernière salve s'est échappée de moi, flottant de sa couleur pâle, je me suis allongée sur le tapis, transpirante et frigorifiée. J'étais incapable d'ouvrir la porte, je ne pouvais pas risquer de le voir là, aussi réel qu'il y a quelques instants, un corps ravagé, les articulations tordues d'une main arthritique. J'étais terrifiée. Couchée en boule près des toilettes, entre le tapis moelleux et le carrelage froid de la salle de bains, je me tenais recroquevillée sous le lavabo.

*

Deux Blancs entrent dans un bar, un Allemand et un Français. En vrai, ce serait plutôt dans un auditorium ou une grande salle, mais avec un bar ça fonctionne toujours mieux quand on raconte une anecdote. Ils parlent du temps. Ils se chamaillent. L'Allemand pense qu'il y a le temps tel que le connaît notre corps : nos calendriers, les projets enthousiasmants que nous faisons le week-end, le réveil que nous claquons violemment tous les matins. Cette conception ne parle pas au Français. Il pense que cela prive le temps de ses nuances, de son lien inhérent avec l'individu. On fait partie de sa définition même car il existe aussi dans nos têtes. Le vendredi, on a l'impression que la journée de travail refuse péniblement d'avancer. Un trajet de métro entre Brooklyn et Harlem passe si rapidement qu'on doit se précipiter vers les portes qui se referment lorsqu'on réalise qu'on est arrivé à l'arrêt. Une nuit peut simultanément se contracter et se dilater comme une étoile mourante.

Dante avait dû me trouver dans la salle de bains et me porter jusqu'à son lit. Ça ne passait pas.

Parfois, à la suite d'épisode similaires, je sentais la vie quitter mon corps. Je m'éloignais. J'avais envie de tout envoyer promener. Je me réveillais et sentais que ce n'était pas la peine de sortir du lit : j'avais seulement envie de m'étendre nue, en ne pensant qu'au bourdonnement statique de la radio.

Dans la chambre de Dante, j'ai demandé à Mme Pat, vénération des saints, de venir me guider, m'expliquer ce qui se passait en moi.

— Oh, Seigneur ! s'est-elle exclamée. Que faites-vous ici ?

— Je ne comprends pas ce qui m'arrive.

Je lui ai raconté ce que j'avais vu, mais dans le fond c'était inutile. Si pour elle le temps fonctionnait comme je le soupçonnais, c'est-à-dire qu'il n'avançait pas et que tous les événements se déroulaient sans ordre séquentiel, elle savait certainement déjà que cela arriverait.

— Alors, Dante va peut-être bientôt passer l'arme à gauche, a-t-elle répondu. Peut-être.

— Je me demande comment je pourrais le savoir.

— Il vaut mieux ne pas s'embêter avec ça.

— Je ne devrais pas m'embêter avec ça ? me suis-je emportée. Et si je le quittais et que j'attendais que ça passe ? Je pourrais rencontrer un beau docteur. Ou un gentil anesthésiste.

— Si c'est ce que vous voulez.

— Vous savez bien que non.

— Vous pouvez voir les gens qui sont morts dans le passé quand bon vous semble. Qu'est-ce qui vous a fait croire que vous ne verriez jamais dans le futur ?

— Il faut que je parle à la femme aux huîtres.

— Cara ? Elle ne parle que par énigmes, s'est-elle plainte. Je n'ai pas de temps pour ça.

— Je pense que vous avez largement le temps.

Dante était dans le salon, au téléphone, en train de passer en revue sa collection de vinyles. Il écoutait la chanson « Adore » de Prince. Je suis entrée d'un pas lourd, enveloppée dans le drap de son lit, encore un peu étourdie, et totalement affamée. Il portait un coupe-vent Sergio Tacchini flashy et un pantalon de survêt assorti. Il m'a informée qu'il devait aller voir Unique sur Elton Street. Vite fait. Je lui ai répondu que je devais l'accompagner.

— Je viens de te trouver évanouie sur le sol de la salle de bains, m'a-t-il rappelé et j'ai baissé les yeux sur mes pieds nus. Tu devrais te reposer un peu.

— Tu as dit que ce serait rapide.

— Il va y avoir plein de monde, Key.

— Ça ne me gêne pas. Tant que je t'ai sous les yeux.

— Tu ne veux pas qu'on parle de ce qui s'est passé ?

— J'ai eu un vertige, c'est tout.

— Je ne suis pas sûr que ce soit tout.

— Ne t'en fais pas pour moi, vraiment, ai-je conclu en pensant : *Tu devrais plutôt t'inquiéter pour toi.*

*

Nous sommes restés silencieux pendant le trajet. Dante voyait bien que je lui cachais quelque chose, c'était flagrant à présent, mais il n'insistait pas. Peut-être parce qu'il n'avait pas envie de devoir me révéler des choses à son tour. Nous ne parlions pas de nos occupations nocturnes, des départs abrupts, de nos bipeurs qui sonnaient la nuit. Il ne posait pas de questions sur ce que je faisais et je n'en posais pas au sujet de son deuxième bipeur, des appels téléphoniques à voix basse, des escapades étranges qu'il faisait dans le quartier. Pourtant il fallait qu'on se parle, sinon comment pourrions-nous nous approcher de la vérité ? Comment pourrions-nous avoir confiance l'un en l'autre ?

Unique était dehors, derrière une maison mitoyenne séparée en deux appartements. Des gens dans l'arrière-cour nous ont offert des mangues et de la pastèque jaune, les mains tendues – nous appâtant, nous accueillant. Ils nous ont proposé du pain au cacao et du riz sauvage, nous ont parlé dans une langue que nous connaissions depuis toujours, une mélodie qui a changé au contact de l'eau salée, en traversant l'Atlantique. Cette langue s'est arrêtée à de nombreux endroits. Elle est devenue un artefact, une carte mystérieuse, qui nous était propre sans réellement nous appartenir. Certains disaient l'avoir entendue remonter du fond de l'océan, de la bouche de compagnons qui battaient le tambour de l'insurrection. Ils avaient sauté par-dessus bord dans un suicide collectif sous le regard des contremaîtres. À la suite de leur soulèvement, le navire destiné à la capture et à la torture avait été renversé, devenant ainsi un portail étrange entre deux mondes. La mort et la résistance étaient devenues liées dans l'inimaginable Passage du milieu, l'époque la plus sombre de l'Amérique – de mon vivant, ç'avait été les années 60, le sida et le crack. La musique peut se révéler dangereuse car elle est insurrection, et la façon dont nous sautillons dessus peut s'apparenter au même suicide collectif. La musique est une pulsation provenant d'une salle de danse avec le DJ qui parle par-dessus les percussions, par-dessus le bluesman – un bonbon enivrant. Elle fait trembler les murs de la cité, le châssis des Jeeps et des monospaces, murmure au creux de nos oreilles à des rues de distance, nous fait chercher le parc d'où elle vient, la fête de quartier qu'elle anime de son souffle.

Il y avait beaucoup de monde à la soirée d'Unique. Raina, de Southside Jamaica dans le Queens, portait par-dessus son trench en cuir le manteau de vison sans manches le plus cool que j'aie jamais vu, et deux ou trois bagues à chaque doigt. Elle avait la première gourmette personnalisée sur laquelle j'ai eu l'occasion de poser les yeux, c'était habituellement réservé aux colliers ou aux bagues. Jackie Rowe possédait un sac à main Fendi différent pour chaque jour de la semaine. Je l'avais vue avec Shabba Ranks au Love Peoples ou au Q-Club dans le Queens, des boîtes où j'ai souvent été la seule Américaine. Denese et Mlle Dolly étaient toutes deux originaires de Guyane et portaient des tenues assorties lorsqu'elles sortaient, soit des robes moulantes dos nu, soit des bodies sous des manteaux de fourrure. Denese était de la cité HLM Vanderveer et Mlle Dolly venait tous les week-ends de Washington. Toutes les deux avaient des dents en or et des bracelets faits du même métal autour des poignets. J'aimais beaucoup Mlle Dolly, à cause de son accent de la région de DC. Ana était la première fille que j'aie vue s'activer sur une moto, en pleine Franklin Avenue. Parfois, elle attachait un drapeau panaméen à la poignée droite de sa bécane. Elle mettait le feu au stade de base-ball d'Ebbets Field, portait un énorme médaillon en or sur une chaîne cubaine qui tombait sur sa veste. Nelly G., une autre fan de base-ball, disait-on, portait une paire de boucles d'oreilles en bambou, des pendentifs en forme de pyramide et des bagues incrustées de diamants. C'était la meilleure dans son genre. Elle volait des bijoux et les revendait un peu moins cher que le prix du marché. Ses préférés, elle les emmenait à Harlem, à la boutique de Dapper Dan, pour qu'il les recouvre de monogrammes Fendi ou Gucci. Il y avait aussi Evelyn, Mama, Lady Outlaw, Lollipop et sa sœur Callita – les Lady Homicides. Il s'agissait d'une division des Crazy Homicides, créée à Coney dans les années 80, des femmes généreuses, mais très dangereuses. Les Outlaws avaient des factions réparties dans toute la ville, principalement à Coney Island et dans l'Est, mais leur influence se faisait aussi ressentir sur Park Slope et Sunset Park.

Dante connaissait Unique, moi je connaissais sa femme, Deb. Les garçons n'avaient jamais travaillé ensemble, Unique fournissait les rues entre New Jersey Avenue et Dumont, son domaine de petites maisons mitoyennes et d'immeubles en brique, mais ils échangeaient des histoires, des secrets professionnels même, parlaient avec exaltation d'eux et de leurs morts. Deb et moi avions besoin d'un verre, d'un grand cocktail à base de vin ou d'un daïquiri, et nous avons discuté du quartier : des filles se retrouvaient prises au piège, dépassées par les événements, sans rien à quoi se raccrocher, leur porte enfoncée et leur appartement mis à sac, sur quoi elles finissaient enchaînées et emprisonnées, ou leurs enfants leur étaient enlevés pour être placés dans des centres d'hébergement, la Nycha leur retirait leur bail et elles étaient forcées de retourner vivre chez leur mère ou de trouver une place dans un refuge. Tout ça parce qu'elles étaient embringuées par un homme et ses combines, entraînées dans son orbite ; elles entraient en collision avec des forces incontrôlables.

À la soirée d'Unique, les gens entraient et sortaient, la peau marbrée et en sueur, à la recherche d'air frais. Tout le monde taxait des clopes, roulait du hash ou de l'héro dans de fines feuilles. Le sol était taché de bière et de tabac de cigare.

Lorsque je suis retournée à l'intérieur, une foule s'était rassemblée au fond de la pièce. J'entendais les conversations animées par le malt par-dessus la voix de Lady Saw. Nous nous déhanchions. Je regardais la foule, suppliant pour qu'on me reconnaisse. Puis, comme un trou percé dans une pièce sans air, la musique nous a rassemblés et nous avons chanté en chœur.

Nous portons l'histoire de la violence comme une peau. Nous la portons sur nous, nous l'enfilons comme un sous-vêtement et nous l'affichons devant tous. Sara Ahmed parle d'une histoire immobile. Le moment précédant les rafales de vent qui éparpillent des feuilles sous nos Adidas ou nos Doc Martens. Les corps marqués de nos aïeux rappelaient le labeur et le fardeau, mais aussi la résilience et la joie. Je me sentais liée à eux, je les voyais aussi nettement que la femme à côté de moi, l'expérience de la violence à travers l'espace-temps qui nous rassemblait. C'était incarné, inhérent à cet état fragile du présent, à d'autres moments, à d'autres époques, à d'autres mondes.

Ces corps me revigoraient, leurs sons me vivifiaient – la chaleur et la peau en sueur qui brillait sous la lune.

Tout cela semblait trop fragile. J'ai rejoint Dante par un couloir étroit. Il m'a demandé ce qui n'allait pas.

— Je n'y arrive plus là, lui ai-je avoué.

— On peut s'en aller.

— Non, je te parle de toi et moi.

Il m'a regardée longuement, repassant peut-être ma voix dans sa tête pour s'assurer qu'il avait bien entendu.

— On devrait rentrer, a-t-il fini par dire.

*

C'était injuste d'interroger Dante à propos d'un rêve, de quelque chose qui pouvait aussi bien être réel que complètement fantasmé, de m'inquiéter au sujet d'événements qui se produiraient ou non. Je l'ai quand même coincé. « Non, Key, je ne vois pas de quoi tu parles. » Son entêtement, sa respiration dans son sommeil et son ombre me rappelaient ma mère. Il s'est assis à côté de moi et j'ai senti sa chaleur, emprisonnée dans sa chemise et sous sa ceinture.

— D'où tu tiens cette histoire ? m'a demandé Dante.

— Je ne sais pas comment te l'expliquer.

— Sois franche.

Au début, je n'ai pas vraiment su par quel bout commencer. Je lui ai parlé du rivage, de Mlle Pat et de son fils. Je lui ai parlé du bébé de Treasure et du fait qu'il serait mort dans quelques années, de la mère de Stephanie et de tout ce qui me venait à l'esprit. Je lui ai parlé de mes rêves, de leur portée et de leur ampleur, du fait que je me retrouvais entre les lignes temporelles et que je pouvais voir la vie dans tous les sens. Il est resté assis là, à me regarder, puis a baissé les yeux sur ses genoux. Je lui ai tout déballé et je savais qu'il pensait que j'étais folle ou que je cherchais des excuses. Encore une nana parano, allait-il se dire avant de se barrer. Il raconterait à ses potes que j'étais folle, que je le réveillais au milieu de la nuit parce que j'avais rêvé qu'il était parti. *Ah ! les meufs, je te jure*, s'écrierait un des gars de la bande avant un soupir collectif. Pourtant, ce n'était pas méchant : on pouvait réveiller un homme au milieu de la nuit, fouiller dans ses contacts et regarder son bipeur, rayer sa bagnole ou brûler ses baskets, mais ce n'était pas méchant. Un homme jaloux peut obliger sa femme à rester à la maison, la menacer. Les femmes qui se font tuer sont généralement victimes de leur petit ami ou de leur mari pris d'un accès de rage ou de jalousie. Toujours est-il que j'ai parlé à Dante de la vision que j'avais eue quelques heures plus tôt.

— Ce n'est pas comme si je t'avais seulement vu mourir : j'étais présente, ai-je expliqué, incapable de cacher à quel point ça m'avait dévastée.

J'allais me lever quand il m'a touché la main.

— C'est comme un fantôme ? a-t-il murmuré dans l'appartement vide.

— C'est plus que ça.

— Qu'est-ce que tu ressens ?

— J'ai l'impression de traverser le temps, mais je n'arrive pas à suivre.

— La question n'est pas de savoir si tu arrives à suivre ou non. Le problème, c'est que tu n'arrives pas à vivre ta vie. Le reste n'a pas vraiment d'importance.

— Je dois te faire peur.

— Et pourquoi ça ?

— Les gens ont peur de ce qu'ils ne peuvent pas expliquer.

— Ce que tu as vu, ce n'est pas mon avenir, a-t-il affirmé.

Il était sûr de lui. Il s'est penché vers moi et m'a embrassée, délicatement d'abord. Puis il m'a attirée à lui.

— Je suis censé vivre avec toi dans cette vie, a-t-il soufflé dans ma nuque.

C'est ma mère qui m'avait appris à créer un foyer. Je le remplissais de choses qui m'étaient familières. Comme elle me l'avait montré. Des meubles de cuisine en stratifié qui ressemblaient à du noyer blanc, bourrés de conserves de maïs et de haricots rouges et noirs, de lait concentré, de semoule Cream of Wheat dans des boîtes défoncées, de sacs de riz complet. Une cuisinière avec ses grilles en fer et la rouille qui s'insinuait dans le fond. Le réfrigérateur était blanc mais couvert d'empreintes digitales. L'intérieur n'était pas plein : du pain de blé, de la charcuterie, un morceau de pastèque emballé dans du film plastique, des bocaux de condiments, des concombres et des gousses d'ail. Les tomates étaient restées sur la clayette du bas, flétries et desséchées. Il y avait des pousses d'épinards et des oignons verts. Mamoune conservait toujours ses œufs au réfrigérateur, je faisais donc pareil. Dans le congélateur, il y avait des fruits découpés, des bacs de crème glacée au beurre d'amande et des piles de viande crue, le sang congelé et durci sur le bord des emballages.

Seriez-vous prêt à vivre une histoire d'amour dont vous connaissez déjà l'issue ? Si d'une manière ou d'une autre vous pouviez avancer dans le temps et voir la durée de votre vie commune. Chaque parcelle de bonté, chaque parcelle de douleur. Observeriez-vous dans un état de stupeur granuleux, la langue sèche et collée aux gencives, votre partenaire se transformer en un monstre que vous ne reconnaissez pas – parce que vous, pas le vous du futur, mais celui du présent, ne l'aviez jamais vu sous cet angle ? Scruteriez-vous les facettes les plus crues de votre être ? La chair rouge et rose, ce que vous avez de moins glamour, de plus vulnérable. Préféreriez-vous oublier ce que vous avez vu, même si vous couriez à votre perte ? Arriveriez-vous à vous défaire de la violence d'être à la fois ici et là, conscient de chaque instant, aussi longtemps que durerait cette relation potentielle ? Huit mois ? Trois ans ? Une vie entière ? Pourriez-vous porter l'éternité avec vous, lourde et mouvante, alors qu'elle vous entraînerait avec elle ?

Je savais qu'il allait s'en aller même si nous étions des âmes sœurs. Lui, c'était un vagabond qui cherchait un foyer partout où il pouvait. Lorsqu'il ne se sentait plus chez lui, il faisait simplement ses valises. Pourtant avec moi, il n'allait pas partir physiquement, mais de la pire des façons. En s'accrochant à nos rires à la lueur du feu, aux formes que nous créions dans l'obscurité. Il allait vouloir jouir de ces moments, les retrouver au beau milieu d'une guerre.

Ça se passera une nuit où il pleuvra à verse. Il m'abandonnera au lit pour retrouver le brouillard dehors, où je ne pourrai pas le voir. Et j'entendrai tout. Un échange, une bagarre, et enfin la détonation d'un pistolet. Je l'entendrai passer la porte en trébuchant, j'entendrai les pieds du canapé racler le linoléum lorsqu'il s'effondrera. Mais j'étais prête. Je sortirai et je le verrai comme je l'avais déjà vu, mon bien-aimé, une belle âme trempée par la pluie.

La Fleetwood 96

Colly, 2010

Mon père et moi sommes liés par un terrible secret. Enfin, ce qu'il a fait n'est pas vraiment un secret. Maman, je suis sûr que tu étais au courant ; je vais te raconter ce que je sais, pour me faire pardonner de ne t'en avoir jamais parlé. C'est plutôt quelque chose d'inqualifiable, qui te fera plus de mal que de bien. Je m'étais trouvé un tas de raisons pour éviter d'aborder le sujet. Garder un secret implique une certaine allégeance envers la personne qui nous l'a confié. Ça faisait trois ans que tu étais partie, que nous étions tous séparés. Nous nous croisions de loin à présent, nébuleux, flottant aux confins d'une galaxie, de systèmes stellaires à des années-lumière de distance. Toya m'appelait toutes les deux semaines pour me dire de venir chez Nanou, ou bien je passais les voir pour leur donner de l'argent de la part de Pa. Certains jours après les cours, il se pointait devant l'immeuble, ou me laissait parfois marcher jusqu'à la bouche de métro avant de crier mon nom et de me dire de faire attention.

On était maudits dès le départ.

Nanou vivait à Canarsie, près de la station de lavage, du terrain de base-ball et de l'immense église (qui ressemblait à la Mecque – dressée au milieu d'un sable stérile s'étendant sur des dizaines de mètres à la ronde), sur la 108e Rue Est, dans la cité HLM Breukelen Houses, un grand ensemble baptisé d'après le premier nom de notre arrondissement au XIXe siècle, un terme néerlandais qui signifie « terre brisée ». Ça ne s'invente pas.

Chez Nanou, ma grand-tante Joyce avait sa propre chambre ; Toya partageait la sienne avec grand-mère depuis que la fille de Joyce, Fabienne, et ses deux enfants avaient emménagé là, et moi, j'occupais le canapé. Fabienne faisait dormir ses gosses dans la pièce du fond avec elle et son petit ami, Dude. Les deux cousins malmenaient la minuscule chambre à coucher, débordaient souvent dans le couloir et sur le petit terrain de jeu devant l'appart. Ce jour-là, je me suis réveillé avec Dude au-dessus de moi, mangeant des céréales dans un Tupperware.

— Je peux t'aider ? lui ai-je demandé.

Dude n'a rien dit, puis il s'est éclipsé dans la cuisine. Inutile de préciser qu'on était super à l'étroit.

Le matin bleu devenait chaud. Dans la cuisine, la voix de Nanou s'élevait au-dessus de l'eau qui coulait et des casseroles qu'on récurait. Les rideaux de l'appartement laissaient filtrer des rais de lumière. Lorsque je me suis enfin levé, Nanou était en train de mettre la table. Le crépitement de la graisse dans une poêle et la fumée qui se répandait dans la cuisine m'avaient manqué. Ça me faisait penser à nos petits déjeuners ensemble, avant que tu nous envoies précipitamment à l'école et que tu ne prennes le bus de 7 h 13 pour Rockaway Parkway. On mettait la maison sens dessus dessous, on éparpillait nos vêtements et nos chaussures, on se croisait dans la salle de bains, on se passait mutuellement de la pommade dans les cheveux jusqu'au jour où on a décidé de le faire seuls. Les stations de radio diffusaient les nouvelles du matin et je frappais à la porte de la salle de bains pour que Toya se presse. Quand on était petits, il m'arrivait d'entrer, de me brosser les dents pendant qu'elle se douchait dans un nuage de vapeur d'eau fumante. Elle affirmait qu'un des rares avantages à vivre en HLM était « qu'on ne pouvait pas faire payer l'eau chaude à maman ». Puis, dans notre petite cuisine, la lumière du soleil traversant la fumée des œufs au plat et de la viande, on oubliait tout et tu t'asseyais avec nous ; tu nous parlais de cette voix ferme qui me retenait à chaque mot. Tes paroles me happaient, me rendaient vivant. Je voulais retrouver ce moment, par petites touches – de la poussière dans la lumière. Je voulais que tu reviennes. Rien n'est pareil sans toi, maman.

— Elle a invité votre raté de père, m'a appris Nanou.

La remise des diplômes de Toya avait lieu quelques jours plus tard, ce qui venait couronner la frénétique série de lettres d'acceptation qu'elle avait reçues et sa décision d'entrer à l'université d'État de New York à Buffalo à l'automne. De mon côté, j'allais rentrer en première en septembre et Nanou me donnait déjà les vieilles brochures universitaires de Toya.

— Tu ne l'as jamais aimé, hein ? ai-je demandé.

C'était pas vraiment une question, mais plutôt une remarque basée sur l'observation.

— Tu m'étonnes ! Un type qui abandonne ses enfants au pire moment. Même pour du boulot, c'est pas une excuse. Pour moi, ça fait des années que c'est plus votre père.

— Mais même avant. Tu ne l'as jamais vraiment aimé.

— Y a des gens qui ont le chic pour faire les mauvais choix.

— Ouais, mais les gens font tous des erreurs, non ? ai-je demandé, et Nanou s'est retournée brusquement vers moi.

— Y en a qui le font exprès. Ils répètent sans arrêt les mêmes erreurs jusqu'à ce que les gens autour d'eux…

— Qu'est-ce qui se passe ici ? a lancé Toya depuis l'entrée voûtée de la cuisine.

Nanou grattait des œufs au fond d'une poêle et les faisait glisser dans des assiettes, en y incorporant les morceaux qui brunissaient sur le bord ; j'ai feint un regard d'excuse confus et Nanou a souri, puis secoué la tête avant de demander à Toya si elle était impatiente d'être à demain.

— Je sais pas. J'ai déjà commencé à faire mes bagages la semaine dernière.

Elle avait encore deux ou trois mois à passer à Brooklyn.

— Une étudiante ! Ta mère a seulement fait un semestre ou deux à City, c'est tout.

— Qu'est-ce qu'elle étudiait ?

— Je crois qu'elle-même ne le savait pas. Elle ne voulait pas vraiment y aller.

— Et toi, Nanou, tu as déjà pensé à aller à la fac ? a demandé Toya.

— Personne ne me l'a jamais proposé, a-t-elle répondu en tirant du feu une casserole de gruau de maïs et en en versant dans nos bols. C'était une autre époque. Quand j'étais jeune, on ne recevait pas les jolies brochures des universités. Tu devrais être ravie, ma chérie.

— Je suis ravie, a soupiré Toya.

Elle a regardé autour d'elle dans la cuisine. Il y avait des jardinières cabossées et des placards en vinyle qui ne fermaient pas. Le réfrigérateur s'écaillait sur les bords et la machine à laver, encastrée dans un coin, inondait parfois l'évier.

— Ça m'embête de te laisser, Nanou. Et Dieu sait ce que Colly va inventer. Je sais qu'il ne viendra pas te voir.

— Mais si, ai-je protesté.

— Et s'il arrivait quelque chose et que je ne puisse pas être là pour toi ? a renchéri Toya, m'ignorant complètement.

— Ça va aller.

Nanou était âgée. Plus vieille que dans mes souvenirs d'enfant. À présent, je n'étais plus un gamin : je voyais clairement les rides creusées dans son visage, sa démarche ralentie dans la cuisine.

— Et puis je me fais du souci pour toi dans cet immeuble. Qui sont ces garçons qui n'arrêtent pas d'entrer et de sortir à toute heure de la nuit ?

— Ces jeunes sont adorables. Pourquoi tu ne viendrais pas vivre avec nous, Colly ? m'a proposé Nanou.

Elle a coupé sa gaufre comme si l'idée lui était venue d'un coup.

— Ici ? ai-je demandé avant de répondre *bien sûr, ici* dans ma tête.

— Reste avec moi et Joyce. Ils vont partir dans quelques mois. Tu ne seras pas tout seul dans cet appartement. Je t'apprendrai à jouer à atout pique. Je te ferai à manger, comme ça tu ne disparaîtras pas sous nos yeux.

— Je vais y réfléchir.

*

Dehors, Toya et moi avons remonté Flatlands, passant devant l'arrêt de bus au carrefour. La journée, déjà assez chaude, s'était transformée en poussière humide et aurait bien eu besoin d'une averse. Le soleil tentait d'éclairer la chaussée, mais était couvert par les nuages et la brume, un poing fermé – implacable. On est passés par la zone industrielle grise et vide, on a traversé les anciennes voies ferrées pour rejoindre les nouvelles.

— T'es pénible, a dit Toya en faisant la moue. Pourquoi tu contraries Nanou comme ça ?

— J'ai tort de vouloir savoir pourquoi ?

— Non. Mais tu aurais pu t'y prendre autrement. Pa n'a jamais été le mari en or.

— Mais quand on vivait avec eux ils s'aimaient.

— Chacun a sa propre vision de l'amour. Si j'ai appris à aimer ici et toi là-bas, qui peut dire que notre amour sera le même ? Et si mon amour a besoin de quelque chose dont le tien n'a pas besoin ?

Du coup, j'ai soudain eu l'impression que mon amour était laid, une tempête tumultueuse et destructrice.

— Vous êtes amères toutes les deux ! ai-je lancé.

— T'es bien comme lui.

Elle a tchipé. Comme Pa. C'est de lui qu'elle parlait. Je voulais lui répondre que c'était pas vrai, lui demander en quoi je lui ressemblais. Mais on s'est contentés de se dévisager. Puis de regarder ailleurs. Mes yeux sont descendus sur mes baskets. Au loin, son bus attaquait son dernier virage.

— On se retrouve au lycée ? a-t-elle soufflé.

— Ouais, ai-je dit à contrecœur. Comme tu veux.

— Tu achèteras le cheesecake, a-t-elle crié pardessus les gaz d'échappement du bus.

Dans le métro, j'ai observé le quartier se déployer, s'étendre vers le reste de l'île. Des sillons verts traversaient les collines de brique et de béton gris. Il y avait du plomb partout ; dans l'eau du robinet, dans la fumée qui s'échappait des cheminées géantes. Ma bouche était devenue un véritable piège à poison.

*

Lorsque je fermais les yeux, j'imaginais souvent ce que pourrait être la vie au-delà des limites de la ville. Je pensais à un grand ciel bleu, moi roulant à travers les collines, les pâturages, les falaises des Appalaches et les déserts de poussière glacés du Midwest. Je survolais les maisons, le scintillement des foyers et des télévisions dans le crépuscule bleu. Je volais au-dessus des autoroutes, vieilles croûtes ou veines fluides sculptant les écosystèmes qui se sont développés à partir d'elles, autour d'elles. Des stations-service et des magasins discount, des centres commerciaux au parking vide et des chaînes hôtelières. Les matins où le soleil serpentait à travers les montagnes du nord-ouest, les couleurs des pins formaient un contraste vibrant avec le ciel gris. L'océan Pacifique se déployait dans un bleu intense devant moi, contrairement à l'eau boueuse qui entoure New York.

Je me voyais aussi parfois dans la Cadillac Fleetwood 1996 de mon père. Vu la chaleur, il valait mieux éviter de s'asseoir jambes nues sur les sièges en cuir. Le soleil déformait le visage de mon père, faisait briller sa tête nue. Il ouvrait la voie à des routes sinueuses qui, selon Pa, menaient bien quelque part – des axes routiers qui ne se terminaient qu'à la fin de ses cassettes. Alors, le soleil descendait plus bas, derrière les arbres, les stations-service et les panneaux indiquant BALTIMORE et RICHMOND. Il prenait en chasse la vitre de mon siège arrière, puis se couchait et emportait toute la lumière avec lui. Un éclat terne et la courbe de la hanche de ma mère.

Soudain, j'ai été submergé par une bouffée d'angoisse, mais je n'ai pas bougé... J'ai enfin commencé à reconstituer le souvenir, le vrai : je suis allongé sur un lit avec des draps, ce qui signifie que je suis chez quelqu'un. La musique que j'entends ne provient pas du radiocassette de la Cadillac. C'est un son chaud, profond et riche.

En revanche, rien d'autre ne me revient : juste cette image de la main de Pa glissant sur le contour d'une hanche de femme. La voix grave et traînante de cette inconnue. Elle et mon père riant sous cape, parlant avec connivence – un bruit sourd, le truc flou qu'on entend en passant un vinyle.

Et ce n'était pas toi.

*

Mon père n'a jamais labouré de champ, jamais hérité d'un hectare de terre pour y bâtir une maison avec des chênes et des pins qui poussaient sur sa propriété. Il ne s'est jamais levé à l'aube, n'est jamais parti vendre ses récoltes en ville. Il travaillait pourtant de ses mains. Mon oncle possédait une entreprise qui embauchait des ouvriers pour faire de la sous-traitance sur différents projets de construction.

J'allais avec mon père renouveler son ordonnance ; tous les troisièmes samedis du mois, je l'accompagnais dans sa voiture. Broadway était pleine de vie. Des cafés haïtiens et des restaurants dominicains bordaient la rue sur plusieurs centaines de mètres. De la fumée de paella et de tortas flottait, une légère odeur d'agneau grillé s'échappait des chariots de nourriture halal. Des drapeaux pendaient aux fenêtres de maisons mitoyennes néo-romanes et de quelques immeubles de style Beaux-Arts. Le cabinet médical était situé au premier étage d'un immeuble d'habitation plutôt chouette. L'entrée était protégée par un store d'un vert intense sur lequel s'étirait le nom de la rue, l'interphone fonctionnait et le nom de famille de chaque personne figurait proprement à côté de sa sonnette. J'attendais dans la voiture parce que Pa se garait sur un ARRÊT MINUTE et qu'il ne voulait pas se ramasser de contravention.

Le volant rétrécissait entre ses grandes mains, ses membres aussi lourds que des grands sacs de farine ou de sucre. Difficile de situer mon père à présent car la carte que j'avais de lui était trop vaste, je pouvais aussi bien me perdre dans les forêts tropicales d'Amérique du Sud que dans la brousse africaine. Pour moi, il détenait une certaine part de vérité, vestige de sa jeunesse fougueuse. Il y avait quelque chose dans le grondement de sa voix dont j'avais besoin. Je l'écoutais donc sur le siège avant de sa Fleetwood dont l'intérieur sentait le désodorisant bon marché et le cuir usé. Mais je ne me retrouvais pas forcément dans les envies et attentes de mon père.

— Tu fumes ?

J'ai secoué la tête et Pa a sorti un briquet de sa poche.

— C'est bien, a-t-il repris.

— C'est mauvais pour la santé ! lui ai-je lancé.

— T'as raison. Étonnamment, mon oncle a toujours fumé des Basic et il a vécu quatre-vingt-cinq ans.

— T'es censé me dire que fumer tue.

— Tu veux vraiment que je te dise ce que tu sais déjà ?

Il me donnait une leçon à part entière, m'apprenait l'indépendance et l'autonomie. Malgré tout, j'enviais Zaire et sa mère qui lui répétait sans arrêt les mêmes conseils.

— Tu pourrais des fois.

— Mon père nous a laissés nous débrouiller tout seul, a-t-il déclaré en tirant une longue bouffée sur sa Newport, il nous a laissés tâtonner jusqu'à ce qu'on trouve l'interrupteur. La moitié du temps, il dirigeait un réseau de loterie clandestin et il parcourait Brownsville et presque tous les coins d'East New York. Il faisait du porte-à-porte, notant des numéros sur n'importe quoi – sa main, sa manche, un journal. Il faisait des rondes entre les jeux d'échecs dans le parc, hurlait à travers les grilles des terrains de sport. Il recevait des billets froissés à travers la clôture. Il ratissait les laveries automatiques. Il s'attaquait même aux églises le dimanche matin avant la messe. Son leitmotiv, c'était : « Faut les choper avant qu'ils donnent leur blé à Jésus. » Les vieilles dames de l'hospice adoraient ses visites. Il leur faisait de beaux discours pour qu'elles parient l'argent qu'elles avaient économisé pour les dominos.

J'avais le sourire au bord des lèvres en imaginant mon grand-père faire un numéro de charme pour attirer les gens dans sa combine. À l'occasion, j'avais entendu Pa faire preuve du même bagou, et je me suis demandé pourquoi je n'avais pas hérité de cette faconde.

— Puis les flics ont débarqué et l'État a voulu sa part. Il est rentré à la maison au bout d'un certain temps. Il a commencé à vendre de l'héroïne.

Voilà le genre de chose que mon père se mettait à me raconter, avant de s'arrêter et d'hésiter pour finalement enchaîner : « Quand tu seras plus grand. » Il gardait les yeux rivés droit devant lui. Mon grand-père est mort bien avant ma naissance et je n'avais qu'un album de photos aux couleurs brûlées et des moments comme celui-ci pour l'imaginer.

— T'as une copine en ce moment ? m'a demandé Pa, en me jetant un coup d'œil cette fois-ci.

— Rien de sérieux.

— Et tu te protèges ?
— Oui.
— Est-ce que tu as besoin que je t'explique comment ça marche ? m'a-t-il demandé, et j'ai pris un air renfrogné, secoué la tête. Bon, c'est bien alors.

On mangeait du poulet acheté dans un resto soul et, tandis que des paillettes d'or tombaient d'un pilon dans son assiette, il laissait sa tranche de pain s'imprégner de sauce piquante. On a descendu l'avenue Remsen, au cul des bus scolaires et des taxis. Tout en mâchant la bouche ouverte, il me disait à quel point ma génération avait la vie facile. Il passait le plus clair de son temps à s'expliquer. Je ne sais pas pourquoi. Pourtant de Toya, Nanou et moi, j'étais celui qui avait la meilleure opinion de lui.

Les minibus privés « dollar vans » était un service de transport à part entière, mais constitué de salariés indépendants. Chacun gagnait ce qu'il ramenait à la maison en fin de journée, circulait d'un bout à l'autre de Flatbush, mais tous travaillaient main dans la main. Si un bus était complet, le chauffeur en informait gentiment son pote qui se trouvait non loin derrière. Les gars criaient, ralentissaient leur minibus, mais ne s'arrêtaient jamais vraiment – ils tournaient autour d'un point, l'œil attentif aux panneaux de signalisation et aux règles de stationnement. Ils conduisaient des camionnettes Chevrolet Express ou des Ford E-150. Une ficelle attachée à la poignée intérieure de la portière leur permettait de la fermer dès que le passager avait les deux pieds hors du véhicule. Un minibus s'est arrêté derrière nous, le morceau de Capleton tellement à fond que ça faisait trembler son châssis : « Sense did a gi weh like dem never get a pence. » Un homme est sorti côté conducteur et s'est approché de notre vitre. Keith portait un collier tissé bleu, jaune et noir, le drapeau barbadien, sous une chaîne en or. Sa peau était de la couleur de la coque d'une noix de coco, une auréole de sueur tachait sa chemise déboutonnée. Il parlait les joues rentrées et les lèvres en avant, comme s'il tirait sur un cigare.

— Hey, Dante, ça va ?

— Ouais, et toi ?

— Ah, tu sais, j'essaie de faire tourner le business. Avant les taxis jaunes n'emmenaient jamais personne à Brooklyn, maintenant ils circulent tous sur Parkway !

— C'est peut-être à cause du futur stade, a suggéré mon père.

— Près du dépôt de rails sur Atlantic ? Ça fait des années qu'ils en parlent. Mais ils ne construisent rien.

— J'adorerais bosser pour eux. C'est du boulot assuré pour deux ans au moins.

— Et l'assurance de faire monter les prix du quartier, a dit Keith avant de tchiper. J'ai dû augmenter mon tarif l'autre jour.

— Alors le « dollar van » n'est plus à un dollar ?

— C'est un dollar cinquante maintenant, a soupiré Keith en secouant la tête. Ça ne sonne plus aussi bien.

— Je te présente mon fils, Colly.

— Comment ça va, mon grand ?

Keith a tendu le bras à l'intérieur de la voiture, devant Pa, et m'a offert une poignée de main moite.

— T'as les épaules de ton père. Tu joues au baseball ?

— Pas vraiment, monsieur.

— Il passe son temps à lire. Autrement, il est coincé sur son ordinateur.

Mon père est sorti et a suivi Keith jusqu'à sa Ford. J'ai monté le volume de la radio et inondé la voiture de musique, les basses chargées d'électricité statique. Je me suis rendu compte que les médicaments avaient disparu, sans doute fourrés à la va-vite dans la veste en jean de Pa. Est-ce qu'il les partageait avec Keith ? Ou bien les lui vendait-il ? Mlle Betty m'en avait touché un mot à l'époque, mais ça m'avait paru inconcevable. Je pensais que mon père ne cachait rien. Pa était un type constant, un seul réglage, comme un four qui ne pouvait que mijoter. Pourtant, je me souviens d'une anecdote : quelques années auparavant, sous la station du métro aérien, quelques garçons plus âgés que moi m'avaient attaqué pour me voler mon argent et un iPod que j'avais gagné à une tombola de l'église. Mon père et moi avions roulé pendant près d'une heure ; accompagnés par son ami que je voyais surtout lors de leur partie d'atout pique hebdomadaire. Une fois les garçons repérés, mon père et son pote étaient sortis en brandissant des tuyaux de plomb jusqu'à ce qu'ils en aient coincé deux. Cette nuit-là, la main enroulée autour d'une arme, effrayant ces garçons quasiment à mort, mon père m'avait laissé entrevoir un autre pan de sa personnalité.

Dès que Pa est revenu se glisser dans le siège du conducteur, Keith a démarré sa Ford en trombe. Pa a baissé le volume de la radio avant de mettre le contact de la Cadillac et de s'éloigner du trottoir.

— Tu n'as pas besoin de ces médicaments pour ton dos ?

— J'ai pas trop mal en ce moment.

— Et Keith ?

— Il n'a pas mal non plus, ou peut-être bien que si. En tout cas, il connaît des gens qui souffrent.

— Des gens qui ne peuvent pas obtenir d'ordonnance ?

— Exactement.

— Alors tu leur rends service ?

— C'est pas ça, il faut que je prenne soin de toi et de ta sœur.

— On est fauchés ?

— Être fauché, c'est quand l'argent n'est pas là où il est censé être, a-t-il dit avant de rire.

Puis il a sorti cent dollars d'un rouleau de billets et me les a tendus. Il a compté deux cents autres dollars.

— Tiens, pour les factures. Et si tu achetais un truc sympa à Toya avec le reste ?

On a choisi un cadeau dans un kiosque à bijoux au centre commercial, un collier en or avec une plaque. Pa a gardé la petite boîte noire, m'invitant à ne pas en parler à ma sœur, pour que ce soit une surprise. Elle apprécierait davantage le geste. J'avais la responsabilité de protéger ce qui pouvait être chéri, les moments que nous passions ensemble, aussi courts soient-ils. Ce serait l'une de ces nombreuses journées dont je ne parlerais pas à ma sœur, comme si une partie de la vie d'un homme consistait à garder des secrets.

*

La veille, Toya avait passé des heures au salon de coiffure, des heures d'attente, à se faire laver et hydrater les cheveux. Elle s'était payé une pédicure, s'était fait poser de nouveaux ongles acryliques semi-longs style french manucure. Des semaines auparavant, elle avait traîné Nanou dehors pour choisir une robe et des chaussures à talons assorties. Le matin de la remise des diplômes, elle était restée la majeure partie du temps dans la salle de bains, sauf quand elle arpentait l'appartement de long en large en peignoir et charlotte. À travers la porte, j'entendais Nanou, le crépitement et la vapeur d'un fer à défriser, et Toya qui feulait dès qu'on l'approchait de son cou ou de ses tempes.

Nanou a pris une multitude de photos, mis Toya dans un taxi pour qu'elle ne soit pas en retard à la répétition générale. Mamie a profité de ce temps libre pour se passer de l'huile sur les coudes et les avant-bras (assez fermes pour briser la coquille d'une noix) et peigner sa nouvelle perruque. Une de ses plus belles, un postiche noir comme du jais en forme de carré court. Je me suis coiffé les cheveux, laissant les mèches tomber sur mes épaules. Après les avoir séchés, j'ai enfilé un costume que j'avais acheté pour un bal de l'école. Nanou a dû réduire l'ourlet du pantalon, une aiguille entre les dents, ma jambe devant elle. Elle ne pouvait pas trop se pencher en avant, alors j'ai posé mon pied sur ses genoux.

— T'es prêt ? m'a-t-elle demandé en sortant de sa chambre dans ses habits du dimanche, une robe à fleurs blanche et bleue.

Elle sentait le bois de santal et la mangue. J'ai pris un peu d'eau de Cologne à Dude, j'en ai vaporisé l'intérieur de mes poignets puis les ai frottés sur mon cou, comme je l'avais vu faire.

— Oui, Nanou.

En bas, mon père attendait le moteur éteint, les vitres grandes ouvertes mais la chemise pourtant déjà trempée.

— Bonjour Dante ! a lancé Nanou. Je suis surprise de te voir.

— J'ai réussi à me libérer, a-t-il annoncé en souriant. Je ne pouvais louper la remise de diplôme de ma petite chérie.

— J'imagine.

Le scepticisme de Nanou m'a fait l'effet d'un coup de poing. Le premier d'une longue série. On est montés dans la Fleetwood et Pa a fait démarrer le moteur, remplissant l'air d'une forte odeur de gaz d'échappement et de sans-plomb. Il a remonté Georgia pour éviter Pennsylvania, une avenue qu'on savait toujours encombrée de bus et de gens pressés.

— Alors, qu'est-ce que tu fais en ce moment ?

— Ce que je fais depuis seize ans, Audrey. Je travaille sur des chantiers, a-t-il soupiré.

— Tu as plus d'heures ?

— Oui. Faut que je mette les bouchées doubles. Key gagnait bien sa vie.

— Ou elle dépensait son argent comme il faut.

Crochet numéro deux. À ce rythme-là, Pa n'avait pas une chance de s'en sortir, à moins d'envoyer directement la vieille dame au tapis.

Arrivés au lycée, on a suivi le flot de parents qui se dirigeait vers l'auditorium, et on a trouvé des places assises aussi près que possible de l'estrade. J'ai bredouillé que j'allais prendre quelques photos et je les ai laissés pour retrouver Toya. Elle était dans le couloir, en rang avec sa classe le long des tableaux d'affichage et des vitrines de trophées. Elle m'a donné son sac à main.

— Ils se battent déjà ? m'a-t-elle demandé, glissant un doigt sous la lanière de sa chaussure avant de se redresser.

— Non, mais ça va pas tarder. Je parie que ce sera pour le dîner, avant l'arrivée de la première corbeille à pain.

— T'as oublié qu'on devait y aller en voiture, m'a-t-elle rappelé.

— Stressée ?

— J'arrête pas de penser que je vais m'étaler de tout mon long en arrivant sur scène.

— Tu vas assurer. C'est pas pour rien que je t'admire.

— Tu deviens sentimental maintenant ?

Elle a enfoncé son pied plus profondément dans sa chaussure. Puis elle m'a serré dans ses bras.

Alors que les diplômés se préparaient à entrer dans l'auditorium, je me suis frayé un chemin à l'intérieur, j'ai piétiné entre les rangées de sièges en bois et les parents qui rejoignaient leurs places, avant de trouver mon mastodonte de père engoncé dans un fauteuil étroit au bord d'une allée. Il avait gardé une place entre lui et Nanou. Ils n'avaient pas dû échanger un mot depuis mon départ. Rapidement, les lumières se sont éteintes et la cérémonie a commencé. Un pianiste a entamé une mélodie tandis que les porte-drapeaux chancelaient vers la scène, étendards en main.

Je me suis mis à penser à mes séjours chez Nanou, plus jeune. Les torchons brodés. Les étagères de bocaux. Les assiettes pendues aux murs décorées de pâturages et de levers de soleil. Les chevilles de grand-mère étaient pleines d'eau. J'avais du mal à atteindre les plans de travail collants. À l'époque, Nanou ne semblait jamais jeter de regards désapprobateurs. Lorsqu'elle s'endormait pendant ses histoires, il m'arrivait de la réveiller et les plis de son visage s'atténuaient, reformaient les rides du sourire. Elle avait une autre expression, le regard fixe et la bouche légèrement entrouverte. Je n'ai pris conscience de sa souffrance qu'une fois plus âgé. Elle me laissait m'asseoir sur ses genoux, même si ses jambes lui faisaient mal. Je m'y enfonçais lourdement et elle souriait, me serrant dans ses bras épais. Je me déplaçais comme un gecko, bondissant d'un coin à l'autre. Je sautais sur les housses plastifiées de son canapé, je m'agitais comme un saumon dans un ruisseau. Grand-mère cuisinait beaucoup, espérant sans doute m'immobiliser à force de me gaver de bons petits plats.

Un jour, Toya était assise devant la télévision, certainement en train de coiffer une poupée ou de lire *Chair de poule*. Je me suis penché sur l'accoudoir du canapé pour attraper mon vase préféré sur la table basse. Il était de couleur perle, vide et gravé de vignes. Je l'ai fait tourner dans mes mains, laissant la poussière rouler sur mes paumes. J'ai fait un bond pour me lever, mais j'ai été arrêté dans mon élan. Mes pieds sont restés scotchés à la même place, tandis que le reste de mon corps chutait en avant. J'ai tendu les mains pour amortir le choc, lâchant le vase. La pièce s'est teintée d'un blanc brillant et douloureux. Toya n'a rien pu faire à part pousser un cri. Nanou a surgi dans la pièce et m'a mis la main dans un bol d'eau et de glace. Comme la blessure continuait à saigner, Nanou l'a enveloppée dans une serviette. J'avais une entaille profonde à la base du pouce droit. J'ai pleuré jusqu'à en avoir des tremblements à l'estomac. Lorsqu'une troisième serviette a été imbibée de sang, Nanou a décidé d'appeler un taxi. Pendant tout ce temps, elle a juré dans sa barbe, les lignes du visage comme des lames de rasoir. Elle m'a emmené aux urgences de Brookdale, où on a regardé *New York, police judiciaire* jusqu'à ce que quelqu'un vienne me recoudre.

À présent dans cet auditorium j'en souriais, posant ma main sur celles de Nanou, qu'elle avait larges et douces. Avec son pouce, elle a frotté ma cicatrice, ce qu'elle faisait depuis cette nuit-là, chaque fois qu'elle me tenait la main.

*

— Tu aurais dû prendre Bedford jusqu'à Atlantic, a craché Nanou.

On s'est faufilés dans la circulation, un carambolage si loin devant nous qu'il me semblait incompréhensible de faire le tour du monde pour rejoindre Broadway. Le ciel s'était enfin ouvert ; blanc, chargé d'électricité. Pa conduisait, lunettes de soleil sur le nez, et j'avais les yeux qui pleuraient. Tout était trempé par la chaleur.

L'intérieur de la voiture fleurait la sueur et le cuir chaud.

— Il ne manquait plus que ça ! Ils vont annuler notre réservation.

— Ils ne prennent pas de réservations à l'Olive Garden, Audrey.

— Eh bien, Dieu sait combien de temps il va nous falloir pour avoir une table ! s'est-elle exclamée.

Les mains de Pa se sont crispées sur le volant, comme à une bouée de sauvetage. Toya me regardait, toujours aussi suffisante, une foutue oracle de Delphes. J'ai tiré sur mon col humide et salé pendant tout le trajet.

Au restaurant, on n'avait même pas commandé que Pa et Nanou se disputaient pour savoir qui allait régler l'addition. Ma grand-mère a commandé un verre de vin blanc et a laissé Toya en boire quelques gorgées lorsque l'hôtesse d'accueil ne regardait pas.

— Alors c'est quoi, la prochaine étape ?

Réticente, Toya a laissé ses yeux se promener sur les murs derrière nous et a réfléchi un instant, lorsqu'une serveuse est passée avec notre pain. Elle a pris nos commandes, Pa et Nanou ont posé une centaine de questions. Comment le brocoli était-il assaisonné ? Le blanc de poulet était-il pané ou grillé ? D'où venait le poisson ? *Mais de la mer, bordel !* avais-je envie de crier.

— Je crois que je voudrais enseigner, a annoncé Toya.

— C'est formidable, lui a assuré Pa. Alors tu veux aider la jeunesse ?

— C'est ça.

— Comme ta mère, tu veux aider les gens. J'ai toujours pensé qu'elle n'était pas seulement une doula, mais aussi une psychologue, une coach de vie, une super professeure de yoga.

— Elle voulait aider tous ceux qu'elle pouvait, a convenu Nanou.

Toya s'est mise à énumérer tout ce dont elle avait besoin avant son départ pour l'université. Nanou et Pa se contentaient de la regarder fixement, le marron de leurs yeux mouillé et flottant.

— J'ai bien envie de te conduire là-bas, a déclaré Pa.

— Dana et sa mère s'en chargent déjà.

— Dis-leur que ton père va t'amener, a insisté Pa, étonné que cela puisse devenir un sujet de discorde. C'est loin ?

— À quatre, cinq heures d'ici.

— Un saut de puce, quoi ! Je pourrai venir te voir en un clin d'œil, s'est-il enjoué en claquant des doigts.

— Pitié, non !

— Colly, une virée en voiture, ça te tente ? Le temps d'un week-end.

— Carrément, ai-je bafouillé, la bouche pleine de pain à l'ail et de beurre.

Toya s'est figée, sa fourchette planant au-dessus de son assiette comme une grue abandonnée par son opérateur.

— Je crois que l'idée, c'est de lui laisser un peu d'espace, a avancé Nanou. Il faut qu'elle trouve sa voie. Elle reviendra nous voir pour les vacances.

— Je ne pense pas qu'une visite puisse lui faire du mal, a enchaîné Pa en ne lâchant pas Toya du regard.

— De toute façon, tu ferais mieux de ne pas faire des promesses que tu ne sauras pas tenir, a déclaré

Nanou et on s'est tous tournés vers elle pour s'assurer qu'on avait bien entendu.

— Qu'est-ce que vous voulez vraiment me dire, Audrey ?

— Pa… ai-je commencé.

— Est-ce que je vous ai déjà manqué de respect ? a demandé mon père à ma grand-mère.

— Ça dépend, a répliqué Nanou.

J'ai regardé Toya en face de moi. Des familles discutaient, penchées sur leurs repas, tandis que les serveurs se faufilaient dans les allées. Derrière ma sœur, un anniversaire a déclenché de brefs applaudissements. Une blague à la table voisine a fait rire une femme, la main sur le genou et la jambe tambourinant le sol. Toya continuait de fixer son assiette.

— Vous croyez que j'ai causé la perte de votre fille ? s'est indigné Pa.

— Toi ? Impossible.

— Arrêtez un peu. Elle n'a pas eu besoin de moi.

— Qu'est-ce qu'elle pouvait faire ? Elle élevait *vos* enfants.

— *Nous* élevions *nos* enfants.

— Eh bien, ce qui est sûr, c'est que tu ne t'en occupes plus. Nanou avait considérablement monté le ton.

J'ai de nouveau cherché Toya du regard, la suppliant presque.

— Y a plus rien qui tourne rond à la maison, et je ne vais pas laisser les enfants dépérir sans rien faire parce que tu t'apitoies sur ton sort.

— Et votre fille n'était pas la sainte que vous décrivez devant mes gosses.

— Pardon ?

— Elle était entière et magnifiquement imparfaite. Vous ne pouvez pas réduire sa vie à ce qui vous arrange.

— C'est toi qui caches des choses à tes enfants, Dante. Pourquoi tu ne leur racontes pas ce que tu as réellement fait vivre à ma fille ? Espèce de menteur !

— Key avait ses secrets, elle aussi.

Soudain, Toya a laissé échapper un gémissement proche du grognement.

— Je n'arrive même pas à te poser une question pour un dossier d'inscription, a-t-elle regretté en pleurant. Tu crois qu'envoyer Colly chez Nanou pour me donner de l'argent suffit ? Où est-ce que tu pars tout le temps ?

— Quel genre d'homme abandonne ses enfants quand ils ont le plus besoin de lui ? a renchéri Nanou.

— Je vais lui expliquer.

Il était debout à présent, et toisait Toya.

— Viens dehors avec moi.

— Non, a déclaré Toya.

— Ma chérie, s'il te plaît, a-t-il soufflé, la suppliant presque.

Au bout d'un moment, elle a fini par se lever et ils sont sortis. Lorsque j'ai voulu les suivre, Nanou a posé sa main sur la mienne.

— Laisse-les s'expliquer, a-t-elle chuchoté.

Je l'ai regardée, perdu. Puis j'ai abdiqué, je me suis assis à ma place et j'ai joué avec le pain d'Olive Garden. Par la vitre, je voyais Toya regarder Pa pendant qu'il parlait, fouillait dans sa poche, à la recherche d'une cigarette peut-être. Je sentais mon cœur chaud battre contre ma poitrine et mes côtes, remonter dans ma gorge comme s'il allait en jaillir. J'ai essayé de me souvenir de ce qui s'était passé, de savoir quand l'allumette avait été craquée. Je me suis demandé de quels secrets Pa voulait parler. Les siens étaient simples, des choses terrestres que je pouvais toucher du doigt, dont les dégâts m'étaient apparents. Que cachais-tu, maman ? Toute la famille faisait des cachotteries et tu te demandes pourquoi je suis comme ça ?

Lorsque Toya est revenue, elle était seule. Elle avait les yeux rouges et gonflés. Elle s'est enfoncée dans son siège, son couteau et sa fourchette ont glissé de son assiette, projetant sur la moquette des feuilles de laitue entières et des éclaboussures de vinaigrette. Elle n'a pas cherché à ramasser.

— Pa va bien ? ai-je voulu savoir.

— Je lui ai dit que je préférais faire la fête sans lui, a expliqué Toya.

— C'est comme tu veux, ma chérie, a répondu Nanou en caressant les cheveux à sa petite-fille.

Ma sœur n'a plus prononcé un mot. Une larme s'est accrochée à la nappe, s'élargissant pour former une marguerite. Le poing de Toya s'est resserré autour d'une boîte à bijoux noire.

*

À notre retour, l'appartement de Nanou était en fête. Dude avait mis des travers de porc à griller au four. Ma grand-tante avait sorti la grosse marmite et fait cuire assez de riz pour nourrir tout un orchestre.

— On sort tout juste de table, ai-je gémi.

— Pas nous, a-t-elle répliqué en me dévisageant. Et vous allez nous accompagner.

Quand j'ai coincé Toya dans la chambre de Nanou une heure plus tard, je lui ai demandé pourquoi elle avait dit à Pa de s'en aller. Elle a secoué la tête de dépit.

— Il te laisse seul dans cet appartement. Pourquoi tu t'accroches à lui comme ça ?

— Qu'est-ce qu'il y a, Toya ? Y a autre chose, hein ?

— Il a trompé maman. Voilà. Il l'a fait à maintes reprises, et se comportait comme si de rien n'était.

— Je sais.

— C'est Nanou qui me l'a avoué. D'après elle, maman a choisi de continuer à vivre avec lui pour qu'on soit tous ensemble.

— Je le savais.

— Qu'est-ce que tu savais, Colly ?

— Tout ça. Je faisais semblant de dormir. Je n'ai pas dit un mot.

— Qu'est-ce que tu racontes ?

— Un jour, j'ai cru qu'on était avec maman. Mais j'ai compris que c'était pas elle.

— Et t'en as jamais parlé à maman ?

— J'ai cru que c'était un rêve. Et puis, j'étais qu'un gosse…

Je lui ai tendu la main, mais Toya a reculé. Choquée par sa propre détermination, elle s'est calmée et s'est dressée devant la porte : elle attendait que je m'en aille.

Cette nuit-là, quand j'ai quitté la chambre de Toya vers une heure du matin, l'appartement était silencieux. Je suis resté éveillé dans le canapé et j'ai laissé les larmes réchauffer mon visage rougi par le sel. J'ai rêvé de Pa. Les médicaments collaient à son cœur comme du sirop séché sur une étagère ou un comptoir, comme une bulle de caramel. Sa carrure était celle d'un chêne enraciné depuis un demi-siècle. Dans mon rêve, je sentais l'écorce de cet arbre qu'était mon père lorsqu'il me soulevait dans les airs, me serrait contre lui. Ça me réchauffait. Il me conduisait sur une autoroute sinueuse, deux sodas à la crème et des petits sandwiches ronds achetés à Texaco posés entre nous. Je me souvenais d'une maison séparée en deux habitations. Elle appartenait à une femme qu'ils appelaient Dame Nature. « Quel beau garçon, Dante ! Je n'arrive pas à croire qu'il est de toi », a-t-elle dit. « Et pourtant si. » Elle s'est penchée vers moi, son visage à hauteur du mien. « Et qu'est-ce que tu veux manger, jeune homme ? » m'a-t-elle demandé. Elle marchait pieds nus presque toute la journée, cuisinait pendant des heures, son logement s'emplissant de vapeur. Je marchais sur le dos de mon père, pétrissant les nœuds avec les talons et les orteils pendant qu'il gémissait de soulagement. Je lui ai demandé pourquoi il ne demandait pas à Dame Nature de le faire. « Elle est trop grosse pour ça », m'a-t-il répondu. Je ne voulais pas qu'il la taquine parce qu'elle avait l'air gentille. À ce moment-là, c'était horrible dans mon esprit parce que j'avais l'impression de trahir ma mère.

La matinée suivante a été calme – comme un no man's land. Toya et moi, on s'évitait avec grâce, sortant furtivement d'une pièce quand l'autre y entrait. De vrais chats. Je voulais dire quelque chose, m'excuser, rire de la veille ou me moquer du costume en lin blanc de Pa. Mais elle me mettrait dans le même sac : j'étais le même genre de menteur que lui. Je ne savais pas encore que Toya me détesterait pendant des années. Dans quelques mois, elle serait de retour pour les vacances et ne m'adresserait plus directement la parole, mais parlerait comme si je n'étais pas là. Nanou s'en apercevrait sans doute, mais n'interviendrait pas. Je n'allais pas supplier ma sœur de m'adresser la parole. J'étais prêt à la laisser voir de près mon apathie, et à quel point mon désintérêt pouvait être froid. Ah, tu pensais que tout me passait au-dessus avant ? Eh bien, j'ai des nouvelles pour toi, frangine. Mais elle s'en foutrait, ce serait le cadet de ses soucis. Par-dessus le brouhaha de la bouilloire, je l'écouterais parler à Nanou de l'université, des érables et des collines verdoyantes, de ses amis et de leurs nouveaux stages fascinants, de la sororité qu'elle envisageait de rejoindre, de l'Union des étudiants noirs qu'elle avait intégrée dans le cadre de leur lutte pour une vraie diversité. Sa nouvelle vie. Je m'excuserais auprès de Nanou, sauterais sur la PlayStation de Dude ou me rendrais sur le petit terrain de sport de la cité Boulevard. Je savais qu'il y avait des choses que Toya ne confierait qu'à moi. C'est ce qui me ferait le plus mal. Elle ne dirait pas à Nanou à quoi ressemblaient les fêtes, comment ça se passait vraiment là-bas, à quel point les Blancs étaient fous, à quel point il était parfois exaltant ou dangereux d'être noir et femme sur ce campus. Mais pour moi, ma sœur aînée resterait toujours la petite fille à qui il manquait des dents et qui avait deux tresses remontées en queue-de-cheval. Au lieu de jouer au papa et à la maman ou à la dînette, elle organisait des fêtes d'anniversaire au cours desquelles ses poupées assises autour d'elle lui faisaient cadeau de ses vieux jouets remballés.

La malédiction de Canaan, Nous sommes avec toi, la mort n'est pas la fin

Key, 1991/2010

Je suis égarée, perdue dans des moments que je crois linéaires. Un endroit que je connais, mais la texture est différente ; mon appartement, les tentures trouées, les mites qui se gorgent de tissu. Les murs sont les mêmes, mais plus sales et usés. J'anticipe le tic-tac de l'horloge, mais il ne vient pas. Le garçon est là. Il dort. Il me semble si familier, comme une partie de moi-même. Certains doutent des femmes qui élèvent seules leurs garçons, doutent des hommes qu'ils deviennent. Ils seraient émotifs. Pas assez durs. Peut-être que c'est eux qui devraient être moins durs.

Même dans son sommeil, il fronce les sourcils, un nœud d'inquiétude et d'intensité. Je sais pourquoi. Je connais cet endroit où l'on se retire lorsqu'on ne voit plus d'issue. S'isoler dans un endroit pareil, c'était en savoir trop sur tout. Ce sont les gens comme toi et moi qui font vivre ce projet américain. Tu vois les toiles d'araignée sous la scène, les engrenages qui font s'ouvrir les rideaux, les cordages et les machines à fumée. Tu vois ce qu'est vraiment le monde, ce qu'il peut faire aux meilleurs d'entre nous, comment il protège les pires. Finalement, tu ouvres les yeux, tu me regardes, tu regardes à travers moi. Tu as peur et ça me blesse, car jamais je ne te ferais de mal. Quelle vie a-t-il regardé défiler pour arriver jusqu'à moi, des années plus tard, au seuil de cette même porte ? Ou peut-être quelle vie ai-je négligée pour arriver jusqu'à toi ?

Il n'a pas de langage pour exprimer ce qui lui arrive, il ne peut que rêver et se réveiller près de moi qui lui tends les bras. Je veux prononcer son nom, qu'il franchisse le mur temporel détrempé qui nous sépare, comme l'hameçon d'une canne à pêche transperçant la joue d'un bar. Je veux que ma voix l'apaise, comme de l'eau de mer chaude autour de ses chevilles, comme un baume pour sa peau moite. Il dégage une odeur forte parce qu'il a beaucoup transpiré malgré la fraîcheur ambiante. Je veux m'allonger à tes côtés, te faire sentir ma propre odeur jusqu'à ce que tu la prennes pour la tienne.

Je veux que tu me rejoignes au seuil de l'entre-deux-mondes, tes doigts sur l'encadrement du passage, tes yeux sur moi me traversant, et que tu t'enfonces profondément ici pour me trouver. Ton col mouillé et essoré. Tu fronces les sourcils, mais ce n'est pas triste, c'est un don. Tu es sauvage. Comment pourrais-je détester ce que tu peux devenir ? Comme toute mère, je ne peux que redouter ton potentiel.

*

Tout comme il existe d'innombrables futurs, il existe de nombreuses histoires possibles.

Je te revois, sur le sol de notre logement, recroquevillé sur toi-même avec un sacré mal de ventre. Derrière cette porte bancale, l'eau se tait. Ses yeux regardent au loin, immobiles, des assiettes plates et transparentes dans la lumière de ma fenêtre. Pourquoi se punit-il ainsi ? Je pense à toutes les blessures que j'ai accumulées au fil des ans, à la base de mon cou et au bas de mon ventre, qui m'ont broyée comme du tabac à chiquer, réduite à un morceau de pâte humide. Je pense à Mamoune, qui promène encore sa blessure, l'apporte à l'église, la revêt de jolies choses pour ensuite la dissimuler dans un miroir délavé. Je pense à ma mère et à mon grand-père. Toutes les blessures ont été transmises et continueront de l'être, avec des ramifications dans le temps – des échardes de bois qui finiront par se dissoudre dans le sang, écorchant les capillaires.

C'est pour ça que tu m'as fait venir ici ? Pour voir où va cette ligne temporelle ? Pour changer quelque chose ?

Je fais le tour de l'appartement – quelques années plus tard. Il disparaît sous une couche grise comme lorsque je l'ai loué, au début, et que j'ai passé des mois et des mois à nettoyer, récurer et enjoliver. Des marques de cadres sur les murs, des coins remplis de crasse où survivent des philodendrons et des dracénas. Dans la cuisine, les étagères ne débordent plus de cœurs de palmier, d'olives vertes, de bruschetta aux artichauts, de maïs miniature, de piments de Calabre, de choux-fleurs, de champignons entiers, de soupes de gnocchis au poulet, de manzanillas farcies au piment. À la place : des ramens instantanés, du thon, des sachets de chips aux couleurs vives et du Spam frit.

*

Je pense que ce sera pire pour toi. Mamoune a dit quelque chose d'intéressant l'autre jour. Elle a dit qu'à sa connaissance le monde avait changé plus que jamais au cours des vingt ou trente dernières années. Que la situation allait empirer. J'étais allée chez elle pour aider : Joyce et elle préparaient le déjeuner de l'église. Joyce vendait des dîners personnalisés deux soirs par semaine. Des amis et des voisins lui commandaient à manger et elle leur apportait un plat de poulet frit ou de merlan, des lasagnes végétariennes, du porc effiloché cuit au barbecue avec deux accompagnements au choix, généralement du riz au beurre, un ragoût de pomme de terre ou des patates douces. Ce jour-là, c'était sa première grosse commande. J'ai dit à Mamoune qu'elle ferait mieux de s'activer. Lorsque ma tante s'est retirée pour prendre un appel, j'ai abordé ma mère.

— Tu sais que je vois Virgil ?

Elle s'est figée, m'a regardée. Sa fille était en train de lui parler de ses propres visions.

— Et je sais que toi aussi. Pourquoi tu ne m'en as jamais parlé ?

— Ce sont des choses dont on ne parle pas.

— Ça fait combien de temps ?

— Ça a commencé après sa mort. Tu devais avoir huit ou neuf ans. Mais Virgil, c'est mon spectre. Aucun enfant ne devrait avoir affaire au fantôme d'un de ses parents.

— C'est inévitable, Mamoune, ça se transmet de génération en génération. Ç'a dû commencer avec Grand-mère Lucy, il y a des années. Autant être honnête.

— Je suis honnête, là.

— J'ai cru que j'étais folle.

— C'était pas mon intention, ma puce. J'ai jamais… j'ai dû laisser ton père partir.

J'ai écouté la respiration de ma mère, les battements de son cœur. Elle était agitée, le front humide alors qu'elle superposait les couches de lasagnes.

— Je vois ton père, a-t-elle repris. Et je le regarde tous les jours parce que je ne sais pas comment le faire partir cette fois-ci. Il s'assoit dans ce vilain fauteuil et ne m'adresse pas la parole. J'imagine que tout reste avec nous. Nous sommes une famille de fantômes, de demi-vivants. Je ne sais pas ce que je vois exactement, mais je sais que ça me paraît bien réel.

*

Je te vois à présent, Colly, au pied de mon lit, les mains agrippées à quelque chose, la tête baissée et enfoncée entre les pointes osseuses de tes épaules. J'aimerais que tu saches que je suis là en ce moment, à chaque instant. Ça me fait mal de savoir que je te quitterai un jour. Ce n'est pas ce que je veux… Je voulais seulement t'aimer, te protéger autant que possible d'un monde que j'ai tenté de transformer, de rendre meilleur. C'est tout ce que nous pouvons essayer de faire. Mais j'ai décidé que ce monde ne serait pas le tien. Ce quartier, cette terre de pierre et de métal brûlant, jusqu'à la roche mère.

Je viens à toi, mais tu ne sais pas que toi aussi, tu es venu à moi.

Et soudain, tu tombes, tu restes en suspension un instant, puis tu chutes dans le royaume. Dans un bassin diasporique, à la limite de la réalité physique, tu sens tout. Tu regardes tes pieds et tes mains, mais qu'est-ce que tu vois ? Ce que tu as vu, nous l'avons vu aussi et nous avons pleuré. Tu es là où nous avons toujours existé. Tu es chez toi, et nous sommes là avec toi. Mes mains se tendent vers toi. Je t'apprends à marcher. Elles se referment, ces mains qu'on m'a données. Il le faut bien si je veux tenir la tête de mes enfants lorsqu'ils pleurent. Ils m'ont été donnés par mes ancêtres et par la mer qui les a réclamés quelque part entre l'Afrique et les Amériques. J'avais oublié leurs noms il y a des siècles, puis je les ai nommés moi-même. La construction des empires a fait de nous des orphelins. Nous ne sommes pas le produit d'un lieu, mais d'un processus historique, d'une incapacité à gérer le temps autant que les ressources. Notre origine est enveloppée dans la cartographie du Nouveau Monde. La seule chose qui puisse être transmise est la perte. L'Église vous dira que votre Dieu ne vous ressemble pas, qu'il ne peut pas voir au-delà de la malédiction de Canaan, qu'il ne peut pas entendre l'eau sous les lignes de vos mains. Les médias vous diront que c'est notre culture qui est dépravée, défaillante – et nous attendons qu'elle implose. La nuit, les gouvernements lavent le sang qu'ils ont sur les mains. Au matin, les indigènes sont morts de faiblesse, pas de génocide, et les nôtres sont vendus comme esclaves. Les gens bien-pensants se moquent des mortels que nous avons élevés au rang de saints – tout en vénérant les leurs. Ils célèbrent ce qui est rationnel comme la seule vérité, comme un artefact de leur génie, comme de parfaits exemples d'acuité. Tout ce qu'ils ont donné au monde. À nous. « En chargeant le ciel de ses vœux », écrit Virgile. Je suis dans le royaume des morts, creusant les flancs rocheux de Cumes, à travers cette caverne froide et gigantesque, percée de cent tunnels, de cent bouches d'où s'échappent autant de voix. Pas de rameau d'or ni de colombes pour me guider jusqu'à toi. Je ne voulais pas avoir à descendre dans ces champs de deuil pour venir te chercher.

On vous donnera une ville abandonnée, fissurée en deux – l'air chargé de plomb s'installera au fond de vos poumons et vous tirera vers le bas à mesure que vous évoluerez dans le monde. Être issu d'une communauté, c'est se confronter à l'histoire d'un lieu ; ça se reflète dans chaque mouvement, dans chaque choix. Chaque institution nous fait défaut jusqu'à ce que, finalement, la terre en fasse autant. Être une famille signifie simplement que nous ne pouvons pas nous décevoir les uns les autres.

J'ai vécu une vie où tu es mort dans mes bras. Tu m'as tendu la main et je t'ai pris dans mes bras pendant la descente. Lorsque tu traverses l'espace et le temps, je ne peux que regarder, m'éloigner et espérer que tu lâches prise.

J'ai vécu toutes les vies pour connaître toutes les possibilités.

Je te rejoindrai près des débris de la ligne de varech, le goémon emmêlé autour des bouteilles en plastique et en verre. J'attendrai près des flots nerveux, sous un ciel pâle. L'eau est résineuse, polluée par la suie de la centrale à vapeur près de la côte. Tu as l'impression que dans ce monde tu n'as rien, que tu ne manqueras à personne. Mais tu comprends le feu que j'ai mis en toi, un fourneau dans lequel tu as glissé ton chagrin. J'ai envie de te dire que tu t'en sortiras. Tu trouveras une raison de décoller du lit chaque matin, quelque chose qui te fera prendre soin de toi. Il faut juste que tu trouves ta voie.

Il n'y a pas de célébration, pas d'exaltation pour les enfants qui reviennent. Le long de notre rivage, nous espérons un chez-nous qui n'est plus le nôtre. Parfois, j'ai l'impression que nous ne quitterons jamais ce rivage. Attendons-nous un signe ? Avons-nous peur ? Peut-être que notre place est ici, en Amérique, et que nous méritons tout simplement d'être exilés dans ce coin reculé du monde. À mi-chemin entre la vie et la mort. Même dans la mort, nous ne pouvons pas nous détacher de cet endroit. Nous sommes des fantômes.

Je t'attendrai sur le rivage, je te suivrai dans l'obscurité jusqu'à la fin.

Troisième partie

Notre équipe chez Sunshine

Colly, 2018

Le jardin se trouvait pas loin du carrefour entre New Lots et Schenck, de l'autre côté de l'African Burial Ground Square ; en face de la bibliothèque, du terrain de jeu repeint et de la vieille église au cimetière déglingué. J'y travaillais au lever du soleil, avant qu'il ne devienne trop dangereux de s'activer dans la chaleur.

Appuyé sur le compost, un pied enfoncé dans le tas fumant, j'ai commencé à actionner la pelle. Après avoir écarté les déchets pas encore dégradés sur le côté, j'ai atteint l'humus. Je l'ai extrait du tas, des morceaux de terre se collaient à ma pelle émoussée. Des feuilles mouillées s'accrochaient au bas de mon pantalon de survêtement. Alors que la vapeur de la montagne de nourriture décomposée s'élevait, je me suis dit que l'énorme tas respirait.

À côté du jardin, il y avait une maison rose, bleue et violette au pignon de laquelle on avait peint un tournesol jaune. Derrière l'habitation se dressait un hangar couvert de kudzu. La structure semblait bancale, on aurait dit que personne n'avait pris la peine de la mettre d'équerre. Elle donnait l'impression de pouvoir s'effondrer à tout moment. Une portée de dobermans jouait dans le jet d'un tuyau d'arrosage. Des rangées et des rangées de plantes et de légumes, des cages grillagées et une maman poule. Si j'étais là, c'est parce que Blue avait un faible pour cet endroit. Les mouches et les moustiques bourdonnaient joyeusement autour de la douce brume qui tombait sur la propriété.

Quelqu'un se servait allègrement. J'avais d'abord cru que c'étaient les chats, des animaux errants que la propriétaire avait trouvés puis nettoyés, et qui se promenaient à présent sur le terrain. Des plants entiers de légumes verts disparaissaient, ainsi que des outils, des classeurs, des smartphones et plein d'autres trucs encore. Sunshine, la propriétaire des lieux, me tapait sur les nerfs. Elle laissait Coop, un alcoolique notoire, vivre ici en échange de ses services : il vendait les légumes de Sunshine sur les marchés de producteurs du quartier pendant la semaine. Le reste du temps, la vieille dame boudait, nous lançait un regard critique tout en murmurant des mots doux à ses plantes. Mais elle s'était prise d'affection pour Blue. Elle lui lisait les lignes de la main, lui conseillait des racines à plonger dans ses infusions ou dans son bain.

Ce jour-là, l'est était sec et vide. On aurait dit que tout le monde était parti. Vers midi, la chaleur était étouffante ; il fallait se mettre de la crème solaire en permanence. Après avoir arraché les mauvaises herbes, Coop avait l'épaule qui luisait d'un rouge violent et, le long de son débardeur, sa peau se fissurait comme les frontières irrégulières d'un pays. Des ampoules ont germé, alors Sunshine a pris une épingle à nourrice, en a chauffé la pointe avec son briquet et les a percées. Je devais avoir l'air effrayé. Puis quelque chose a heurté la clôture en métal, et j'ai tressailli. Deux garçons. Le plus petit a sorti un ballon de football américain des ronces.

— Tu connais les gens qui vivent dans cette maison bizarre là-bas ? m'a demandé l'autre.

Il avait les cheveux ébouriffés d'un côté et tressés de l'autre. Quelqu'un n'avait pas terminé ce qu'il avait commencé.

— Ouais.

— Ils puent.

— Si tu voyais la gueule de la salle de bains, tu comprendrais, ai-je rétorqué.

Ils m'ont regardé, l'air complètement ahuris.

— Vous avez quel âge, tous les deux ?

— Onze ans, ont-ils répondu à l'unisson.

— Vous allez à l'école dans le coin ? ai-je demandé, et ils ont acquiescé, perdant soudain tout intérêt pour la conversation. Où ça ?

— Il n'y en a qu'une, a conclu le plus petit avant de lancer son ballon en l'air. On va à la supérette.

— Je viens avec vous.

Il n'y avait pas grand-chose à se mettre sous la dent à des kilomètres à la ronde. À part dans les fast-foods. Toutes les chaînes possibles et imaginables. La pauvreté reste avant tout une atteinte au corps. Au droit d'exister. Le droit d'accéder à une alimentation saine. Beaucoup de nos problèmes sont antérieurs au passage de telle ou telle tempête.

La supérette était lumineuse, toute collante de bonbons et de chips, de lamelles de bœuf séché et de boîtes de conserve diverses et variées. Derrière les panneaux coulissants, à côté d'un congélateur rempli de glaces en tout genre, il y avait du lait, des œufs, de la bière et du soda. J'ai acheté un sandwich au bacon et au fromage frais, deux thés glacés Arizona pour les garçons et je suis sorti.

Traversant la rue pour venir à ma rencontre, Blue m'a lancé :

— Avant, je n'arrêtais pas de m'acheter du chocolat.

On est restés devant la supérette, à observer la patine blanche du soleil derrière les nuages, chaude contre la rue, les stores des magasins, les érables rouges et les féviers.

Il y a environ deux ans, Nikayla Blue s'était présentée comme conseillère municipale du quarante-deuxième district. Âgée d'une bonne trentaine d'années, elle avait été animatrice avant de monter une association au milieu du quartier, à l'angle des avenues Stanley et Schenck. Le jour où j'ai fini par travailler pour elle, le ciel avait la couleur du lait bouillant. Des volutes de brume s'abattaient depuis les cieux, faisaient briller le capot des voitures et reluire les rues. Un toxico nommé Billy sautait de devanture en devanture, se tenant sous les stores pendant que les gens passaient devant lui. Il se balançait sur place, de la salive blanche collée à la commissure des lèvres. La photocopieuse ronronnait, crachant des feuilles de papier que Blue parcourait. Blue avait la couleur de l'écorce du pin, des yeux perçants logés sous des sourcils épais et des rides profondes, les cheveux coupés ras. Sa chemise à carreaux était trempée de transpiration au col et aux aisselles, comme d'habitude.

— Ta grand-mère m'a dit que t'es écrivain.

— J'essaie en tout cas, avais-je concédé.

— J'ai une demande de subvention que je n'arrive pas à finir. Tu peux la faire, si tu veux. C'est pour un projet que j'ai en tête.

— Avec plaisir.

— Ouais, on va voir comment tu t'en sors, avait-elle dit en jetant un coup d'œil à l'écran de sa tablette.

Dehors une pluie fine s'était mise à tomber, ruisselant le long des vitres embuées du bureau de campagne.

— Les choses ont beaucoup changé dans le quartier depuis mon enfance. La criminalité est en baisse, mais il reste encore beaucoup à faire.

— Pourquoi tu ne te représentes pas ?

— C'est pas vraiment à l'ordre du jour pour moi. Ça coûte une fortune de mener une campagne toute seule. Enfin, les gens du quartier sont solidaires. Le pasteur est un brave homme. Mais tout le monde a ses allégeances.

— Noble ?

— Sa femme, avait-elle répondu.

Charles Noble et son épouse, Inez, occupaient le poste à tour de rôle : un népotisme que j'admirais même s'il était devenu improductif.

— Je ne bénéficie donc pas du même soutien, ni de l'argent qu'ils récoltent lors de collectes de fonds. On va se débrouiller quand même, a-t-elle ajouté.

Blue organisait des distributions de fournitures scolaires dans les parcs et les gymnases du quartier. Elle se déplaçait à tous les tournois (basket-ball, football, cricket), se montrait, mais pas de la manière calculée et efficace des élus. Elle aidait à organiser des collectes de manteaux dans les centres sociaux ou les gymnases des écoles, dans les salles de loisirs des églises ou à côté de l'entrée des parcs. Elle avait pris l'habitude de rendre visite aux personnes âgées de Linden Plaza, leur apportant des fleurs lorsqu'elle se souvenait de leur anniversaire. Elle écoutait les aînés parler, entendait leurs préoccupations, leurs appels à la dignité pour le peu de temps qu'il leur restait à vivre. Elle organisait régulièrement des directs sur Facebook et Instagram pour attirer l'attention sur une fuite dans une cité ou sur un amoncellement d'ordures devant une école publique.

— Linden Plaza a besoin de notre aide, disait-elle, son inquiétude visible à travers le crépitement des pixels. L'ascenseur est en panne depuis huit heures hier matin. Monsieur le maire, les anciens et les handicapés qui logent dans le bâtiment sont en détresse. Nous avons besoin de votre aide, monsieur de Blasio !

Avec le député Hakeem Jeffries, ils ont pris la parole lors de la cérémonie de l'Aïd Moubarak à Belmont et Euclid, ont prié et sont restés immobiles parmi des dizaines de musulmans noirs en burka. Après le meurtre d'Eric Garner, ils ont mené ensemble un rassemblement devant One Police Plaza, exigeant l'arrestation de l'agent Pantaleo. Ils ont hurlé leurs revendications dans des mégaphones, se sont couchés sur le dos au milieu du trottoir pour bloquer les entrées. Ils ont été arrêtés, avec plusieurs autres manifestants, pour violation de propriété privée et vagabondage, puis ont passé quelques heures dans les entrailles du commissariat.

J'avais commencé à faire des rondes avec elle pour me faire une idée de son travail.

*

— Tu me suis ou quoi ? l'ai-je taquinée avant de mordre dans mon sandwich de la supérette.

— Ouais, a-t-elle répondu franchement. J'ai des courses à faire.

Ensuite, on a fait le tour du quartier, vu Coop décharger une camionnette de chantier rouillée.

— Tu sais ce que tu vas mettre ce soir ? m'a demandé Blue et j'ai haussé les épaules.

C'était une soirée de bienfaisance organisée à la bibliothèque publique, dans l'édifice central situé en face de l'arc de triomphe de la Grand Army Plaza sur lequel sont inscrits les noms des défenseurs de l'Union. Blue s'y rendait pour réseauter, et m'entraînait avec elle en tant que second, mais elle avait surtout espoir de rencontrer Inez Noble. Elle avait besoin de fonds pour le terrain sur lequel on se trouvait, elle voulait que l'endroit soit plus qu'une simple ferme, et que la maison soit réaffectée en espace communautaire. Quelques bureaux. Peut-être des salles de classe. Elle ne parvenait pas à convaincre Charles Noble, et bien que Blue et Inez aient été de farouches opposantes, Blue savait qu'Inez était capable d'être plus impartiale que son mari. Pour moi, il n'y avait que des avantages à ce projet.

— Au fait pour ce soir, je passerai vous chercher après mais je ne viendrai pas avec vous, les mondanités, c'est pas mon truc, nous a informés Coop.

Blue a ouvert les portes arrière.

— C'est quoi ce délire ? me suis-je écrié.

Ils avaient carrément vidé l'arrière du van. Derrière les deux sièges avant, là où deux banquettes auraient normalement dû se trouver, il n'y avait qu'un espace vide, recouvert par deux centimètres de contreplaqué aux parois et de la moquette sur le châssis.

— Ça fait plus d'espace, a expliqué Blue. C'est plus pratique.

— De l'espace ? Et moi, où est-ce que je m'assois du coup ?

On a dévalé les rues étroites vers la cité Boulevard, traversé des étendues d'immeubles et d'entrepôts. Je me suis fait balloter à l'arrière, puis j'ai réussi à m'accrocher aux poignées, aux ceintures de sécurité, pour finalement m'agenouiller entre Coop et Blue à l'avant, me cramponnant désespérément à leurs appuie-tête. La briqueterie ressemblait à un bidonville, des tas de gens, des Noirs, empilés les uns sur les autres. On est montés dans un appartement situé dans un immeuble qu'on connaissait, tandis que Coop était garé en double file. À l'intérieur d'un T3, la peinture avait gonflé et s'était effritée, pourrie par un dégât des eaux. Il ne restait plus qu'une bulle décolorée, une marque ocre-rouille qui donnait à l'appart une odeur de moisi humide. Mlle Moore était plus âgée, mais elle était encore vigoureuse, la peau sombre et brillante à la lumière naturelle.

— J'ai déjà fait toutes les démarches, nous a-t-elle prévenus, j'en ai marre de tout ça.

— Oui, je sais, Deb, a dit Blue.

— Ces fichus immeubles sont en carton.

Blue était en direct sur son Instagram ; droite devant le mur, elle tenait son téléphone comme un miroir. Mlle Moore avait les yeux braqués sur Blue, puis elle m'a regardé en inclinant la tête. J'ai haussé les épaules. Je suis resté hors champ et, penché en avant sur la pointe des pieds, j'ai observé la moisissure qui s'incrustait entre les fissures de la peinture. Je me suis imprégné de la puissante odeur, j'ai suivi les dégâts du bout des doigts.

— On ne t'a pas vu à l'enterrement de Stephanie, m'a gentiment reproché Mlle Moore. Tu sais, Mlle Morales. C'était une belle cérémonie. Tout le monde était sur son trente-et-un, même les plus jeunes. Ce garçon avec lequel tu traînais tout le temps, Zaire, il était là.

— Je suis désolé d'avoir raté ça.

Blue m'a donné le téléphone pour que je continue à filmer. Je l'ai regardée se matérialiser à l'écran. Le traumatisme noir a été consommé, partagé et exploité par des personnes qui n'avaient jamais vraiment perdu quoi que ce soit. Il ne s'agissait pas de concepts ni d'idées, mais de nos familles et de nos amis. Pourquoi Blue ne pourrait-elle pas s'en servir pour montrer la négligence flagrante de l'État, la télécharger sur Internet, la publier sur les réseaux sociaux pour que tout le monde puisse le voir ?

Quand on a quitté l'appartement de Mlle Moore, j'ai levé les yeux vers sa fenêtre depuis la cour. L'extérieur des immeubles était râpé, décoloré et marqué par l'usure. Avec les supports en acier à nu et les briques apparentes qui avaient beaucoup souffert, je craignais que l'ensemble ne s'effondre à tout moment.

— C'était beaucoup plus animé avant, a fait remarquer Blue une fois qu'on a repris la route. Tout le monde était dehors, dans les cours, il y avait de la musique. Des gamins dans la rue, les vieux dans leur siège de camping. La fumée des repas, plein de plats différents. Mais maintenant, c'est une ville fantôme, voilà ce que c'est.

— Qu'est-ce qui t'a donné envie de donner un coup de main, mon vieux ? ai-je demandé à Coop.

Le quartier semblait être de la couleur de la boue. Bientôt, c'est devenu un étrange mélange de maisons de plain-pied, d'îlots urbains et de chemins de terre. Des avenues commerçantes se changeaient en bandes de verdure et de béton, et en bords de rivière.

— Hein ?

— Coop a un petit problème d'ouïe, m'a informé Blue.

— Qu'est-ce qui t'a donné envie de filer un coup de main, ai-je répété plus fort.

— J'avais un van, a répondu le vieil homme. Et pas vraiment de chez moi.

— Cooper a sauvé beaucoup de monde quand la tempête Sandy est arrivée, a résumé Blue.

— Lindenwood était inondé, toute la baie. Pas autant que Far Rockaway, mais c'était quand même pas rien. J'ai dû faire pas loin de vingt voyages aller-retour entre ici et les abris. Y a eu beaucoup de monde à passer dans ce van. Le van ne sentait pas vraiment la rose. Mais ces familles n'avaient rien d'autre.

— Tu faisais quoi avant ça ? Pour gagner ta vie ?

— Quoi ? a grogné Coop.

— Cooper a été dans l'armée pendant presque vingt ans, a repris Blue.

— J'ai pas fait grand-chose pendant un certain temps, jusqu'à ce que Sunshine me voie errer par ici, a déclaré Cooper. Elle m'a donné du travail : je devais faire ce que je fais le mieux. J'avais quitté l'armée il y a si longtemps et j'avais jamais reçu d'aide. Après, j'ai rencontré Blue, et au bout de deux semaines elle m'a aussi proposé du travail. C'est pas quelque chose, ça ?

On a continué à rouler, le van zigzaguait vers l'aqueduc tel un quadrige rouillé tracté par de l'acier. Coop réglait la radio à un niveau à peine audible, la voix de Patti LaBelle, un murmure flou que je parvenais difficilement à distinguer. Vision brouillée d'espaces verts, d'un ranch de chevaux, de prés verdoyants et de citronnelle derrière des kilomètres de grillage ou de piquets en bois. On a dépassé quelques stations-service et des maisons aux fenêtres barricadées. Des sophoras du Japon bordaient les trottoirs. Il y avait une enclave de caravanes sur parpaings, certaines étaient encore sur roues et attachées à l'arrière d'une camionnette. D'autres pouvaient passer pour des maisons montées sur des poutres, à quelques mètres du sol. On apercevait un marché aux puces, et des stands de nourriture. Des rangées de merlans sur de la glace. Des marmites noircies. Les grils crachaient une fumée sombre dans l'air, sur la mer, les braises dansant à l'horizon. Des fruits et des légumes de toutes les couleurs dans des paniers en osier. Une femme derrière un chaudron nous observait depuis un petit moment, me fixant droit dans les yeux au milieu des corps errants. Sur les étals, les gens vendaient toutes sortes de matériaux : du fil de cuivre, du tissu au mètre, des vêtements pour trois fois rien, des chaussures sans marque, des contrefaçons Prada ou Louis Vuitton, des jeux et des films piratés, des appareils électroniques tels que des chargeurs Apple ou des écouteurs sans fil, des autoradios et des rouleaux de film vinyle mat, de l'équipement d'escalade, des pièces de vélo, tout et n'importe quoi.

On s'est enfoncés plus profondément dans le quartier, dépassant d'autres maisons abandonnées, pour déboucher sur un petit champ d'herbe jaune-vert et une route inachevée. Au bout, il y avait un mur gris, un horizon de pierre sous le ciel bleu. Une station d'épuration. Elle nous encerclait, nous enveloppait d'un infini à l'autre. Et encore d'autres constructions. Une grue jaune s'élevait vers le ciel, le pied enfoncé dans la douve en contrebas. De l'autre côté, plus loin, s'étirait la nouvelle partie du centre commercial. Si j'avais pu oublier ce qui se trouvait juste derrière moi, j'aurais pu m'imaginer dans une banlieue résidentielle quelconque. Quelques hectares plats d'espace commercial au sommet d'une décharge. On a pris vers l'ouest pour passer devant des habitations écologiques modernes d'un ou deux étages, montées sur pilotis. Elles étaient toutes neuves et élégantes – une succession d'habitations aux façades bleu pastel et jaune canari dont les toits, recouverts de panneaux solaires, scintillaient.

— C'est la Ville et un groupe privé qui ont construit ça, m'a dit Blue. C'est pas mal, hein ?

— Elles sont abordables ? ai-je demandé la main sur le visage comme un rayon de soleil m'éblouissait.

— Eh bien, ça reste à voir.

On a longé les marécages jusqu'à ce que la terre se fasse plus rare. Les routes nous ont conduits près de la baie ; la zone palustre se recroquevillait, reculait devant nous. Sur le rivage où je t'ai rencontrée il y a des années. Des kilomètres de verdure se transformaient en boue à mesure que l'océan s'étendait.

C'était réconfortant, serein, ces rangées interminables et identiques de tiges jaunes et vertes qui luisaient dans l'éclat du soleil alors que le vent soufflait vers la baie de Jamaica. Des brins d'herbe et des joncs épais se serraient les coudes ; tels des flashs d'appareils photo, des libellules étincelaient à travers la prairie et au-dessus de l'eau. De la boue s'étalait sur des couches de feuilles, d'huile et de vase le long de la crique. En fait, il s'agissait de rouille marron foncé qui, à la lumière du soleil, prenait une teinte pourpre. Pendant tout le temps où on a déambulé le long du rivage, le bourdonnement des moucherons emplissait mes oreilles. Tu m'apparaissais régulièrement et je savais que c'était réel. Je t'ai suivie à travers le temps pour savoir comment ç'avait commencé pour toi. Comme toi, je n'étais plus un corps mais une brève phrase enveloppée d'histoires et de moments. Depuis des jours, les nuages stagnaient sur la longueur de la baie, leurs bords repliés de l'autre côté de l'horizon.

Les rituels

Colly, 2018

Parfois, j'avais l'impression que mes rêves étaient des aperçus d'une autre vie, d'une vie que je vivais, mais pas tout à fait, pas dans ce corps. Six ans plus tôt, j'avais quitté New York, et depuis ma vie avait été différente, étrangère à moi-même, comme si je regardais mes journées passer derrière une vitre épaisse. C'était la Californie, peut-être. J'ai fréquenté une petite faculté privée à proximité des montagnes, à la limite du désert du comté de Los Angeles. C'est marrant : moi qui venais d'un quartier sujet aux inondations, j'étais parti étudier dans le désert. Naima de son côté s'était inscrite à l'université A&M du Texas. À l'automne, au cours de ma deuxième année d'études, j'ai pris l'avion pour la rejoindre, et on s'est éclipsés d'une soirée cocktail organisée par son département avant le début du semestre. Au cœur de l'aride arrière-pays texan, elle m'a dit que notre peau avait des souvenirs. La sienne m'a raconté qu'on s'était déjà rencontrés dans une autre vie, de la même manière que dans celle-ci. Je ne supportais pas ses amis de l'université qui avaient tous l'intention de voyager pendant un an ou de s'inscrire au programme Teach for America. Elle n'était pas très différente d'eux. Elle cherchait simplement quelque chose de plus, m'a-t-elle expliqué un jour dans la bibliothèque de son université. Mais elle avait tout prévu et j'étais jaloux : pour moi, ce ne serait jamais aussi simple. Pour moi le plan, c'était de survivre. M'en sortir quelque part au-delà des cinq fleuves, et me débrouiller pour le reste. Je ne t'avais pas vue depuis des années, maman, et Pa continuait à soulever du béton et de l'acier jour après jour. Je n'avais connu que des gens au dos courbé et aux pieds enflés, qui travaillaient dans des usines et des tunnels de métro, dans les bureaux du Snap[1] et des garderies, dans des entrepôts et des centres commerciaux humides. Ils vidaient le poisson, desservaient les tables, gardaient le hall d'un bâtiment où ils n'auraient pas été les bienvenus un autre jour. Ils restaient debout pendant des heures. S'usaient le corps entre deux payes. Ils travaillaient, avaient un emploi. Les étudiants là-bas – noirs, blancs et bruns – avaient tous des parents qui exerçaient un sacré bon job : directeur, administrateur, cadre, commerçant, responsable de groupes d'agents immobiliers, professeur, courtier en assurance, spécialiste de l'environnement pour les grandes entreprises. Ils vivaient dans de grandes maisons à étages, disposant de l'air conditionné, avec deux voitures garées dans l'allée de devant. Ils surveillaient leurs apports en calories, mangeaient des aliments à faible teneur en glucides, ou sans gluten, ou un parfait aux baies et aux graines de lin, et buvaient du lait d'amande. Leurs repas renvoyaient à des destinations coloniales : morceaux d'avocat, riz au

1. Supplemental Nutrition Assistance Program, « Programme d'aide supplémentaire à la nutrition » en charge de la distribution des bons alimentaires.

safran, lentilles beluga ou épicées, salades de quinoa, sushis. Ils adoraient les plateaux de charcuterie accompagnée de confiture, les oignons marinés, le pudding aux graines de chia, les currys de courges ou de butternuts.

Lorsque Naima me rendait visite à la fac, on faisait l'amour dans l'herbe, cachés par les collines, parmi les libellules qui volaient suffisamment bas pour qu'on puisse entendre le battement de leurs ailes. Un jour, on était enveloppés dans une couverture en face du clocher de l'université et un groupe en visite sur le campus est passé ; j'ai cru qu'ils nous avaient vus, mais ils ont continué leur chemin et on a ri. À ce moment-là, on avait tellement de temps devant nous, des journées entières ! Il y avait plein de façons différentes de le faire passer. On pouvait s'ennuyer, garder jalousement notre temps libre ou le partager, le brandir et dire « Vous savez quoi, il n'y a pas assez de temps dans une journée pour faire tout ce qu'on veut », mais la plupart des gens vieillissent et deviennent gris avant même de savoir si leurs désirs leur appartiennent vraiment. Je pouvais tout à coup me projeter dans l'avenir. Je me suis laissé vieillir et grisonner, pour voir ce que l'avenir pouvait me réserver avec Naima, ou avec n'importe qui.

Mais on a passé une partie de ce temps dans des fêtes – des gobelets rouges renversés, des coins sombres pour les amoureux d'un soir, des foules de gens en sueur, rouges au niveau du cou et des oreilles. La chaleur y était à couper au couteau tandis que je me glissais entre les grands athlètes robustes de l'équipe de base-ball ou de water-polo. Certaines étudiantes se spécialisaient en psychologie ou en relations internationales, bronzaient sur la pelouse, partaient le week-end en virée à Laguna ou à Santa Barbara. Elles s'envoyaient des Xanax après les cours et jusque tard dans la nuit, ou planifiaient leur trip sous acide lors d'une rave, comme une parenthèse. Il m'arrivait d'entrer dans une chambre pour décompresser et d'y trouver un miroir de maquillage maculé de poudre blanche. J'espérais qu'ils n'allaient pas tenter de me piéger avec des mots d'argot trouvés sur Twitter, me poser de questions sur une célébrité noire qui ne m'avait jamais intéressé, qu'ils n'allaient pas crier le mot « negro » pendant le refrain d'une chanson, qu'ils n'allaient pas m'appeler par mon nom, celui que tu m'as donné.

Mes camarades de classe s'attendaient à un numéro, mais pas à un stéréotype, car ça n'aurait pas été intéressant. Peut-être voulaient-ils que je leur enseigne quelque chose, à l'image d'Atticus dans *Ne tirez pas sur l'oiseau moqueur*, ou du « bon sauvage » plein de sagesse et d'histoires édifiantes. Peut-être voulaient-ils confirmer quelque chose qu'ils savaient déjà.

J'ai ressassé tout ça pendant des années. Avaient-ils choisi de m'ignorer ? Ce ne pouvait être qu'un choix. Le Noir qui vendait des cacahuètes et des sodas à la gare routière, celui qui compostait les billets à la gare, oblitérait les timbres à la poste, l'éboueur qui vous disait de laisser le couvercle de la poubelle ouvert au petit matin pour qu'il puisse la vider plus facilement. C'était forcément ça. Il n'y avait pas de professeur noir, ni de vieille bibliothécaire à lunettes double foyer préparant des biscuits au gingembre pour sa journée de travail, histoire que les Blancs gardent le sourire et lui lâchent la grappe. Même si elle avait été là, ils ne l'auraient pas remarquée, car ils ne faisaient pas la différence entre un Noir et un trou dans le mur ; et c'était tout à fait délibéré. Peut-être n'entamaient-ils la discussion que pour s'enquérir du prix de la rotation d'un pneu à leur garage, ou pour donner un pourboire supplémentaire à la serveuse au restaurant. C'était pas facile d'obtenir des Blancs qu'ils vous regardent dans les yeux. C'était peut-être logique. Sur la Côte Est, c'était normal de passer des jours sans voir une personne blanche. En vérité, chaque rencontre avec un Blanc était riche d'enseignements ou revêtait un caractère pesant. Les Blancs, c'étaient les agents de police dans la rue, les enseignants, les travailleurs sociaux, ceux qui nous faisaient passer des entretiens d'embauche ou nous recevaient pour un prêt bancaire, ceux qui étudiaient nos dossiers au bureau des locations et nous disaient non quand nous n'étions pas acceptés. Tous leurs choix influençaient la trajectoire de nos vies, alors qu'ils ne nous connaissaient même pas et ne cherchaient pas à nous rencontrer. On était sans importance, des feuilles éparses séchées et balayées par une vive rafale glacée. Le vent s'engouffrait dans les rues bordées d'arbres, comme celles de cette petite ville universitaire, et soufflait dans aucune direction précise.

Un jour avec Naima, on a roulé dans les montagnes, en altitude, là où l'air se fait rare. On écoutait Toro y Moi et Khruangbin les vitres baissées sur la route sinueuse qui montait vers le sommet. J'ai pris Naima en photo, le cœur brisé. San Gabriel était une chaîne montagneuse qui donnait sur une vallée, creusée par le fleuve Santa Ana. Le bassin versant s'étendait sur plusieurs comtés, les pics montagneux venaient chercher le soleil. On s'est garés sur un promontoire et on a regardé le paysage, en dégustant du brie, des crackers et du cidre. Elle a pleuré pendant le pique-nique. Il n'y en aurait bientôt plus. Chassés par les fourmis rouges, on a redescendu la vallée. On a suivi la rivière pour retrouver la cuvette désertique, le long des routes tortueuses dans la Volkswagen de mon camarade de chambre.

Une fois mon diplôme obtenu, je suis resté à Los Angeles, quelque part entre les autoroutes et les centres commerciaux. J'avais rompu avec Naima et m'étais convaincu que c'était une décision mutuelle ; trop de distance dans tous les sens du terme. Je pense que j'avais peur de me mettre à nu et de m'ouvrir comme l'amour l'exige souvent. Or rien n'avait changé. Elle ne me pardonnait pas le temps et les efforts qu'elle avait consacrés à notre relation. Pendant deux ans, je suis passé à côté de beaucoup de choses – et pas tant que ça, en même temps. Je payais une chambre en pension complète à une charmante Équatorienne qui possédait une maison de plain-pied dans le sud de Los Angeles, sur San Pedro Street, près de Slauson Avenue. Elle s'asseyait sur sa bergère achetée à Goodwill et arrosait ses plantes à l'aide d'un vaporisateur. Je traînais de temps en temps avec son fils qui était codeur. Il prenait toutes les heures quelques gouttes de teinture de cannabis et passait Flying Lotus en boucle jusqu'à ce que ça l'apaise et le détende. Je gardais un œil sur mon ancien quartier, j'avais des nouvelles en partant dans d'autres lignes temporelles et en recevant des textos de chez moi. J'avais lu un gros titre au sujet d'un homme tué dans une cage d'escalier par un jeune flic aux Pink

Houses, pas très loin de ma cité. Pour moi, une journée ordinaire commençait vers cinq heures et demie du matin pour prendre le bus. Je travaillais dans une association à but non lucratif qui était, bien entendu, en proie à des difficultés financières. Je me rendais généralement à la plage après le travail, et j'y restais jusqu'au coucher du soleil. Le Pacifique était vraiment bleu, contrairement à la soupe grise qui entoure New York. Et à la tombée de la nuit je regardais la mer et me sentais terrifié, insignifiant. C'était en soi une expérience douloureusement grisante.

Je veillais à bien manger. Des quantités industrielles de « fromage du gouvernement[1] », ça me rendait certainement invincible. La façon dont je cuisinais est devenue un rituel. C'était cadré mais désordonné. Monacal. Romantique. Plein de musique, de sueur et parfois de larmes. Un mardi, je me suis préparé un saumon grillé avec du riz et un bol de salade. J'ai fait cuire le poisson avec des oignons verts, des poivrons et de l'ail. La tête au-dessus de la cuisinière, alors que je laissais la chaleur m'abrutir, j'ai eu la sensation d'un tuyau bouché qui se vide progressivement. L'odeur a réveillé mes sens, m'a permis de me situer dans ce monde, au milieu de ce terrain sauvage. J'ai rincé à l'eau froide les feuilles d'épinard, les ai assaisonnées au jus de citron, puis déposées dans un bol avec des cerneaux de noix et de la feta.

Naima m'écrivait du fond de l'océan, à travers les frontières de l'État, à travers la paume de ta main.

1. Fromage industriel, distribué aux populations les plus pauvres, dans le but de les nourrir mais surtout de maintenir le prix du lait en cas de surproduction.

Aux infos, j'ai vu un homme mourir d'asphyxie. Apparemment, la police lui était tombée dessus parce qu'il vendait des cigarettes à la sauvette. Naima m'a appelé quand le flic responsable de son assassinat a été disculpé.

— T'es devant ta télé ?

Elle en avait pleuré de frustration.

— Ouais. Pourquoi ce genre de choses arrive tout le temps ?

— Tu le sais très bien.

Silence.

— Je ne sais plus pourquoi je t'ai appelé, a-t-elle fini par déclarer.

Ce soir-là, je me suis couché à deux heures et demie, en invoquant je ne sais quoi. Prêt à céder quelque chose à l'univers, prêt à remplir tous mes espaces de matière grise. De rembourrage. De poussière cosmique. Comment faire ? J'ai entendu ta voix pour la première fois depuis des années, elle m'a arraché à un rêve alors je n'étais pas sûr de savoir dans quel monde avait commencé ta phrase. Je t'entendais par-dessus le bruit des flots au loin, criant depuis l'autre rivage, me demander de rentrer pour la nuit alors que les réverbères commençaient à briller. C'est ce que je voyais dans ma tête. Dans cette chambre provisoire, étroite et pleine de poussière, l'écran de mon iPhone était aveuglant. Je n'arrivais pas à me rendormir, alors j'ai surfé sur Instagram. J'ai trouvé ça instructif, de voir qui les gens croyaient être. J'ai regardé mon propre profil, me suis demandé quelle version de moi-même je voulais montrer : il était dépouillé, des silhouettes de gratte-ciel, quelques concerts, des photos de moi ayant l'air candide ou ne regardant pas directement l'objectif. L'avatar que j'avais créé était un reclus. Eh bien, c'était tout simplement faux. Les informations postées sur les médias sociaux de Naima indiquaient au monde extérieur qu'elle allait bien, qu'elle avait déménagé à Seattle, la Cité émeraude du Nord-Ouest Pacifique. Des photos de la salle de classe où elle enseignait. Entre les affiches de l'alphabet sur papier glacé et les tableaux effaçables se trouvaient des aphorismes inscrits sur de grandes feuilles de papier kraft. Le travail de chaque écolier était accroché au tableau de liège, tous sujets confondus. Les étoiles dorées, distribuées avec ferveur comme si elles allaient soudainement se raréfier, se détachaient des devoirs et des contrôles d'orthographe. Elle écrivait ses tweets comme des poèmes. *S'il était réel, ce serait un imposteur.* Nos derniers jours et nos dernières nuits ensemble me semblaient bien loin, époque nébuleuse et lointaine. Je ne savais plus à quoi ressemblait sa vie, alors je me suis représenté la Naima que je connaissais, seule sans vraiment l'être dans la ville qu'elle avait adoptée. Je l'imaginais remplissant son appartement de livres, l'odeur du thé au citron, fartant son snowboard à l'arrivée de l'hiver quand elle pouvait aller à la montagne. Je l'imaginais courant tous les matins et un soir sur deux, passant devant les magasins et les immeubles de bureaux. Elle sentait la tension de sa peau, rouge et humide sous la piqûre du froid. Le week-end, elle se maquillait, se crêpait les cheveux, puis perchée sur ses hauts talons, toisait quiconque osait l'aborder. Elle arborait son regard le plus froid. Elle était belle et elle le savait, ses yeux aussi profonds et inquisiteurs que le vent au fond de la vallée.

Elle s'allongeait, du sucre plein les dents ; elle était plus seule que jamais. Trop de place dans son lit. Est-ce qu'elle cherchait à se retrouver ? L'irritation au fond de sa gorge, les battements viscéraux de sa poitrine, tout cela lui était familier. Peut-être partageait-elle avec ses élèves ce que la vie lui avait enseigné.

J'aurais voulu rencontrer Naima pour la première fois à trente ans, quand je n'aurais plus été aussi embourbé sur ce chemin qui me semble pourtant inévitable. J'aurais aimé la rencontrer lors d'un événement (un atelier ou une projection de film) par l'intermédiaire d'un ami commun. Au hasard d'un samedi après-midi. Entendre parler de l'endroit où elle était allée à l'université et de la raison pour laquelle elle ressentait un tel dégoût pour cet établissement. Lui parler d'une petite ville de Californie où les couchers de soleil sont magnifiques. De toi, ma mère provocatrice. Lui expliquer que tu es mon ange gardien, et elle m'aurait dit que je devais venir la voir, et on aurait passé d'innombrables après-midi à traîner, à laisser nos peaux se toucher après avoir fait l'amour, et un mardi, après une journée tout à fait ordinaire, je me serais rendu compte que je l'aimais. Ensuite, j'aurais pu l'aimer aussi longtemps que je l'aurais voulu parce que je n'aurais pas eu à choisir et que j'aurais eu tout l'avenir devant moi. Cette vie était si limpide que je m'en enveloppais pour oublier la vraie.

Mais j'avais pris une autre direction. J'étais déjà de retour chez nous, assis dans l'arrière-cour de Zaire, à boire de la bière au crépuscule en cherchant l'ivresse, bourré au possible, avec l'envie de foutre le feu à quelque chose – un enfant avec sa première boîte d'allumettes. Los Angeles, c'était terminé pour moi. Si je ne te laisse pas me diriger complètement, je te laisse au moins m'aiguiller.

Je te laisse me guider jusqu'à chez nous.

Désespérément invisible

Colly, 2018

Quand je suis rentré pour l'été, Raven avait changé de vie et Naima ne voulait plus entendre parler de moi. Elles voulaient se venger, être aussi puissantes que possible ; moi, j'avais envie de te pleurer sous la pleine lune, une bière légère à la main. Au lieu de quoi je t'ai seulement pleurée. La chaleur argentée de l'été s'abattait sur la ville, une terre mythique de lumière, de pierre et d'humanité. Sous une voûte de rayons de soleil orangés, une chaleur oppressante s'incrustait dans les yeux et dans les sillons de la bouche. Tes mots se sont répandus hors de ma valise.

L'appartement de Pa sentait la bière Red Stripe et le poisson frit. J'ai organisé une fête en ton honneur dans la cour et invité mes amis proches. Tout le quartier est venu, et Zaire m'a aidé à dégoter des haut-parleurs chez un voisin. Pa a joué au gin rami en haut de l'escalier avec les copains de son équipe de cricket, tout en buvant des bières jusqu'à ce que le soleil descende sous les collines. Au loin, la ville était surpeuplée. Des fenêtres et des gens brisés.

J'ai fait le tour des invités pour parler aux gens que je connaissais. De retour dans l'appartement, j'ai regardé par les fenêtres avec des yeux aussi tristes que les tiens. Le sommet des immeubles disparaissait dans la nuit humide, les rues étaient animées et sinueuses, une rivière d'asphalte traversant un canyon de métal et de pierre. J'ai observé les nuages dériver vers la baie de Jamaica. Raven m'a trouvé au fond, près de la fenêtre, et m'a pincé le bras au-dessus du coude. Quand on était en primaire et au collège, c'était la fille avec qui tous les garçons voulaient sortir. Elle s'est penchée pour me serrer dans ses bras et, dans un flash-back, j'ai entendu des écolières chanter « Miss Mary Mack », leurs mains sentant le beurre de karité et leurs dents pleines de tamarin. Raven faisait éclater son chewing-gum, comptait le nombre de fois où la corde à sauter touchait le goudron avant de se lancer. Les élastiques décorés de boules noués autour de ses cheveux cliquetaient comme de grosses gouttes de pluie.

— Tu tiens le coup ?

— Pas vraiment, m'a-t-elle avoué par-dessus la musique et les conversations bruyantes. Il essaye encore de réunir la caution.

Avant que Tristan ne soit arrêté, il avait monté une arnaque. Depuis son vieux T3, il changeait en sa faveur les sommes inscrites sur des chèques. Sauf qu'il escroquait les gens de quasiment tout leur argent. C'était facile quand ils étaient désespérés. Raven, la mère de son enfant, arrivait de la cuisine en clopinant, des assiettes fumantes recouvertes de papier aluminium à la main. Certains jours, j'étais là pendant que Tristan campait près de son téléphone, se levait lorsque l'appareil gémissait, puis fouillait dans les boîtes à chaussures éparpillées dans le coin.

— T'entends pas que je t'appelle, imbécile ? disait Raven.

Tristan écoutait à peine. Il était occupé. Sa fille, Melli, se balançait d'un côté à l'autre devant la télévision.

— Tu lui en veux ? ai-je demandé à Raven.

Elle a regardé le vestibule, le flot de gens qui allaient et venaient. Ils faisaient entrer la chaleur avec eux.

— Tout le monde peut faire des conneries, a-t-elle dit. L'erreur est humaine.

J'ai squatté chez Raven pendant des semaines après qu'ils ont embarqué Tristan. Fraude, vol d'identité, une forme ambiguë d'escroquerie. Les inspecteurs avaient un mandat et un dossier rempli de témoignages. Ils ont affirmé que s'il coopérait certaines des accusations seraient réduites à des délits mineurs. Ils parlaient comme s'il avait déjà été jugé. Le jour de son arrestation, j'ai pris le bus pour me rendre à la gare, l'estomac noué. Au moins, il était vivant.

Je gardais Melli pendant la journée, ou Raven l'emmenait chez qui voulait bien d'elle. La mère de Raven s'emportait à la vue de sa fille : « Courir comme une folle, un bébé sur le dos, un sac de courses autour du cou. Ce garçon te doit beaucoup. » La mère de Tristan, quant à elle, avait été d'une aide inestimable. Raven ne la remercierait jamais assez. « Ma petite, il faut que tu t'accroches pour elle ! », s'écriait la mère de Tristan en faisant un geste en direction de Melli, les bras grands ouverts et tremblants.

Elle n'avait plus qu'un poumon parce qu'elle avait fumé des Newport pendant des décennies. Elle restait forte et malgré les ragots qui la suivaient à l'église et au salon de beauté, elle continuait de voir son fils comme le petit garçon qui avait besoin de points de suture après s'être ouvert le genou devant la maison de quartier.

Raven travaillait à la garderie de Belmont Avenue que sa cousine aidait à gérer. Elle y était dès le matin et partait le soir bien après que les parents avaient récupéré leurs enfants. Elle rentrait à la maison dans un tourbillon de sacs plastique et lisait avec Melli avant de lui préparer à dîner.

— Je vais me battre avec lui.

La voix de Raven se mêlait à celles du groupe à côté de nous. Ils nous ont fait un signe de tête et je les ai salués en levant mon verre.

— C'est ce que je suis censée faire, non ?

— Ou bien tu le fais parce que tu l'aimes vraiment, ai-je contrebalancé et elle a regardé par terre, le parquet en imitation bois déjà mouillé par le contenu de gobelets renversés et les bières. T'as pas envie d'en parler à quelqu'un ?

— À qui ?

— À n'importe qui.

— J'ai besoin de quelqu'un pour parler à ces putains de créanciers.

— Raconte-moi le premier jour, ai-je commencé. Le jour où vous êtes sortis ensemble pour la première fois.

— Il a été grossier, a-t-elle laissé échapper, léchant le citron vert et le sel sur ses lèvres. J'étais en seconde et il m'a regardée avec ses yeux globuleux et m'a dit qu'il allait suffoquer si je continuais à parler.

— Je vois… genre : tu lui pompais l'air.

— Charmant, a-t-elle ironisé et j'ai ri à la manière dont elle chantait ses mots. J'aurais aimé que tu lui parles.

— Tu sais comment il est, ai-je lâché en haussant les épaules avant d'ajouter : Comment t'as su que t'étais amoureuse de lui ?

Elle a réfléchi un instant, traçant des lignes dans la crasse avec la semelle de ses baskets.

— Ç'aurait été difficile de ne pas m'en rendre compte.

Melli devait être chez la mère de Tristan. L'air était chargé de l'odeur d'un barbecue en provenance de la cour, épais de poudre de jerk et de gingembre. J'ai traversé la pièce principale, puis le couloir où gisaient au sol des gobelets en plastique transparent. Dans la cage d'escalier, une femme se tenait à côté de deux hommes plus âgés et roulait de la beuh qu'elle émiettait avec ses doigts dans une feuille de papier à rouler. Je suis descendu, j'ai poussé la lourde porte métallique qui donnait sur l'extérieur, la nuit était douce et brumeuse. Des fresques se déployaient sur le métal mort, les palissades couvertes de rouille et les fils de fer tordus, parmi les tours et les entrepôts ravagés. Les réverbères halogènes faisaient briller des taches dans le ciel.

C'était comme ça que ça se passait quand on avait la vingtaine et qu'on zonait. Les choses étaient épisodiques et spontanées. On invitait des gens qu'on venait à peine de rencontrer. Santé aux nouveaux amis, en tout cas ! On engageait la conversation en tapant une cigarette pour affronter le froid sec. J'ai allumé la mienne d'un coup de pouce et j'ai consulté mon téléphone. Naima m'avait laissé un message.

Mais toi, tu restais désespérément invisible.

*

Le lendemain matin, je me suis réveillé dans un état d'amnésie poisseuse quand on a frappé à ma porte. Le soleil était déjà suffisamment haut dans le ciel pour réchauffer l'aube fraîche de l'été. L'appartement de mon père sentait encore l'alcool et les cigares ; le canapé que j'avais installé au centre de la pièce y trônait toujours. J'ai péniblement avancé jusqu'à la porte pour l'ouvrir. Un agent de service de la Nycha, un chariot rempli de boîtes à outils, d'équipements de protection, d'un escabeau en aluminium, de seaux à peinture et de bien d'autres choses encore, a tendu un porte-bloc sur lequel était accrochée la demande de réparation pour cet appartement. J'ai saisi le bon de travaux.

— Sans déconner ? Cette demande date d'il y au moins dix ans.

— On me l'a fait suivre aujourd'hui, s'est justifié l'agent de service en reprenant le bon à la hâte. Vous voulez que je m'en occupe ou quoi ?

— OK.

Je me suis écarté pour lui laisser la place de faire rouler son caddie et l'ai conduit vers le mur en question. Lorsqu'il s'est installé, je me suis précipité sur mon téléphone que j'avais entendu vibrer et j'ai décroché d'un mouvement latéral du pouce.

— Vous avez un appel en PCV… a commencé le message automatisé d'un opérateur.

— Ouais, j'accepte la communication. Tristan ?

— Tu t'occupes bien de mes filles ? a-t-il demandé.

— C'est plutôt le contraire.

— Ça, c'est bien elles.

— Tu as parlé à ton avocat ?

— J'ai pas revu ce type depuis que je suis arrivé ici.

Il avait fallu choisir entre la caution pour sortir de prison ou un avocat digne de ce nom. Sur le long terme, il aurait peut-être mieux valu profiter d'autre chose qu'un commis d'office, mais je pouvais comprendre qu'il ait penché pour la liberté provisoire.

— Ça fait presque un mois que je suis ici, s'est plaint Tristan.

Je pouvais sentir ses lèvres contre le combiné.

— Il faut que tu fasses le nécessaire pour moi, a-t-il repris.

— Je fais ce que je peux.

— Je sais, mais tu vois... cet endroit...

— On va te faire sortir de là.

Silence. J'ai entendu des voix à l'autre bout, une sorte de bourdonnement. J'ai allumé de l'encens et l'ai promené dans la pièce avant d'en enfoncer l'extrémité non enflammée dans un petit trou du mur où tu avais accroché un cadre il y a des années.

— Raven t'a dit pour le bébé ?

— Oui, ai-je répondu.

Du haut de son échelle, le type des logements sociaux a baissé les yeux sur moi et a haussé les épaules.

— Melli va être grande sœur. Elle va avoir un petit frère dont elle devra s'occuper. J'étais beaucoup plus âgé que ma fille lorsque j'ai connu mes frères et sœurs. Je ne voulais pas qu'elle vive la même chose.

— Elle va assurer, ai-je réussi à dire.

Dans l'appartement de mon père, on avait l'impression que chaque instant s'empilait sur le précédent, comme si le temps s'était refermé sur lui-même. Il y avait des bacs et des caisses empilés partout, recouverts de poussière, sur les tables et les plans de travail, poussés dans les coins. Il y avait d'innombrables étagères pleines de pochettes de vinyles, de boîtiers de cassettes, de livres et de mes vieilles cartouches Nintendo. Pa avait l'habitude de regarder des films sur son ordinateur portable posé sur un vieil ampli. Il y avait un lecteur cassette, une platine vinyle et une sacrée pile de magazines *Essence*. Toute cette poussière et ce désordre alourdissaient l'air, je pouvais le sentir sur ma langue.

Mon père est entré dans la pièce en traînant les pieds, un paquet de Salem à la main.

— Et là, il m'a dit « Me parle pas sur ce ton. » Ce à quoi, je lui ai répondu « D'abord, c'est chez moi ici. Alors je parle sur ce ton si ça me chante. »

— Papa, c'est juste une partie de gin rami, ai-je tempéré.

Il a levé les yeux et je me suis rendu compte qu'il était au téléphone.

— Pas quand on joue de l'argent.

Il s'est laissé tomber sur sa chaise et a allumé une cigarette, le téléphone toujours coincé entre le cou et la mâchoire.

— Ça va au boulot ?

— On fait aller.

— Tu as parlé à Tristan ? m'a demandé Pa.

— Je suis allé le voir la semaine dernière. On essaie d'obtenir une liberté sous caution.

— Y en a pour combien ?

— Pas loin de trois mille, ai-je annoncé avant de plonger la main dans ma poche pour prendre mon téléphone. J'ai besoin d'emprunter ta voiture.

— Y a plus d'essence dans la caisse.

Il m'a tendu la clé.

— Je ferai le plein.

Ayant récupéré ses affaires, l'agent de service a dit qu'il allait devoir revenir le lendemain car l'état du mur était pire que prévu. Les informations passaient à la télé, le son coupé, pendant que Pa parlait à son correspondant au bout du fil. C'était peut-être l'un des membres de l'équipe de cricket du bout de la rue, des types qui avaient toujours de l'huile sur les mains et la peau aussi sombre que l'écorce d'un arbre. Il pouvait aussi s'agir de son amie, celle dont il refusait de me parler et qui avait laissé une paire de pantoufles et quelques vêtements dans son armoire pleine à craquer. Je n'entendais pas le reportage, mais j'ai lu le résumé qui s'affichait à l'écran. Un garçon s'était pendu à la fenêtre de sa mère, après avoir purgé une peine de prison de plusieurs années. Il avait séjourné à Rikers Island pour une infraction qu'il n'avait pas commise. Ils n'arrêtaient pas de montrer le cadre d'une fenêtre brisée, entourée de ronces.

Le Q144 montait à Rikers Island, depuis Queensbridge et Astoria, le long du canal trouble de l'East River. Si le nombre de détenus de la maison d'arrêt où Tristan était enfermé venait à exploser ou s'il perdait son procès, Raven devrait prendre ce bus en direction de la pointe de la ville, traverser un pont éloigné jusqu'à cette petite île couverte de pierres et de barbelés. L'intérieur de la prison était froid – l'air, mais aussi les tables, les chaises en métal et les murs. Raven se ferait intégralement fouiller par des gardiennes munies de gants en latex, qui palperaient sa poitrine et ses jambes. Elle parlerait au père de son enfant à travers une vitre, un épais panneau de Plexiglas strié de cicatrices.

— Les Noirs ne se suicident pas, a décrété Pa à l'attention de son interlocuteur au téléphone, à mon attention, à la pièce en général.

L'histoire n'était pas aussi rare que les informations le laissaient entendre. Pa ne pouvait pas le comprendre. Il pensait que c'était faible, égocentrique. Il avait pourtant plus de jugeote que ça. Quand le corps devient une enveloppe, lourde et éprouvante. C'était se réveiller chaque jour écrasé par quelque chose, perdre son souffle au point de trouver ça normal, et voir l'extérieur cesser d'exister. Avoir toutes les raisons d'être libre dans ses poumons, au fond de sa gorge, pour finalement se retrouver sans voix, à bout de souffle. J'ai pensé à une île, aux noyés et aux garçons disparus en mer. J'ai pensé aux femmes qui attendaient sur le rivage, comme Raven, qui attendaient que la mer monte, sans savoir que nous avions complètement disparu. Ça m'a fait réfléchir : y avait-il d'autres morts conscientes, d'autres façons de se tuer ? Tristan traînait-il la jambe en cellule comme s'il était à moitié vivant, un fantôme, mort car privé de liberté. Parce que sans liberté la vie se transforme en mort, mais ça, les institutions n'en ont que faire. J'étais là, fonçant tête baissée – assez fou pour me consumer comme une étoile chaude et mourante dans un espace morne. Était-ce une sorte de suicide ?

J'ai regardé mon vieux, ses yeux rouges et mouillés par la fumée de sa Salem. C'était un mur de brique, un homme encore robuste, débordant de sa chaise. Il refusait toujours de reconnaître tout ce à quoi ma mère avait renoncé. Elle n'avait pas mis fin à ses jours, elle était morte à petit feu. Il s'est tourné vers moi avec cette expression que je lui avais déjà vue, quand j'étais petit garçon et qu'une nuit, il avait déboulé dans l'appartement très tard. À présent, il était plongé dans une autre histoire au téléphone et je suis resté à regarder les informations en silence pendant une demi-heure encore. Finalement, je lui ai tapé sur l'épaule et je suis sorti. Ça faisait des années que ça fonctionnait comme ça entre nous.

*

Raven avait eu le temps de cuisiner ce soir-là, ce qui était rare. De la vapeur s'élevait d'un côté d'un plat de riz blanc baignant dans le beurre, de l'autre d'une gamelle de morceaux de poulet frottés au jerk, d'oignons et de poivrons sautés, qui nageaient dans un bouillon épais. Son appartement était une grande pièce donnant sur un petit couloir qui menait à une chambre et à une salle de bains. Melli est sortie de la chambre, drapée dans un morceau de tissu.

— Regarde, Tonton Colly, s'est-elle exclamée.

Elle a tourné sur elle-même, son éblouissante robe virevoltait.

— Elle se prépare pour une pièce, m'a informé Raven.

— Tu es magnifique ! me suis-je enjoué. C'est quoi, ta pièce ?

— *We Are the Dream.*

— C'est super, ma puce, ai-je dit à Melli, puis m'adressant à Raven : Au moins, c'est en juin et pas durant le Mois de l'histoire des Noirs.

— Dans la classe de Melli, ils travaillent toujours sur les mêmes trois pages que nous et, je ne sais pas comment les profs s'y prennent, mais ils font durer ça tout le mois : nous étions des esclaves et Harriet a libéré certains d'entre nous, puis Lincoln nous a tous libérés, et enfin Martin Luther King nous a emmenés au sommet d'une montagne.

— Tous les mois de février, ils étaient impatients de sortir cette vieille téloche toute poussiéreuse. Ils nous faisaient regarder *Eyes on the Prize* une cinquantaine de fois.

— Attends, j'adore ce docu.

— Ouais, moi aussi.

Raven avait l'habitude d'allumer de l'encens ; ses étagères et ses tables basses étaient constellées de traces de nag champa. Elle allumait des bougies du 99 Cents Only Store, les grandes ornées d'un Jésus blanc entouré de roses ou de feuilles de vigne, avec en toile de fond une image baroque. Avec Melli, l'appartement entier était devenu une chambre de bébé, la moquette jonchée de poupées, de tapis de jeu et de jouets qui se mettaient en marche sans raison. On a mangé et ri, puis Melli s'est endormie dans le canapé. Je l'ai portée jusqu'à son lit, le lit de Raven, puis j'ai aidé celle-ci à ranger la cuisine. J'ai éteint les lumières de l'entrée et laissé défiler les publicités.

— Elle dit que certaines filles de l'école l'embêtent, a-t-elle lancé au-dessus du doux ronron de la télévision.

— Dis-lui d'assommer la meneuse du groupe.

Elle a souri un instant avant de pousser un nouveau soupir. C'était tellement injuste, a-t-elle soufflé. Elle était impuissante. Elle ne pouvait même pas habiller correctement son enfant. Alors comment se payer un avocat ?

— Je ne me suis jamais posée pour réfléchir à ce qui me plaît vraiment, a-t-elle déclaré.

— Tu trouveras bien le temps de le faire.

— Je ne crois pas, a-t-elle affirmé en plaçant sa tête sur mon épaule. Des fois, je me demande bien pourquoi t'es revenu ici. Tu as un diplôme, tu as d'autres options.

— J'ai l'impression d'être à ma place nulle part.

— Personne ne se sent à sa place ici. C'est un simple entre-deux. Moi, si je le pouvais, je partirais et je ne reviendrais jamais.

— C'est ça le problème, personne ne revient jamais.

Raven s'est brusquement redressée, sans un mot. Elle s'est glissée dans sa chambre en prenant soin de ne pas réveiller Melli. Je n'arrivais pas à savoir si elle me croyait ou non. Quand elle est ressortie, elle tenait sa palette de sororité à la main. L'objet était rose, incrusté de brillants et drapé d'un ruban, une lourde raquette de bois qu'elle a brandie dans ma direction.

— Ça date de l'époque où j'étais libre.

Soudain, son visage s'est couvert de larmes. La nuit avançait au gré des ombres sur les murs. De la musique montait depuis l'autre côté du boulevard, par-dessus les alarmes de voitures et les voix éparses. Raven a soupiré en se rasseyant à côté de moi dans le canapé, la tête sur mon épaule. Ses cheveux étaient relevés, enveloppés dans un foulard de soie qu'elle lissait de temps en temps sur les côtés. Elle perdait du poids et ses yeux d'un marron maussade semblaient disproportionnés par rapport à sa taille.

*

Certains jours, je ne faisais que penser à toi. J'avais mis de l'argent sur le compte de Tristan – ce que je pouvais lui donner de mes économies. Je m'étais terré dans l'appartement de mon père, n'en sortant que pour donner à Raven et à la mère de Tristan l'argent de la caution. Je suis allé chercher Melli au centre aéré, ses couettes nouées flottant légèrement au-dessus de la foule des petits. Les animateurs portaient des T-shirts jaune vif dont le col était auréolé de sueur, des jeunes de mon âge en attente d'un meilleur poste.

— À partir de maintenant, c'est ta maman qui va venir te chercher, ai-je informé Melli.

— Pourquoi ?

— Ta maman veut profiter de tous les bons moments.

— Tu viendras quand même me voir ?

— Bien sûr.

— Maman, elle dit que Papa, il peut pas venir jouer parce qu'il ne rentre pas à la maison.

— Il devrait pas tarder à revenir, ma puce.

— Je sais pas si j'ai envie qu'il rentre à la maison.

— Pourquoi ça ?

— Maman pleure moins. Il me manque, mais…

La rue était comme un canal noir, tout un monde sous son vacarme incessant, un monde qui saignait sous nos pieds. Melli et moi, on était assis sur le perron en pierre de l'immeuble de mon père, à attendre que Raven passe en rentrant du travail. On regardait les enfants faire du vélo à travers les gerbes d'eau des bouches d'incendie, leur mère les appelant au loin. Sous les stores des magasins, des hommes imbibés étaient léthargiques. Leur femme ou leur petite amie était au travail ou partie pour de bon, vivant de l'autre côté de la ville avec leurs enfants. Les hommes se plaignaient de la pension alimentaire qu'ils devaient verser, du retrait de leur permis de conduire et des taxes que l'État leur retirait sur leur salaire. Quelque part dans le lointain, le carillon d'un camion de glaces rappelait des cloches d'église. Une entaille parcourait une des façades du vieil immeuble de Tristan et, lorsque le vent soufflait depuis la côte, il faisait claquer la bâche installée sur la fissure. Les fenêtres étaient condamnées, les appartements abandonnés par des familles qui n'en pouvaient plus des inondations, de la vermine et de la détérioration ambiante. Mon estomac – une brûlure aigre à l'image du soleil blanc dans le ciel. J'ai eu l'envie soudaine d'aller voir Naima, de vider mes comptes et de m'envoler, ou de prendre la vieille Fleetwood de Pa, une voiture qui selon lui ne dépasserait pas le New Jersey. Au lieu de quoi je me complaisais dans ma douleur. L'été était rouge et sans fond comme un coucher de soleil, agressif comme la grande artère qui divise le quartier en deux. Je n'avais plus de nouvelles de Naima, mais j'aimais rêver à ce qu'elle me dirait au téléphone, à des milliers de kilomètres de moi. J'envisageais aussi d'autres versions dans lesquelles je ne recevais ni coup de fil ni texto de sa part. Elle rencontrait quelqu'un, peut-être à la terrasse d'un bar ou à la salle de sport après le travail, par le truchement d'un écran brillant – des messages creux postés en ligne au sujet d'un spectacle ou d'une lecture. Et la plupart du temps, elle était vraiment sans moi. Elle allait à la montagne, en randonnée entre les pins et les peupliers, se sentant mieux quand l'air était plus rare. Un sentier longeait une rangée d'aulnes et des genévriers qui semaient leurs baies sur les contreforts rocheux. Il menait à une falaise couverte d'herbes hautes. Des verges d'or poussaient dans les fissures des rochers escarpés.

On n'était pas à notre place

Colly, 2018

J'ai toujours eu du mal à me sentir normal lors de ce genre d'événement. Les soirées de gala – nappes blanches, vaisselle en porcelaine, des expressions comme « renforcement des compétences » et « mobilisation de fonds », « durabilité », « accessibilité ». Le fait que j'aie été complètement bourré n'a pas vraiment aidé non plus. Coop avait eu la gentillesse de me déposer à l'appartement pour que je puisse me préparer pour la soirée. Vers sept heures, j'ai pris un Uber en direction de Grand Army et je suis arrivé devant la façade en verre du Brooklyn Museum.

La pièce immense était ceinte de murs qui semblaient s'élever à l'infini. J'avais fait une pause au bar. Au fond de la salle, devant l'estrade et sa rangée de haut-parleurs, les membres du personnel de nuit s'empressaient de prendre les pourboires et les commandes de dessert. L'agilité avec laquelle ils se déplaçaient entre les grandes tables m'a frappé. Parmi les invités arborant un badge nominatif, il y avait des donateurs, des responsables locaux et des professionnels qui savaient qu'aider les gens ne signifie pas travailler gratuitement. Tout le monde siégeait à un conseil d'administration, travaillait pour une fondation ou enseignait dans une université. Une femme du centre culturel 92nd Street Y était ma surveillante de dortoir à l'université. D'autres personnes que je connaissais vaguement parcouraient les allées, toutes réparties entre différentes associations : United Way, Aclu ou encore Margaret's Place. Tout à l'avant, les gros bonnets, les auxiliaires de la Fondation Annenberg, quelques fonctionnaires de la Ville manipulant des sommes dont je ne pouvais que rêver. Je faisais durer un verre de vin rouge. Les gens se mêlaient, se couraient les uns après les autres pour leur réseau, leurs idées, leur argent.

Des sourires pleins de dents blanches.

Je portais le costard que je m'étais acheté pour ma remise de diplôme.

Alors qu'elle serrait des louches à la volée, Blue s'autorisait à sourire ingénument, à orienter une conversation à la limite du débat. On n'était pas à notre place, et elle transpirait sous son tailleur. Elle n'allait pas tarder à enlever sa veste et à retrousser ses manches de chemise, elle qui aurait préféré être au Centre en train de réunir des fournitures scolaires pour une campagne, ou de préparer des sujets de discussion pour son direct sur sa chaîne Internet.

— Je vois que t'as besoin d'une pause, l'ai-je charriée.

— Bon sang ! a-t-elle soufflé, et on s'est assis au bar. Je devrais directement accrocher ma putain de liste de demandes sur mon badge nominatif.

J'ai choisi ce moment pour la tenir au courant de mes avancées au sujet de la demande de subvention que j'étais censé rédiger. Elle ne m'a pas écouté. Au lieu de cela, elle a regardé fixement derrière moi et je me suis retourné pour voir Inez Noble s'approcher de nous à grands pas. Son mari avait été le conseiller municipal du quarante-deuxième district pendant près de dix ans. De son côté, elle n'était pas en reste. Elle avait représenté l'East New York comme membre de l'Assemblée de l'État, succédant à Diane Gordon, qui avait promis à un entrepreneur un terrain de plusieurs millions de dollars s'il lui construisait une maison. On avait également enregistré la vieille Gordon en train de dire qu'elle voulait des portes en acajou ou en chêne pour son bureau. Et tu ferais mieux de la boucler, avait-elle ajouté, ou quelque chose du même tonneau. Quelle princesse ! Pour sa défense, elle avait essayé de rectifier le tir en rendant l'argent des pots-de-vin qu'elle avait reçus. On ne peut pas remettre le dentifrice dans le tube, avait déclaré le procureur aux journalistes.

En tout cas quand Noble a quitté ses fonctions de conseiller municipal, Inez a pris sa place et comme lui, elle a défendu cette vision du monde que les Blancs trouvent polarisante, enchaîné les mêmes remarques « hautes en couleur » comme les journaux se plaisent à les définir. Et lui, de son côté, a succédé à son épouse à l'Assemblée de l'État.

Le chômage, Blue en avait souvent parlé. Les refuges pour sans-abri qui ne cessaient de se multiplier. Les Noble avaient fait du bien à la population, mais ils étaient aussi en grande partie responsables de la situation. « Dans l'intérêt général », ils avaient laissé passer beaucoup de choses.

— Tu vois, j'ai des familles qui vivent dans des appartements qui s'écroulent sous leurs pieds. Des enfants qui n'ont ni sac à dos ni cahier pour la rentrée. Comment survivre au jour le jour ? Quel changement structurel pouvons-nous apporter pour rendre la vie des gens un peu moins dure ?

Inez avait battu Blue l'année précédente, mais ce n'était pas la défaite annoncée par les journaux. Elle avait obtenu un bien meilleur score que quiconque ces dernières années contre les Noble. En effet, les gens avaient apprécié la campagne de Blue contre la pauvreté. Merde, moi aussi elle m'avait plu. Blue n'avait pas l'intention de se représenter, elle se consacrait dorénavant à l'association pour venir en aide aux enfants et aux personnes âgées.

Quand la conseillère s'est approchée de nous, Blue est restée nature. Inez a été gentille avec nous. Je me suis senti bien, apaisé par la vibration d'une sagesse intérieure. Dans l'article que j'ai lu sur elle dans le *Village Voice*, il était écrit qu'avant de se lancer en politique elle avait été institutrice et directrice d'établissement. Je me suis imaginé dans sa classe : je nous voyais perturber son cours comme on le faisait avec les copains, pour finalement se faire reprendre par la future conseillère municipale et se mettre à plancher.

— Ça fait plaisir de te voir, a déclaré Blue. Je voulais te féliciter pour le Conseil des aînés. J'ai toujours dit que nous devions davantage écouter nos seniors. Comment se porte… c'est quoi déjà, le programme de bibliothèque pour lequel tu as levé des fonds l'an dernier ?

— On a perdu les subventions, a soupiré Inez.

— Ils veulent arrêter le programme ?

— Qui sait combien de temps il nous reste.

— Et les gamins alors, ai-je dit, exaspéré.

— C'est vrai, pourquoi arrêter de subventionner ces programmes ? a demandé Blue.

C'était purement rhétorique ; un million d'explications, toutes plus vraies les unes que les autres, auraient pu être avancées et on les aurait toutes bien comprises.

— Personne ne trouve à redire quand on dépense nos impôts dans je sais pas quoi, a dit Mme Noble, levant ses mains manucurées au ciel dans un geste de lassitude. Mais l'éducation, l'art. Ce gouvernement, je te jure !

— C'est énervant. C'est exactement ce dont je voulais te parler. Colly, tu peux nous laisser un moment ?

J'ai voulu me poser tranquille au bar, mais un débat avait éclaté sur la manière de soutenir correctement les quartiers ; comment donner aux habitants le pouvoir d'agir plutôt que de diriger les échanges. Chaque initiative était entièrement « basée localement » ou « menée par des habitants des quartiers », ce que j'avais du mal à croire. Les gens des cités n'étaient pas avec nous en train de picorer des vol-au-vent au Brooklyn Museum. Cet univers n'incluait pas Nanou, ni Mlle Moore, ni Tristan ; il n'incluait personne résidant au-dessus de Central Park, ou trop loin sur Atlantic Avenue. J'ai senti la salle se tendre, prête à exploser. Cependant, les gens restaient dignes, profitaient des circonstances qui les rassemblaient dans la défense de causes qui les dépassaient. Je craignais de plus en plus que tout ça ne serve à rien. J'avais plutôt l'impression d'être un visiteur, qui suivait par intermittence, et chancelait vers le soleil du désert comme un paria. J'avais besoin de m'écarter, de sortir de mon rôle, d'aller aux toilettes et de respirer.

Blue est revenue vers moi d'un pas tranquille. Elle était de nouveau en sueur, et des gouttes lui collaient les cheveux aux tempes et lui coulaient le long de la nuque.

— Qu'est-ce qui s'est passé ? lui ai-je demandé, le goût sucré du bourbon sur ma langue.

— Une petite divergence d'opinions, s'est-elle contentée de répondre.

*

Quand on est sortis du musée, il faisait nuit et on a roulé à travers la pénombre du quartier. Coop passait d'une station de radio à l'autre sachant pertinemment qu'il finirait par s'arrêter sur WBLS. Il était venu nous chercher dans une voiture équipée des sièges cette fois-ci, une vieille berline qui ressemblait à celles du service de taxis de Livonia. Arrivés au QG, on a retrouvé Sunshine dehors, assise près de la fumée sombre d'un brasero, à côté d'assiettes de légumes verts rôtis. Une poule a passé son bec dans le grillage, gloussant à cause de l'agitation. Les moustiques nous bouffaient les chevilles lorsqu'on s'éloignait trop du feu. Coop a sorti quelques canettes de bière et j'ai regardé Blue et son air dégoûté. Elle a haussé les épaules et m'a lancé une bière avant de s'en décapsuler une et de porter un toast.

— Ma mère, paix à son âme, a tout perdu pendant Katrina, a dit Coop. On vivait à quelques kilomètres du fleuve. Ça ne l'a pas tuée, mais elle n'a pas supporté les conséquences. C'était l'enfer. Les moustiques s'étaient mis à pulluler dans la boue. C'était comme une soupe, avec dedans des choses mortes et à moitié vivantes. On a été inondés pendant des jours, des semaines. Trente-cinq degrés toute la journée. C'est inimaginable. Les gens disent que cette terre est maudite.

— Tu crois ça, toi ? lui a demandé Blue.

— L'eau peut-être, est intervenue Sunshine. L'eau est peut-être maudite. Tout ce sang versé. Des millions de personnes. Ça ne m'étonnerait pas qu'elle soit hantée, comme un cimetière.

— Des fois, s'est exclamée Blue, je prie pour que l'eau nettoie tout sur son passage ! On pourra reconstruire. Je pense que c'est la seule solution. Parce que je crains pour la vie des femmes qui m'entourent, pour leur sécurité. Pour leur santé mentale. Moi, je veux seulement trouver un endroit pour nous, pour vivre libres et à l'abri du danger. Donner quelque chose aux gens.

— Où est-ce que tu trouverais un endroit pareil ? lui ai-je demandé.

— Je ne sais pas. Peut-être que je ne regarde pas là où il faut. Ou qu'il n'existe pas encore.

On a fini le pack de bière tandis que le feu se consumait lentement. Je me suis endormi en l'écoutant crépiter. J'ai rêvé d'un endroit qui ressemblait au Sud. Dans le jardin d'une maison sur les bords du bayou. On faisait griller des tonnes d'écrevisses qu'on avait laissées mariner dans des épices pendant des heures – on aspirait la chair sous la carapace. Puis, tout le monde a grimpé à bord de bateaux pneumatiques. Tristan, Raven et Blue essayaient de retourner l'embarcation de Coop, Zaire et Naima. Cette dernière braillait derrière eux tandis qu'ils contournaient leurs agresseurs. J'ai fermé les yeux, un vent frais venu de l'océan charriait du sable dans ma direction. Quand je les ai rouverts, j'ai vu des chevaux attendre avec impatience, en groupes disséminés le long du pâturage pommelé.

Un cri m'a sorti de mon rêve. C'était juste avant l'aube. Coop s'agitait en face de moi. Blue, qui s'était endormie elle aussi, a commencé à bouger.

— Ce type est maudit ! a-t-il hurlé, en me regardant droit dans les yeux.

— Hein ? ai-je demandé.

— Calme-toi, Coop, lui a dit Blue.

— Qui est cette femme qui te suit ? m'a demandé Coop.

— Bon allez, ça suffit. Va te coucher.

Elle a pris Coop par l'épaule, l'a laissé râlé encore un peu.

— Je suis pas fou, je sais ce que j'ai vu… a-t-il insisté en partant.

Peu après, le jardin est devenu silencieux et je me suis rappelé que c'était le matin. Dans la cuisine, le robinet fuyait au-dessus de l'évier en métal. Un étourneau s'affairait près de la fenêtre, il a fait un tour de chant et troublé la lumière qui passait à travers les stores. J'ai attrapé un filtre à café, il en restait quelques-uns à traîner près d'une cafetière encore tiède.

Parti,
Devenu froid

2019

Chaque année en novembre, pour l'anniversaire de Key, ils se retrouvaient sur sa tombe.

Audrey réussit à prendre une photo floue avec son téléphone portable et à l'envoyer à la famille. Une plaque de bronze sur une stèle plate. Elle avait acheté des dahlias, des lys et des chrysanthèmes pour les offrir à sa fille. Farmingdale se trouvait à une heure de route, et lorsqu'ils arrivèrent finalement devant la concession ils avaient du mal à respirer, à reprendre leur souffle. Toya était là. Elle installait un cadre derrière un bouquet de roses fraîches. Il abritait un poème à l'intention de Key, qu'elle lut à voix haute avant de partir. Dans une nécropole, la mort est omniprésente. Un cimetière est à la fois un endroit extraordinaire et des plus communs. C'est un plan qui défie l'espace et le temps, relie les vies passées et les morts à venir, réfrène notre besoin d'aller de l'avant, cette pulsion que nous prenons pour la vie même.

Colly aida sa grand-mère à grimper dans le bus adapté aux handicapés, qui s'était abaissé pour permettre à Audrey et à son déambulateur de monter. Le chauffeur se faisait appeler Monsieur, Monsieur tout court, même si son nom de famille apparaissait sur une plaque collée au tableau de bord. Audrey sortit gaiement la tête par la vitre du bus, portant un toast aux voitures qui passaient avec son jus de grenade aux algues rouges. Sur le chemin du retour, ses petits-enfants ne se parlaient pas.

Arrivés dans l'appartement étroit et étriqué où leur mère avait grandi, ils ne semblaient pas à leur place. La lumière filtrait à travers les stores et faisait bouger des ombres sur les murs. Depuis l'est, le soleil éclairait tout l'appartement d'Audrey, rasant et caché derrière une centrale à vapeur qui crachait une fumée sombre.

— Les filles m'ont cassé les oreilles aujourd'hui, déclara Audrey en traversant la pièce pour s'asseoir dans son fauteuil roulant.

Elle était restée toute la matinée au centre communautaire pour les anciens, un peu de kiné pour ses jambes, puis avait passé l'heure du déjeuner à se disputer autour de quelques parties d'atout pique.

— Beaucoup de bruit pour rien, en fin de compte. J'aime bien quand on discute des feuilletons télé, mais là, une dame a parlé de sa vessie pendant au moins une demi-heure. Toya, ma chérie, tu peux me laver ces épinards ? Je vais vous avouer un truc, des fois, je les regarde et je me dis : « Je ne peux pas être aussi vieille qu'elles. »

Toya, qui rinçait les légumes devant l'évier, n'avait pas arrêté de penser à sa mère. Audrey en savait peu sur sa petite-fille, mais elle était fière d'elle. Toya était enseignante, ne supportait pas la politique et entretenait une relation quelque peu conflictuelle avec l'institution qui la rémunérait.

Colly prépara du café, mais à cause de sa glycémie Audrey n'en prit pas. Elle tourna le cou pour en relâcher les tensions. Elle avait commencé à s'assoupir, elle pouvait s'endormir n'importe où, mais le plus souvent elle restait confinée dans son fauteuil roulant, affalée d'un côté ou de l'autre et ronflant de temps en temps. Elle continuait d'entendre des voix étouffées, des tiroirs qu'on tire, des placards qui claquent, des étagères et des planchers qui grincent.

— Je sais qu'on dirait que je m'en sors haut la main et je devine que c'est pratique pour toi de venir quand tu veux, mais il faut que tu sois plus souvent là, déclara Toya. Je ne peux pas tout gérer toute seule. Nanou commence à se faire vieille, Colly. Tu crois que quelqu'un va venir nous sauver. Mais personne ne viendra.

— Excuse-moi d'être parti ! lança Colly, mais tu fais comme si t'avais toujours été là. Toi aussi, t'es partie.

— T'es bien comme Pa, décréta Toya avant de pincer les lèvres si fort qu'elles pâlirent. Vous deux, vous ne changerez jamais. Pourquoi tu fais semblant de t'intéresser aux autres ?

Quand Audrey sortit de sa torpeur, Toya se leva et claqua la porte de la chambre derrière elle.

*

Lorsque le ventre d'Audrey avait commencé à s'arrondir, elle s'était mise à vomir régulièrement. Elle avait des envies étranges, comme des sodas à la crème glacée ou des bonbons Swedish Fish. Elle avait été conquise par Virgil en deux temps trois mouvements – par sa voix (un grondement venant du cœur), par sa démarche joyeuse qui en imposait et éclipsait les autres. Il était beau comme l'acteur Coley Wallace. Leur fille naquit un mercredi gris et pluvieux d'avril 1970. Key pesait trois kilos trois. Audrey tenait la petite chose glissante entre ses bras, de façon protectrice et ferme, cherchant à reconnaître celle qui avait grandi à l'intérieur de son corps. Joyce, à la porte de la salle d'accouchement, projeta de grosses larmes dans tous les sens lorsqu'elle entraperçut sa nièce. Audrey, alors que son utérus saignait et que la sueur devenait froide sur son visage, se rendit compte qu'elle avait toujours eu peur d'être seule. Virgil quant à lui semblait à l'aise au milieu des salles d'attente, des machines, des rideaux, des lits. Quand il fut autorisé à voir sa fille, il la prit d'une main experte en lui soutenant la tête et le cou. Lorsque Audrey se mit à sentir le brouillard, à voir ses propres mains de loin, comme à travers les jumelles panoramiques au sommet de l'Empire State, elle se souvint qu'il était là, qu'il en savait un peu mais qu'il était encore en train d'apprendre, et qu'avec le temps ils s'en sortiraient. Elle avait pris sa décision la première fois qu'elle avait recroisé Virgil à New York, remarquant l'alliance qu'il portait désormais au doigt. Elle s'était persuadé que son mariage ne la gênerait pas, et elle s'était promis de ne jamais lui parler de sa femme, de ne jamais lui poser d'ultimatum. Mais ce ne serait pas un problème pour elle, jusqu'au jour où… Comment cela aurait-il pu se passer autrement ? Il avait d'autres obligations, une autre femme et un autre enfant. Audrey avait cru qu'il serait présent pour Key – mais comment reprocher à la femme de Virgil de vouloir la même chose pour son propre enfant ? Audrey avait fini par apprendre à se vider la tête et pouvait rester assise pendant des heures sans penser à rien, Key tétant son sein pour avoir du lait. Audrey écoutait à travers les minces cloisons de son appart, pouvant se retirer dans ce nouveau monde, un monde où sa fille devenait son seul point d'ancrage. Comme disait sa mère : « C'est étrange comme nous, les femmes, nous sentons quand un homme nous quitte, même s'il est encore présent physiquement. »

Audrey avait demandé à Virgil de vider les lieux avant le lever du soleil.

En attendant son départ, elle était sortie en trombe, en pyjama et en bottes de pluie. C'était une chaude nuit de printemps qui annonçait l'été. Derrière l'immeuble, au centre d'une cour ouverte sur la rue, se trouvait un grand terrain couvert de bouteilles, de pages de journaux et d'emballages plastique. Elle avait envie de se dissoudre dans la terre, de se désagréger comme le sable dans le lit d'une rivière. Elle enfonça ses doigts dans le sol avec frustration, comme si elle essayait de se frayer un chemin.

*

Vers dix-sept heures, la lumière s'était déplacée de l'autre côté de l'appartement et Toya réchauffait les restes de la veille. La chanson « Night Drive » d'Ari

Lennox passait sur son ordinateur portable et elle dansait en articulant silencieusement les paroles.

Cette scène rappela à Audrey son enfance, le dimanche avant l'église. Ils dormaient et Lucy frappait à la porte de la chambre, des effluves de semoule Cream of Wheat s'échappant de la cuisine. Nat King Cole chantonnait sur la platine vinyle tandis que la vieille femme les poussait vers la salle de bains.

Audrey demanda à Toya comment elle allait.

— Très bien. Je suis juste un peu fatiguée.

— Tu dors quand même ?

— C'est la période des inscriptions.

— Pas tellement, alors.

— Ouais, eh bien... faut bien que quelqu'un s'en occupe.

— Ça va avec ton frère ?

— C'est pas lui, le problème, soupira Toya.

Elle regarda ses ongles avant de poursuivre :

— Un jour quand j'étais à la fac j'ai autorisé Pa à venir me voir. Colly était déjà parti et Pa était seul à la maison. Je lui ai fait visiter le campus. On est allés au Walmart en ville pour acheter du matériel informatique. Je me suis payé un ordinateur portable avec du liquide que j'avais mis de côté. Il a voulu utiliser ma carte de crédit. Je lui ai dit que c'était pas de chance parce que j'étais à découvert. Je pense qu'on n'avait pas été aussi honnêtes l'un envers l'autre depuis des années. Je lui ai dit que j'étais malheureuse et que c'était de sa faute. C'était pas vrai, mais comment lui dire « De vous deux, c'est maman qui me manque le plus » ? J'ai l'impression d'avoir inventé des histoires sur nos vies pour me sentir mieux. Maintenant, je ne distingue plus le vrai du faux.

Sans vraiment savoir comment Toya vivait le deuil de sa mère, Audrey supposait qu'elle gérait mieux que Colly. Audrey n'imaginait pas que sa petite-fille puisse ressentir le besoin de s'isoler.

— Tu entends sa voix des fois ? lui demanda Audrey.

Toya eut l'air confuse ; peut-être que Key ne se présentait pas à elle de la même manière. Audrey esquissa un sourire, posa sa main sur le bras de sa petite-fille, puis alluma la télévision, une Panasonic poussiéreuse de 2005 équipée d'un lecteur VHS intégré. Aux informations, Porto Rico était toujours privé d'électricité après le passage d'un ouragan meurtrier, plusieurs mois auparavant. À Sacramento, un jeune homme avait été abattu d'une balle dans le dos par la police.

— Si jamais je devais confier quelque chose à maman, lança Toya à Audrey, je pense qu'elle me comprendrait mieux que quiconque !

*

Virgil voyait Key aussi souvent qu'Audrey le lui permettait. Tout le monde galérait pour trouver du travail et, après avoir été renvoyé des docks, il dirigea un réseau de loterie clandestine avec une équipe près de Cityline. Il faisait du porte-à-porte, notant des numéros sur n'importe quoi – sa paume, sa manche, des coins des journaux. Il venait chercher sa fille, ses mains grosses comme des boutons de bronze enfoncées dans les poches de son pantalon, et marmonnait qu'il aimait l'appartement comme Audrey l'avait transformé. Elle émettait un bruit, un grognement qui ne pouvait être traduit en mots.

Il dit à Key qu'il allait l'emmener voir les chimpanzés au zoo du Bronx.

— T'es sûr ? demanda Audrey. Ou bien cette Toyota va rendre l'âme ?

— Elle était déjà prête à rendre l'âme quand je t'ai rencontrée.

— Mmh, grogna-t-elle.

Ayant laissé le passé s'immiscer dans la pièce, ils s'enthousiasmèrent devant toutes les possibilités qui s'offraient encore à eux.

— On y va, papa ? supplia Key, en sautillant sur la pointe des pieds. Les chimpanzés vont avoir froid et rentrer se mettre à l'abri. Vite, sinon on va les louper !

Audrey craignait que sa fille ait compris comment jouer sur les deux tableaux, comment concilier la chèvre et le chou, dire ce qu'il faut ou déformer la vérité, coûte que coûte. Elle craignait qu'elle n'ait intériorisé le langage d'amour de ses parents, un mélange épais de désir et de ressentiment.

Key avait eu du mal à enfiler son anorak, et à présent elle tirait sur la jambe de Virgil. Il retira doucement les croûtes qu'elle avait au coin des yeux, lui caressa le visage, la taquinant à propos de crottes de nez qui n'existaient pas. Audrey l'avait regardé, ravalant tout ce qui pouvait jaillir d'elle : colère, adoration ou simple déception. Une fois la rencontre terminée, toute possibilité gisant KO au sol, il ne restait que du regret. Les années passèrent ; la basse Fender que Virgil avait achetée, son bien le plus précieux, fut mise en gage. Il avait besoin d'une autre défonce, d'un autre trou sans fin à contempler. Lorsqu'il mourut soudainement, sans crier gare, Key n'avait que douze ans. Audrey se souvenait de ce qu'elle avait ressenti : comme paralysée, navrée que leur relation ait été un tel gâchis. Elle regrettait les journées passées ensemble dans les champs de maïs, l'effet que lui faisait la mâchoire angulaire de Virgil, la façon dont cet homme la troublait. Elle entendait encore sa respiration lorsqu'elle se réveillait au milieu de la nuit, elle distinguait encore sa démarche silencieuse lorsqu'il se rendait à la salle de bains, en essayant de ne pas la réveiller. Cependant elle ne dormait pas et restait couchée de son côté jusqu'à ce qu'il revienne. Puis à son retour, elle enfouissait son visage dans son cou et il la berçait contre son long corps comme un épi de maïs mûr dans son enveloppe.

*

Elle était obsédée par ce qu'il lui restait, même après avoir renvoyé Virgil. Audrey se sentait vidée, elle avait tellement pleuré que ses larmes stagnaient dans ses yeux – au point de menacer de la noyer. À présent, le restaurant de poissons en dessous de l'appartement était devenu une supérette bio. Au coin de la rue, il y avait tous les aliments possibles et imaginables. Son appartement était situé près d'un parc. La plupart des lignes de métro se trouvaient à proximité et elle vit même une galerie s'ouvrir quelques rues plus loin. Les rénovations de l'immeuble étaient censées récompenser les locataires qui étaient restés au fil des ans, mais c'était maintenant la raison pour laquelle, les loyers devenus inabordables, elle allait devoir quitter les lieux. Elle lança un regard à Virgil, qui marmonnait toujours dans sa barbe en serrant les dents.

— Je devrais te laisser ici pour qu'ils te mettent à la rue à leur tour, dit-elle en secouant la tête.

Audrey ouvrit une bouteille de zinfandel bon marché et s'assit à la fenêtre de sa chambre, observant son propre visage à la lumière jaunâtre de la rue. Son visage maigrissait, ses yeux bruns et revêches paraissaient trop grands pour sa petite taille. Et si elle retournait vivre à Warren ? Retournait à la ferme, toujours à son nom et à celui de Joyce. Elle se souvenait du vieux magasin d'approvisionnement en ville, de la portion de route qui menait aux marais, de la chapelle sur la colline qui, au crépuscule, remplissait l'air du son des cloches. Cependant, elle n'était pas sûre qu'après toutes ces années elle s'y sentirait chez elle. Pourrait-elle se sentir de nouveau chez elle quelque part ?

Audrey avança en boitant vers la cuisine et aperçut une lumière froide près de la table à manger. Son petit-fils était derrière l'écran de l'ordinateur portable de sa sœur.

— T'es encore là toi ! s'exclama Audrey en marchant d'un pas traînant vers le siège en face de lui.

— Je regarde les appartements, lui indiqua Colly. Je ne peux plus rester chez nous, c'est trop n'importe quoi avec Pa.

— J'imagine.

— C'est marrant, dit-il sans même esquisser un sourire. Avant, je me serais damné pour qu'il soit à la maison toute la journée. Maintenant, je déteste ça.

Soudain, il comprit que cet endroit n'était plus « chez lui » depuis des années. Audrey le comprenait. Il lui demanda si elle pensait que Toya reparlerait un jour à leur père. Bien sûr, répondit Audrey, il suffirait que Dante apprenne à la connaître de nouveau, qu'il se rende compte qu'elle avait besoin de son aide et de l'argent qu'il gagnait au jeu.

— Ça va aller, toi et ta sœur ?

— Ouais, dit-il en ne pensant qu'à sa propre situation.

Lui ne voulait laisser à personne la tâche, le fardeau, de le connaître vraiment. Et il ne tenait pas non plus à ce que sa survie dépende du travail des gens qu'il aimait. Il était déterminé à s'en sortir tout seul.

Il apporta deux verres et une carafe qui se trouvait dans le réfrigérateur. Il stabilisa la main de sa grand-mère lorsqu'elle tendit son verre, et versa l'eau. Elle se dirigea vers la fenêtre du salon. La nuit, il n'y avait pas d'étoiles, seulement la lune et les radiations émanant de la ville. Audrey allait poser son verre quand elle découvrit un bac en cèdre rouge, rempli de gravier et de terre fraîche.

— Qu'est-ce que c'est ?

— Je t'ai fabriqué une petite jardinière pour tes plantes grasses, lui dit Colly.

Une explosion dans les ténèbres nous a fait traverser des millions d'années. Audrey secouait la tête, affirmant que Dieu avait créé tout cela en quelques jours et qu'il ne s'était reposé qu'après avoir terminé son travail. Key se serait interposée. Pourquoi les deux ne pourraient-ils pas être vrais ? aurait-elle demandé. Qu'est-ce qu'un jour pour un immortel ? Combien de millions d'années y a-t-il dans une semaine ? Audrey tendit les mains, malaxa la terre entre ses doigts : des mottes fraîches se détachaient et tombaient au sol. Puis elle se pencha en avant, posa le front contre le bois de cèdre.

Sauvetage et remise en état d'East Brooklyn

Colly, 2020

Le vent s'écorchait contre les arêtes des immeubles. Il sifflait en s'infiltrant dans les halls et sous les portes, se cognait aux fenêtres, se logeait sous les auvents et les échafaudages qui enveloppaient les bâtiments. Les façades usées s'effritaient. Au-dessus flottait une brume pâle, un brouillard étouffant qui floutait les traits anguleux des tours, cachait ces monstres inclinés, terrassés par une présence indomptable. La situation avait empiré ; les fissures dans les briques galeuses des immeubles s'étaient encore élargies, laissant pénétrer la pluie et le froid dans les habitations. Le système de plomberie, vieux de plusieurs décennies, avait complètement lâché, on n'avait plus d'eau chaude mais on subissait des fuites incessantes. Certaines avaient entraîné de véritables inondations. Le déficit budgétaire de 30 milliards de dollars de la Nycha a eu pour conséquence un manque général d'entretien, en particulier dans le coin de Brooklyn.

Il y a eu les prémices d'un exode : les gens se carapataient chez les membres de leur famille qui pouvaient les héberger. Les personnes restées sur place ont recueilli des informations auprès des associations locales : elles pouvaient soit les faire bénéficier d'un transfert d'urgence soit leur proposer des programmes d'aide à la location. Certains ont cherché des avocats ou des structures offrant des consultations juridiques à ceux qui n'avaient pas les moyens d'en payer. Avec Zaire, on est restés et on a fait ce qu'on a pu. On a été tenté de réparer et de sauver ce qui pouvait l'être, et on a dirigé les habitants dans la bonne direction, vers la maison de quartier ou des appartements vides près du centre commercial. Certains logements n'étaient même pas terminés, à moitié peints, sans électricité ni chauffage. On a monté notre propre projet. On l'a baptisé « Sauvetage et remise en état d'East Brooklyn ». Zaire se débrouillait pour barboter du matériel à son travail, principalement des outils, des ceintures de chantier et d'autres affaires. J'ai parlé à Blue de la possibilité d'en faire une association à but non lucratif. On n'avait pas d'autorisation officielle, mais la dame derrière la vitre en Plexiglas au bureau local de la Nycha a eu l'air soulagée tant elle croulait sous les lettres de réclamation et les factures.

Mon ancien immeuble était pratiquement abandonné. Pa était en train d'emballer toutes ses affaires, aigri à l'idée d'être chassé. Ça me rassurait qu'il emménage avec l'amie dont il ne voulait pas me parler, au lieu de passer ses journées dans un appartement pourri. Il avait vu ses copains mourir les uns après les autres, d'abord à l'adolescence et maintenant au milieu de sa vie. Des hommes d'une cinquantaine d'années, encore jeunes, avec une bonne bedaine qui dépassait du haut de leur short. Ils étaient gros comme des troncs d'arbre et prenaient volontiers mon argent au cours d'interminables parties d'atout pique. Ils faisaient une crise cardiaque, ou leur gros cœur se dégonflait comme un pneu crevé. Leur sang se transformait en bouillie ou ils étaient rattrapés par leur dépendance, qu'il s'agisse d'alcool, de drogue, de bouffe ou de sexe. Ça faisait un petit moment que mon vieux s'inquiétait. Il passait Eddie Kendricks toute la journée, détestait les grenouilles de bénitier et ne voulait jamais admettre qu'il se sentait reclus. Il avait peur de mourir seul, dans la chambre qu'il payait sept cents dollars par mois. Moi, ce qui me faisait peur, c'était de repousser tout le monde, comme lui, et qu'il n'y ait plus personne à mes côtés lorsque je serais sur le point de partir. Mais comment faire pour que Pa me voie vraiment, pour qu'il comprenne à quel point j'allais mal. À quel point il était responsable de cette situation, de cette famille dysfonctionnelle. J'avais déjà essayé de le faire, de lui montrer les blessures que j'avais infligées à mon corps, à ma chair, sous-alimentée et endolorie. Il était temps d'exiger plus de lui, plus de moi-même.

La cage d'ascenseur étant inondée, j'ai dû prendre les escaliers. Il y avait environ un centimètre de flotte au sol, la musique éternelle de l'eau ruisselant sur la pierre. J'ai grimpé jusqu'au premier en me tenant à la rampe parce que les marches glissaient. Arrivé au cinquième étage, j'ai ouvert la porte du palier. Certains murs donnant sur la rue s'étaient affaiblis et affaissés. Je voyais le haut des autres immeubles à travers une ouverture dans les briques d'où dépassaient des barres d'armature. Une cicatrice béante, la bouche d'une grotte de briques éboulées. Le vent mordait le bas de mon pantalon. Je pouvais me faufiler par ces trous, comme une langue entre des dents. L'eau brune passait sous les seuils, se faufilait par des portes entrebâillées, venait clapoter sous mes bottes.

J'ai trouvé celle que je cherchais : une porte qui ne fermait pas complètement. Ça faisait longtemps que la serrure avait été cassée. En appuyant sur la poignée, j'ai ressenti des troubles d'audition. Au loin, j'entendais de l'eau, pas celle des tuyaux, mais l'océan. Je me suis enfoncé un doigt dans chaque oreille pour les déboucher. Un musc humide recouvrait l'appartement et, à l'odeur, on devinait qu'il ne datait pas d'hier. J'ai pataugé dans le flot sans fin. Le sol en vinyle sous mes pieds avait gonflé, s'était recourbé dans les coins à cause de la fuite. Les murs étaient décolorés, une moisissure verdâtre traçait sa route jusqu'au plafond. Des chaises et des canapés, des formes autrefois identifiables, on ne distinguait plus qu'une flaque d'eau amorphe. Les surfaces détrempées commençaient à se déliter. Des tuyaux sortaient de sous les meubles d'évier, le long des murs. Une table de cuisine tanguait sur des pieds rongés. Y était assise Mlle Betty, une tasse nichée entre ses mains tremblantes. La peau ocre. Ses paumes ressemblaient à des kakis tombés sur une terre sombre. Les yeux troubles, elle a posé son regard sur moi. La bouche molle, elle a passé sa langue sur ses lèvres.

— Je suis venu pour vous faire sortir d'ici, lui ai-je dit.

Elle a pris un air reconnaissant avant de me demander :

— Où étais-tu tout ce temps ?

— Parti.

— Tu ne devrais pas être ici, m'a-t-elle prévenu, le regard dans le vide.

— Comment ça ?

— Assieds-toi. Elle a tiré une chaise en métal pour moi, juste à côté d'elle. Raconte-moi où tu es allé.

Elle faisait déjà chauffer une bouilloire, une tasse posée sur le plan de travail. On pataugeait dans l'eau qui nous montait jusqu'aux chevilles.

*

Plus tard dans la nuit, il allait pleuvoir non-stop – pendant des jours, avaient annoncé les journaux télévisés. Pas aussi fort que pendant Sandy, loin de là. Mais on allait quand même recevoir plusieurs centimètres de flotte, suffisamment pour qu'elle inonde les gouttières et les trottoirs en pente. J'imaginais la ville entièrement immergée ; les rivages dévorés par le sel de la baie. L'eau engloutirait la terre dans une vague déferlante, chargée de débris – portes de maisons et réverbères. Le quartier serait nettoyé. Abandonné. Réhabilité. Reconstruit sur des bases neuves.

— Où est votre fille ?

— Elle est partie, m'a répondu Mlle Betty.

Elle n'a pas voulu s'étendre. Être parti pouvait signifier tellement de choses. En général cela débouchait sur le même type de soupirs.

— C'est comme si je ne la connaissais plus. Parfois, je me dis que c'est de ma faute. Je me demande si elle me déteste.

— Vous voulez simplement ce qu'il y a de mieux pour elle.

— Tu es un bon garçon, a-t-elle soufflé en hochant la tête. Je devrais prendre soin de mon bébé.

Je savais que sa fille ne reviendrait jamais, et ça me rendait triste pour Mlle Betty. À ce moment-là, en observant l'étrange façon dont la lumière courait sur elle, mes yeux se sont mis à pleurer.

— Vous me suivez maintenant ? lui ai-je encore demandé.

— Je ne peux pas.

— Pourquoi ?

Je les entendais ; des voix venues d'une rive lointaine. Il y avait à présent parmi nous quelqu'un qui n'était plus de ce monde.

— Répondez-moi.

— Tu sais très bien pourquoi. Les gens ne te croiront pas, a-t-elle dit, soudainement détachée. C'est la raison pour laquelle ta mère est un mythe. Ils te traiteront de fou.

La silhouette de Mlle Betty disparaissait dans le brouillard qui pénétrait par les fenêtres. L'eau froide dans mes chaussures me donnait des frissons, ça m'a fait bondir de la table.

— Ta mère, a-t-elle poursuivi, les Bakongos l'appelleraient nganga. Les vaudous haïtiens, mambo. Les Yorubas l'appelleraient Iyaláwo. La vraie question est de savoir comment toi, tu vas l'appeler.

Je n'ai rien dit. Je ne savais t'appeler que par ton nom. À quelques centaines de mètres de là, un métro partait de la station Van Siclen Avenue et j'entendais les wagons avancer péniblement, le tortillard gémir en caracolant sur les rails. À cette heure-là, l'épicerie du coin servait gratuitement une soupe chaude et j'entendais la foule se rassembler en contrebas. La seule façon d'échapper au sillage de l'histoire est de renoncer complètement à son enveloppe charnelle. Elle est liée aux nations, au désir et à la souffrance. Un jour, je me suis perdu dans de potentiels futurs, une rade de sel sur laquelle je marchais. Tu étais là. Mais je m'en souviens mal. J'abritais le passé dans mes os. J'étais un portail vivant, entre quoi et quoi, je ne le savais pas. J'en étais à peu près aussi sûr que du fait que Mlle Betty était vivante. Et pourtant, elle m'apparaissait. Elle n'était plus qu'un artefact laissé par un royaume immatériel, oublié par les vivants. Les voix s'amplifiaient dans les canalisations qui giclaient. Peut-être que la seule façon d'échapper à l'histoire était de ne pas avoir de corps du tout, de s'en débarrasser complètement. Ça faisait quoi, de se libérer d'une histoire de violence d'État, d'une souffrance multiséculaire ? J'entendais encore les guêpes qui planaient sur le sable de ce rivage avec leurs lourdes ailes, volant entre les chérubins. Je suis tombé parmi eux – mon corps, une fièvre qui menaçait de brûler tout ce qui m'entourait. Mais c'était une mémoire émancipatrice. Elle se reproduisait sans arrêt et était donc toujours présente. Tu es toujours présente.

Remerciements

À ma mère, Debora, qui m'a soutenu sur tous les plans. À mon père, Troy Jr, qui racontait des histoires toute la journée et me laissait écouter. À mes frères, Troy III, Reese, Tory, Spank, à ma sœur Cola, la première romancière que j'ai connue. À mes oncles qui ont décroché la lune pour moi : Ernest, Bird, Al, Dennis et tous les autres. Merci à mes tatas qui sont plutôt des mères, Yvette, Darlene et la cousine Audrey, pour leur amour et leur soutien indéfectible. Et à mes grands-mères, Geneva, Carrie et Lillian, qui veillent sur nous tous.

Je tiens à remercier mon agent, PJ Mark, un de mes plus fervents défenseurs, qui m'a soutenu tout du long. Merci infiniment à Kerry-Ann Bentley, Ian Bonaparte et les merveilleuses personnes de Janklow & Nesbit pour avoir rendu tout ça possible. Je ne remercierai jamais assez mon éditeur, Danny Vazquez, pour sa perspicacité remarquable et son attention. Merci également à Rola Harb, Rachael Small, Tiffany Gonzalez et à toutes les personnes d'Astra House qui se sont investies dans ce livre.

J'apprécie également à leur juste valeur les enseignants et les mentors qui m'ont changé à jamais. Sans eux, ce livre n'aurait pu être à la hauteur de mes espérances. Dans le Mississippi : Kiese Laymon, pour avoir tant donné et pour être l'un de nos plus grands écrivains contemporains. Je ne saurais dire à quel point j'apprécie Tommy Franklin, Ethel Scurlock, Derrick Harriell et Garth Greenwell pour leur gentillesse et leur lucidité sans faille. À Claremont, en Californie : un grand merci à Jonathan Lethem et Nina Revoyr. Je tiens à exprimer ma gratitude envers ceux qui ont contribué à façonner le ton de ce roman : Lara Harris, Theri Pickens, April Mayes, Phyllis Jackson, Rita Roberts, Sidney Lemelle et Valorie Thomas.

Je tiens à remercier le New York Writers Institute, où j'ai eu le privilège de travailler avec Dana Johnson et Christina García. Je dois également saluer le Calalloo Creative Writing Workshop, la vision globale de Charles H. Rowell, qui m'a donné l'occasion de grandir au sein d'une extraordinaire lignée d'écrivains, ainsi que le génie de Ravi Howard et de Jacinda Townsend.

J'ai l'honneur d'avoir eu des pairs aussi incroyables que Clarisse Baleja Saïdi, Toni-Ann Johnson, Courtney Moffet-Bateau, Keenan Norris, Anya Lewis-Meeks, Nafissa Thompson-Spires, Jayson Smith et d'autres ; mes camarades de classe et mes amis qui ont passé du temps sur ce projet en atelier et ailleurs, Nadia Alexis, Julian Randall, Helene Achanzar, Latoya Faulk, Ida Harris, Laura Avery, Sadia Hassan et Amy Lam.

Je suis incroyablement reconnaissant aux généreuses Johnaé et Denise qui n'ont pas compté leur temps et ont bien voulu partager leur expérience. J'ai beaucoup appris sur les doulas en les écoutant me raconter leurs histoires et leurs parcours.

Je remercie mes amis pour leur patience infinie. Merci à Shiyah, Kelsey, Michael, Nabila, Nolynn, Sharod, Sahir, Rob, Kasie, David, Sarah, Jonah, nous tous. À Amir, Prince Joshua, à ma cousine Theresa et à bien d'autres encore.

Photocomposition Nord Compo à Villeneuve-d'Ascq

Achevé d'imprimer en mai 2024
par CPI BRODARD & TAUPIN (72200 La Flèche)
pour le compte des Éditions Calmann-Lévy
21, rue du Montparnasse, 75006 Paris

PAPIER CERTIFIÉ

CALMANN LÉVY s'engage
pour l'environnement en réduisant
l'empreinte carbone de ses livres.

Rendez-vous sur
www.calmann-levy-durable.fr

N° d'éditeur : 8808935/01
N° d'imprimeur : 3057378
Dépôt légal : août 2024
Imprimé en France.